劉裕《りゅうゆう》

豪剣の皇帝

小前 亮
Ryo Komae

講談社

目次

北魏
南燕
東晋
黄海
黄河
泗水
淮河
長江
雷池
広固
下邳
彭城
洛陽
広陵
歴陽
京口
建康
姑孰
海塩
舟山島
会稽
句章
襄陽
江陵
尋陽
江州
巴陵
広州

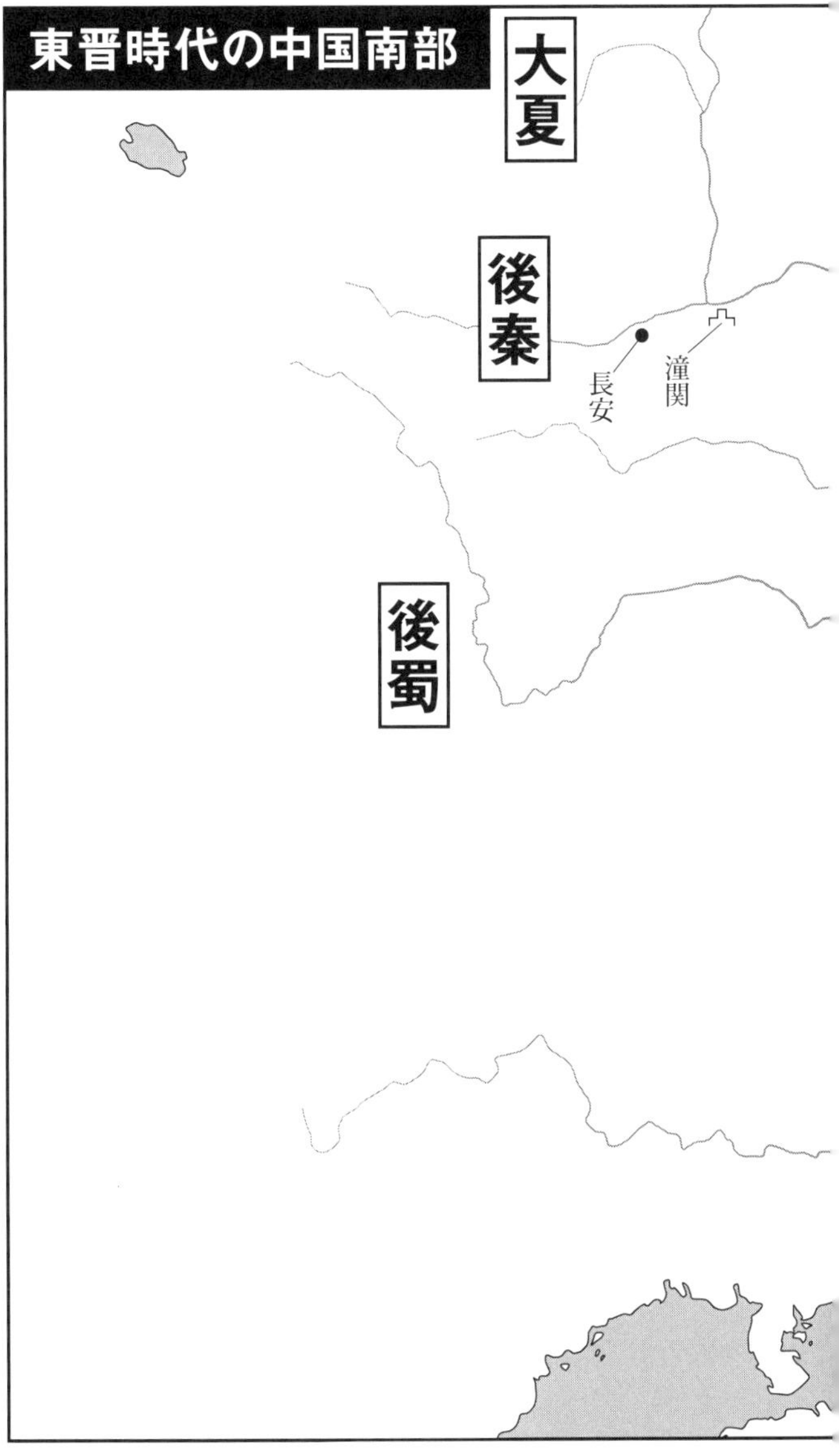
東晋時代の中国南部
大夏
後秦
長安
潼関
後蜀

主な登場人物

劉《りゅう》 裕《ゆう》　無頼の徒だったが北府軍に入り頭角を現し、宋の初代皇帝に。

臧愛親《ぞうあいしん》　劉裕の妻。

劉《りゅう》 牢之《ろうし》　北府軍の指揮官で劉裕の上官。

劉《りゅう》 敬宣《けいせん》　劉牢之の息子。父亡き後、劉裕に仕える。

司馬道子《しばどうし》　東晋の皇帝・孝武帝《こうぶてい》の弟。政敵・謝安《しゃあん》が没した後、政治の実権を握る。

司馬元顕《しばげんけん》　司馬道子の息子。

陶潜《とうせん》（陶淵明《えんめい》）　北府軍の記録係を経て、詩人として高い評価を得る。

王恭《おうきょう》　名門貴族、王氏の出身で北府軍の総帥。

安帝《あんてい》　東晋の皇帝。知能の発達が遅れており傀儡《かいらい》として存在。

桓玄《かんげん》　帝位目前で没した桓温《かんおん》の息子で西府軍の指揮官。

孫泰《そんたい》　後漢の末期に興った道教の一派、五斗米道《ごとべいどう》の教祖。

孫恩《そんおん》　孫泰の甥。孫泰の死後、五斗米道の教祖に。

盧循《ろじゅん》　孫恩の妹婿で孫恩の後継者に。

檀憑之《たんひょうし》　劉裕の北府軍の部下で、胆力に優れる。

何無忌《かむき》　劉牢之の姉の息子。教養は高いが、血気盛んな面を持つ。

臧熹《ぞうき》　臧愛親の弟。劉裕の側近に。

孟昶《もうちょう》　富豪の娘と結婚した美男子。劉裕に味方し、要職に就く。

劉毅《りゅうき》　広陵の有力な将軍で、劉裕とともに行動する。

劉道規《りゅうどうき》　劉裕の異母弟。

劉穆之《りゅうぼくし》　劉裕の側近。軍の後方支援を担当。

檀道済《たんどうせい》　檀憑之の一族で武勇に優れる。

王鎮悪《おうちんあく》　稀代の名宰相と呼ばれた王猛《おうもう》の孫で、劉裕に仕える将軍。

傅亮《ふりょう》　桓玄に見出され、劉裕に登用された文官。

謝晦《しゃかい》　名門である謝氏の一族の出で、劉裕の側近に。

徐羨之《じょせんし》　劉穆之に評価された後、劉裕に仕える。

劉義符《りゅうぎふ》　劉裕の長男。宋の第二代皇帝、少帝。

劉義真《りゅうぎしん》　劉裕の次男。

劉義隆《りゅうぎりゅう》　劉裕の三男。宋の第三代皇帝、文帝。

装幀　フィールドワーク
装画　西口司郎
地図作製　らいとすたっふ

劉《りゅう》裕《ゆう》

豪剣の皇帝

一章　寄奴《きど》の目覚め

一

初冬の頼りない陽光を受けて、無数の槍戟《そうげき》がきらめいている。林立する旗は地平線の彼方《かなた》まで連なり、無言の圧力をかけてくる。ざわめきが増幅されて、地鳴りのように聞こえてくる。天と地のあいだに、人がひしめいていた。入りまじった戦意と不安が飽和して、かげろうのように立ちのぼっている。

膨大《ぼうだい》な数の敵軍を、ひとりの若者が遠望していた。馬上にあっても際だつ長身であり、浅黒い肌と精悍《せいかん》な顔つきが、海の男を思わせる。かぶとはなく、革よろいはつぎだらけで、背負っている大剣をのぞくと、装備は立派とは言えなかったが、炯々《けいけい》たる眼光には一種の風格がある。

「多ければいいってもんじゃねえぞ」

若者はあきれたようにつぶやいた。顔の見えない人の群れは、蟻《あり》の集団と変わらなかった。じゃまになれば、踏みつぶすだけだ。

若者の名は劉裕《りゅうゆう》といった。劉という姓だけは立派だが、貴族に連なっているわけでもなく、誇れる家系ではない。他の兵士たちと同じように、地位も名誉も金もなく、ただ己の腕と運だけを信じていた。

敵軍は百万を数えるという噂《うわさ》が、兵士たちのあいだに流れていた。どうせ誇張《こちょう》だろう。兵糧を運ぶ輸送隊どころか、荷車をひく驢馬《ろば》まで数に入れているにちがいない。みなはそう言って笑い合っていたが、実際に大軍を前にすると、足がすくむ者も多かった。

劉裕はちがう。不敵に笑って、馬のたてがみをなでた。落ちつかなげに前脚を振っていた馬がおとなしくなる。

東晋《とうしん》の太元《たいげん》八年（西暦三八三年）、前秦《ぜんしん》の皇帝、苻堅《ふけん》がひきいる百万の大軍が南下をはじめた。淮河《わいが》の南を領する東晋を平らげ、中華の地を統一せんとのもくろみである。対する東晋軍は、八万の精鋭を迎撃のために送り出した。両軍は淝水《ひすい》をはさんで、にらみあっている。

前秦は氐《てい》族の建てた国である。漢《かん》族の宰相、王猛《おうもう》のもとで諸制度を整え、中国の北半分をほぼ制圧した。皇帝の苻堅は一視同仁の理想を掲げており、民族の枠を超えた王朝の樹立をめざしているという。

一方の東晋は、中原《ちゅうげん》を逐われて南に逃れた漢族の王朝である。三国時代を統一した司馬《しば》氏の晋《しん》が前身だ。晋は皇族の叛乱《はんらん》と異民族の侵入によって滅亡した。その最後の皇帝が殺されてからおよそ七十年、屈辱の記憶はまだはっきりと残っている。中原への憧れと、異民族への敵意は、増しているかもしれない。

「蛮族の侵略から国を守るための戦いだ。みなの力を貸してくれ」

東晋軍をひきいる謝玄《しゃげん》が声を張りあげて、兵士たちを鼓舞した。兵士たちは野太い歓声で応える。謝玄は宰相たる謝安《しゃあん》の甥《おい》で、貴族のお坊ちゃんではあるが、さわやかな出《い》で立《た》ちと飾らない性格で士心《ししん》を得ていた。

「国を守る、か」

劉裕は冷めた目で味方の熱狂を見つめていた。貴族たちが支配するこの国に、守るべき価値があるとは思えなかった。自分たちのような身分の低い者にとっては、国の名前が何であろうと関係ない。苻堅が善政をしいているなら、前秦に支配されてもかまわない。

劉裕が軍に志願したのは、食うためだった。学も伝手《つて》もない貧乏人が成り上がるには、生きるか死ぬかの勝負をするしかない。

大きな戦が目前に迫っていたのは幸いだった。死んだ父親が下級とはいえ役人をしており、戸籍のしっかりしていた劉裕は、問題なく軍に受け入れられた。巍然《ぎぜん》たる体格も物を言ったことだろう。出世のために、馬に乗れると嘘《うそ》をついた。実際にまたがってみると、苦もなく乗りこなすことができた。ただ、長く乗っていると、気持ちが悪くなってしまう。慣れればそれもなくなるだろうか。

上官は劉牢之《りゅうろうし》という男である。二十一歳になる劉裕より、ひとまわりは年上であろう。引き締まった身体《からだ》と、見事な口ひげの持ち主で、いかにも高位の将軍らしい威厳がある。劉裕とは身分がかなりちがうが、同姓で同郷だということで、気安く声をかけてきた。

「武芸を習ったことはあるか」

「いえ、とくに」

劉裕は首を横に振った。剣も槍《やり》も我流である。

「だろうな。まるで鍬《くわ》のように剣をふるっている」

劉牢之が呵々《かか》と笑ったので、劉裕はむっとした。

「敵を斬《き》れればどうだっていいでしょう」

「ちがいない。戦場で必要なのは剣術よりも勇気だ。その点、おまえは期待できそうだな」

劉牢之は劉裕の面構えや態度に、非凡なものを見出《みいだ》したのであろう。劉裕を小部隊の長に抜擢《ばってき》した。しかし、劉裕はその期待に応えられなかった。前哨戦《ぜんしょうせん》で命令を待たずに突出してしまい、こっぴどく叱《しか》られた。そのせいで、一兵卒として天下分け目の戦いに臨むことになったのである。

八万対百万の戦いであっても、兵の質や戦術で勝敗をくつがえせる。謝玄や劉牢之はそう考えているようだが、劉裕は懐疑的だった。何回も戦えば、そういうことも起こるかもしれないが、普通に戦えば多いほうが勝つだろう。いくら手柄を立てても、負け戦では褒美《ほうび》はもらえない。そもそも、生き残れるかどうかわからない。あまり死にたくはないので、自分が生き残ることを第一に考えよう。

劉裕はそう思っていたが、口には出さなかった。東晋軍では、そのような考えは珍しいようである。不思議なことに、東晋軍はひどくまじめに戦おうとしているのだ。前秦軍は大軍なだけに、そのような意思統一は図れまい。その点に、あるいは逆転の望みがあるかもしれない。

敵陣に動きがあった。

目を細めた劉裕の視線の先で、ゆっくりと後退していく。波が引くように、というほど美しくはなかった。なめくじが這《は》うように鈍重で不定型の動きである。

「おいおい、正気かよ」

劉裕はつぶやいた。後退する敵を追って渡河する旨、作戦として伝えられていたが、本当だとは思わなかった。

一般に、川をはさんだ戦いでは、先に渡るほうが不利になる。渡河のあいだは無防備になるうえ、渡ってしまえば後退はできないからだ。背水の陣という故事は、それゆえに生まれた。しかし、だからといって、どちらか、もしくは両方が渡らないと、戦端は開かれない。この場合、攻めてきた側であり、兵数で大きく上回る前秦軍が渡河するのが普通であろう。

それが、まるで渡河の場所を空けるように前秦軍が後退している。奇妙な戦いになりそうだ。劉裕は首をかしげながらも、手綱を握りしめた。すでに命令が下ったようで、先鋒《せんぽう》の部隊は前進をはじめている。

「進め！」

部隊長の号令を受けて、劉裕は馬に合図を送った。東晋軍は歩兵が中心で、騎兵は五千ほどである。それらは左翼に配備されており、後退する敵右翼を襲う作戦になっている。騎兵隊は蹄音《ていおん》をとどろかせ、砂礫《されき》を飛ばして淝水の流れに向かっていく。そして勢いを保ったまま、ひるみもせずに突っこんだ。このあたりの水深は人の膝《ひざ》くらいで、流れも遅く、渡河じたいは難しくない。

前を行く馬が立てる水しぶきを浴びて、劉裕は速度をゆるめた。前回の戦いでは真っ先に飛び出して怒られた。ゆっくりと進んでもいいだろう。

背後から声をかけられた。

「手を抜くなよ」

ぎくりとして振り返ると、劉牢之が鋭い視線を向けてきた。やる気がないのがばれているようだ。

「馬は苦手なもんで」

言い訳して、劉裕は馬の腹を蹴《け》った。速度をあげて、劉牢之を引き離す。視線のとどくうちは真剣に戦うとしよう。

川を渡り終え、土手を駆け上がる。あっというまに先頭近くまで来ていた。平地に達すると、馬が心地よさそうに四肢を伸ばして疾駆する。馬上の劉裕は槍をかまえた。振り返った敵兵の驚愕《きょうがく》の表情が見えた。

大きく開いた口めがけて、劉裕は槍を突き出した。たしかな手応《てごた》えがあって、口から入った槍が後頭部に抜ける。悲鳴すら発することなく、哀れな敵兵は絶息した。

劉裕は血に濡《ぬ》れた槍を引き抜き、次なる獲物を求めて馬を走らせる。馬上で槍を使うのは実戦でははじめてだったが、思ったよりはうまく扱えた。さらに四人の敵を突き殺して、劉裕は馬をおりた。鎧《よろい》ごと胴をつらぬいた槍が抜けなくなったからだった。ちょうど、馬をあやつるのに疲れてきたところだった。

やはり地に足をつけて戦うほうがいい。劉裕は背中の大剣を抜いた。

槍は借りたものだが、大剣は部隊長からもらったものだ。長さがおとなの足ほどもあり、幅も厚みもあって、きわめて重い。誰も振り回せなかったので、劉裕の所有となった。聞けば、前の持ち主は水戦の訓練中におぼれ死んだという。気になるか、という問いを、劉裕は笑い飛ばした。そんなことをいちいち気にしていたら生きてはいけない。

気合いの声とともに、劉裕は大剣を真上から振り下ろした。すさまじい音がして、敵兵のかぶとがはじけ飛ぶ。かぶとを割った大剣は頭に食いこんでいた。鮮血と脳漿《のうしょう》をまきちらして敵兵が倒れる。

空気を断ち切る勢いで、大剣が振られる。ひと振りごとに腕や首が飛んで、赤い風が渦を巻く。

劉裕は涼しい顔で死を量産しながら前進した。歴戦の猛者からすれば、二十一歳の若者の動きには無駄が多く、隙《すき》も随所に見出せただろう。だが、前秦軍に劉裕を止められる者はいなかった。

「弱すぎる。この調子だと、勝っちまいそうだぜ」

返り血をぬぐって、劉裕はつぶやいた。手のとどく範囲に敵がいなくなっていた。

敵軍は組織だった抵抗をせず、ずるずると後退していく。指揮系統が混乱しているようだ。もっとも、劉裕に敵を笑う資格はないかもしれない。馬を乗り捨てたときに、自分の属する小隊からはぐれてしまっている。

さて、どうすべきか。勝ち戦なら、もう少し手柄を立てたいところだ。

突然、喧騒《けんそう》の種類が変わった。劉裕は顔をあげ、戦塵《せんじん》にかすむ前方をすかしみた。

敵が盛り返してきたのだ。全体としては後退をつづけているものの、氐族の鉄騎隊が東晋軍の攻勢の前に立ちはだかり、押し返しはじめている。しかし、東晋軍もまもなく本隊が渡河を終えるはずだ。すぐに優位を取り戻すのではないか。

とりあえず、前線に出てみるか。劉裕はまるで散歩のような足どりで戦場を歩いた。

目の前で、ふたりの歩兵が一騎の鉄騎を前にして苦戦していた。劉裕は悠然と近づくと、突き出された槍を大剣で弾《はじ》きとばした。敵が思わずその行方を追った隙に、重い大剣で薙《な》ぎ払う。敵兵は胴を両断され、上半身と下半身に分かれて、馬から転げ落ちた。

次の獲物をさがそうと、劉裕が目を切ったときである。

「危ない」

叫び声が重なった。

騎手を失った馬が暴《あば》れて、後ろ脚を跳ねあげたのだ。劉裕はとっさに右によけたが、ちょうどよけたほうに脚が飛んできた。大剣をかかげたが、間に合わない。

衝撃に息がつまり、声を失った。

劉裕は仰向けに倒れて、ぬかるみに転がった。全身に激痛が走り、手足を動かすことができなかった。

「しくじった……」

内心でつぶやいたのを最後に、意識が遠のいた。

二

淝水の戦いは、東晋軍の完勝に終わった。前秦軍は東晋軍の渡河を待って、反転して攻撃する予定だったが、作戦が周知されていなかったため、後退から潰走《かいそう》へと移った。東晋軍へ寝返った将が後退を命じたからだともいう。

前秦は一度の敗北で瓦解《がかい》した。もともと氏族の苻堅が多民族を無理に統合した国だったため、皇帝の権威が失墜したとたん、四分五裂したのである。鮮卑《せんぴ》族や羌《きょう》族が独立して新しい国をつくり、苻堅は羌族に殺されて前秦は事実上滅びた。華北《かほく》が再び割拠の時代に入ったことで、東晋の危機は去ったのであった。

しかし、平和は安定を生まなかった。外敵の脅威がなくなると、内部の権力争いがはじまったのだ。

東晋は華北から亡命した貴族の主導で建てられた王朝であるため、伝統的に貴族の力が強く、皇帝の力が弱い。これに江南《こうなん》に土着している豪族と、西府《せいふ》と北府《ほくふ》という軍閥がからんで、騒乱の危険をつねに内包しているのが、この国の特徴であった。

淝水の戦いにむけて国をまとめあげた謝安は、大貴族の出身である。穏健な調整型の宰相であったが、その冷静さが危機に際して発揮された。ただ、戦後、謝安の求心力は急激に低下する。危機が去ったら、まとめ役は必要なくなったのだ。謝安は太元一〇年（西暦三八五年）、失意のうちに没し、皇帝の弟にあたる司馬道子《しばどうし》が政治の実権を握って、ほしいままにふるまうようになった。

劉裕は重傷を負ったが、一命はとりとめた。幸いにして東晋軍に余裕があったため、味方に救われたのである。

劉牢之からはひどく叱責《しっせき》された。

「ひとりで勝手に行動するから、そういう目にあうのだ」

関係ない。運が悪かっただけだ。劉裕は思ったが、身体中が痛くて話すどころではなかった。あばら骨が折れているほか、内臓も傷ついているという。

「一から鍛え直してやるから、治ったら戻ってこい」

劉牢之の言葉にうなずいた劉裕だったが、その気はなかった。無能な上官の命令を聞くのはこりごりだ。戦機とみたら突っこむのは当たり前だし、目の前の敵を無視して仲間と歩調を合わせるのもばからしい。

傷が治った劉裕は、京口《けいこう》の城市の無頼の徒となった。

淝水の戦いで主力となった東晋軍は、北府軍と呼ばれていた。京口に本拠地をおき、都の建康《けんこう》を守るための軍団だ。東晋にはもうひとつ、西府軍と呼ばれる軍団があって、こちらは荊州《けいしゅう》に配置されている。

京口は都から東に下った長江《ちょうこう》の南岸に位置する。軍団の駐屯地として開発された城市であり、猥雑《わいざつ》な活気に満ちていた。張りめぐらされた水路を人や商品を運ぶ小舟が行き来し、市場には川魚や肉が山と積まれている。酒楼や妓楼《ぎろう》も多くあって、喧騒は夜遅くまでつづいていた。

劉裕は生まれ育ったこの街の雰囲気が好きだったが、とくに好んだのは博打《ばくち》である。骰子《さいころ》や札を使った遊戯《ゆうぎ》で金を賭《か》ける。もともとは勝ったり負けたりだったが、戦を経験してからの劉裕は博打に強くなった。相手の心理を読んだり、場の流れを感じたりするのが得意になって、めったに負けなくなったのだ。

わずかな農地から得る収入と博打の勝ち分で、劉裕は弟妹を養った。似たような境遇の若者たちをひきいて喧嘩《けんか》もしたが、こちらは一度も負けなかった。一対一での強さに加え、不意打ちやだまし討ちも辞さない劉裕に敵はいなかった。数年経つと、劉裕の名は京口の裏街にとどろくようになった。

淝水の戦いから十年ほどが経ったある日のことである。

折れ曲がった水路を進んだ先に、舟でしかたどりつけない茅屋《ぼうおく》があった。戸口は狭く、大人はかがまないと入れない。水はよどんで、悪臭を放っている。小さな虫が塊《かたまり》になって飛んでおり、羽音がうるさい。

太陽はまだ西の空に浮いているが、この一角はすでに薄暗かった。船着き場に燭台《しょくだい》がおかれて、ぼんやりとあたりを照らしている。

粗末な板の戸を開けると、内部は意外に広い。むきだしの土の上に卓がいくつもおかれ、半裸の男たちが腰を下ろしている。血走った目が見つめているのは、くるくると回転する骰子である。

賭場《とば》の客はあわせて六人。繁盛しているとは言えないようだ。ただ、酒はよく出ており、からになった甕《かめ》が卓の横に並んでいる。

若い客が顔を真っ赤にして席を立った。

「すっからかんだ。もう帰る」

すると、賭場の奥から、恰幅《かっぷく》の良《よ》い男が顔を出した。

「まだ日も暮れていませんよ。種が必要ならご用立てしますから」

若い客が逡巡《しゅんじゅん》の表情を見せたとき、戸が音を立てて開いた。身体をねじるようにして入ってきたのは、大剣を背負った長身の男である。ただならぬ気配に客も手をとめ、店の男は奥に引っこもうとする。

「待て」

殺気をこめた声がかかった。店の男がびくりと背をふるわせる。

「いかさまをやってるらしいじゃねえか」

「……そんな、根も葉もない噂を」

否定する男をかばうようにして、屈強な用心棒が出てきた。最初はふたり、そのあとに三人がつづく。さらにふたりが現れても、長身の男は泰然としている。

戸口から声がする。

「寄奴《きど》のあにき、どいてくださいよ。狭くて入れませんて」

「うるせえな。これくらい、おれひとりで充分だ」

そのやりとりを聞いて、用心棒のひとりが顔色を変えた。

「寄奴って、おまえ、もしかして劉裕か」

「だとしたらどうする」

劉裕がにやりと笑うと、用心棒は踵《きびす》を返そうとした。

一瞬のうちに、叫喚と鮮血が賭場に満ちた。劉裕の動きは迅速をきわめていた。大剣でなく腰間の小剣を抜き、一気に間合いをつめて、背を向けた用心棒に斬りかかる。一刀のもとに床に這わせ、跳ねあげた剣で、ふたりめの用心棒の喉《のど》を突く。そこでようやく、三人目が剣に手をかけた。しかし、抜く前に腕を切り落とされて転げ回る。

劉裕はさらに一歩ごとに用心棒を片付けて、五歩目には店の男に剣を突きつけていた。

「きさまが主《あるじ》か。それとも、別に主人がいるのか」

店の男は冷や汗をたらしつつ、懸命に頭《かぶり》を振った。

「わ、私は雇われているだけです。元締めがいるんです」

「どこのどいつだ」

「それはその……」

男が口ごもると、劉裕の忍耐力は尽きた。

「おれはのろまと嘘つきが嫌いなんだ」

剣が閃《ひらめ》き、男の首がぼとりと落ちる。拡大する血だまりのなかで、恨めしげな顔が劉裕を見上げた。

「おれたちにも剣を使わせてくだせえよ」

劉裕の手下が五人、ようやく入ってきて、家捜しをはじめた。ひとりが客を集めて訊《たず》ねる。

「こいつらはどうしますか」

「放してやれ」

劉裕は笑顔でつけくわえた。

「銭はおいていけよ。どうせ残らず巻きあげられるはずだったんだ」

翌日、劉裕は根城にしているあばらやで、あくびまじりの息をついていた。両足を卓の上に投げ出し、右手は椀《わん》をつかんでいる。あまり酒は強くないため、椀の中身は白湯《さゆ》で割った薄い酒だ。左手はつまらなそうに骰子をいじっている。

いかさまをする賭場や客をこらしめたり、商人組合の依頼で密売人を捕らえたり、といった「仕事」は心が躍らなかった。血を流すのは嫌いではないが、どうせなら、広いところで大剣をふるいたい。以前は喧嘩を売ってくる集団もあったが、最近は名前だけで敵が退くことが増えている。

あばらやはにぎやかだった。手下の若者たちが五人、むしろの上で車座になって、昨日の上がりで酒を飲んでいる。小銭を賭けて双六《すごろく》に興じているようだ。

「おもしろいことがねえかなあ」

劉裕はつぶやいた。それが天にとどいたのかもしれない。

たてつけの悪い戸が開いて、手下のひとりが顔を出した。

「寄奴のあにき、変な客が来てるんですが」

「どう変なんだ」

眉《まゆ》をひそめて、劉裕は立ち上がった。

「へい、ばばあなんですが、あにきに会わせろって」

「誰がばばあだって」

手下を押しのけて、中年の女性が入りこんできた。年齢は四十代の後半あたりで、ばばあというほどではない。裏街には不似合いな、こざっぱりとした格好をしている。

その女性を目にしたとたん、劉裕は凍《こお》りついた。

「どうして、こんなところへ」

「どうしてもこうしてもないよ。久しぶりにこっちに戻ってきたら、あんたがふらふらしてるって言うから、様子を見にきたんだ」

劉裕はすっと目をそらして、長身をちぢめた。いつもの自信たっぷりな様子とは明らかにちがう。手下たちがささやきかわす。

「あれ、あにきのお母さんかな」

「いや、とうに死んでるはずだぜ。継母《ままはは》はいるらしいけど、そんな雰囲気じゃないな」

劉裕がじろりとにらむと、手下たちはあわてて口をつぐんだ。

場違いな女性は臆《おく》することなく、劉裕に近づいた。

「あんたがまともに働けば、縁談も紹介できるんだけどね」

「縁談なんて、おれはそんな気はねえぞ」

「あんたの意思なんて問題じゃないよ。いつまでも遊び暮らしてないで、一人前の男になりなって言ってるんだ。じゃないと、あたしが恥ずかしいよ」

「叔母さんには関係ねえだろ」

言い返した劉裕の声は大きかったが、虚勢の色が濃かった。叔母さんと呼ばれた女性はなお接近して、劉裕の胸に指を突きつけた。手下たちが目を丸くして見守る。

「関係ないことないよ。いつまでも子供でいたいってことは、まだあたしのおっぱいが恋しいんだろ」

「やめろって」

劉裕は大声をあげながら、叔母を戸の外へと押し出した。自分もつづいて、後ろ手に戸を閉める。

「おれの立場も考えてくれよ」

哀願《あいがん》する劉裕を見て、叔母は勝ち誇った笑みを浮かべた。

「じゃあ、あたしの言うことも考えてくれるかい」

「う、まあ、それは……」

劉裕は口ごもった。叔母であり、乳母であるこの女性は父の妹である。生みの母は産後の肥立ちが悪くて亡くなってしまった。下級役人だった父に乳母を雇う金はなかった。途方に暮れた父が、いっそのこと、と赤子の首に手をかけたときに、子供を産んだばかりの叔母が颯爽《さっそう》と現れたのだった。

「ひとりもふたりも同じだよ。この子はあたしが育てる」

叔母がそう言って父から取りあげなければ、劉裕の人生は乳飲み子のうちに終わっていただろう。ゆえに、劉裕は叔母に頭があがらない。養子という意味の寄奴というあだ名は、この話に由来する。

父はやがて再婚し、劉裕を引き取った。継母は劉裕を労働力としてしか見ていなかったが、それだけに、必要以上につらくあたることはなかった。父は劉裕が十歳のときにあっけなく死んだ。以来、劉裕は小さな畑を耕して一家を支えてきたが、近ごろは家のことは弟たちに任せている。

叔母は都の建康に引っ越して暮らしていたが、用があって京口に来たのだという。

「兄さんの墓にも行ったけど、ひどい荒れようだったよ。たまには掃除くらいしてやりなさいよ。あんなのでも父親でしょうに」

「はいはい、わかりました」

劉裕は答えながら、足を後ろに伸ばして戸を蹴った。盗み聞きしていた手下たちが、うっとうめいて散っていく。

叔母が少し口調をやわらげた。

「仕事がないなら、都で紹介しようか」

「いや、また軍にでも入る。ただ、戦がないからどうなるか」

京口の北府軍は淝水の戦いの余勢を駆って北伐を計画していたが、これは実現しなかった。謝安と対立する司馬道子が強く反対したためである。華北の混乱に乗じれば、成果が出ると考えられていたが、司馬道子は謝氏一族に手柄を立てさせたくなかったのだ。

北府軍をひきいていた謝玄は太元一三年（西暦三八八年）に没しており、今は王恭《おうきょう》という将軍が総帥となっている。王恭は名門中の名門である王氏の出身で、妹は皇后であるから、外戚《がいせき》でもある。戦よりも風流を好むいかにも貴族らしい貴族で、甲冑《かっちゅう》よりも絹の衣がよく似合う。北伐には興味がなさそうだ。

ただ、王恭の下で、実戦の指揮官を務めるのは、劉裕もよく知る劉牢之である。かれを頼れば、仕官できるかもしれない。

「とにかく、言うことは聞くから、こっちにはもう来ないでくれ」

「本当は寂《さび》しいくせに、無理するんじゃないよ。それから、ちゃんとひげの手入れをしな。みっともないよ」

微笑を残して、叔母は去っていった。

いい機会かもしれない。ちょうど今の生活に飽きてきたところだ。環境を変えてみるのもいいだろう。無精ひげをさすりながら、劉裕は考えていた。

三

劉裕の仕事場は、京口の城市の食糧庫であった。

作業は早朝からはじまる。かんぬきを開けて倉庫に入った劉裕は、まず鼠《ねずみ》捕りの罠《わな》を確認した。にかわにくっついてもがいていた二匹を無造作に袋に入れ、餌《えさ》の団子を改めて設置する。高所にある格子窓から、白っぽい光がさしこんでいる。湿気《しっけ》を避けるために組まれた棚に、うずたかく袋が積まれている。倉庫全体が、かすかに黴臭《かびくさ》い。

劉裕は顔をしかめて倉庫を出ると、荷車の兵糧袋を運びはじめた。数を算《かぞ》えながら、棚に積み重ねていく。記録する係は別にいて、竹簡に数字を書いていく。最初は劉裕が記録も担当していたが、文字の読み書きがほとんどできなかったので、上役があきらめて別の者をつけてくれた。この時代、雑用に従事する下級の役人には、字の書けない者も少なくない。民や兵なら、読み書きはできなくて当たり前である。

「麦を五袋運んだぞ」

劉裕は倉庫の外にいる記録係に声をかけた。返事がないので、大きな声で繰り返しながら、外をのぞく。

「おい、何やってんだ」

記録係は倉庫の壁にもたれて坐《すわ》りこんでいた。ぼうっと空を眺めていて、返事もしない。筆はかろうじて指に引っかかった状態で、尖端《せんたん》から墨がたれている。竹簡の束《たば》は膝の上に散乱していた。

「寝てんのか」

劉裕は記録係の肩を乱暴に揺すった。記録係が目をあげてじろりとにらむ。

「失敬な。目は開いておろうが」

記録係は名を陶潜《とうせん》という。劉裕と同世代で、寒門《かんもん》すなわち下級貴族の出身だ。中肉中背だが、しまりのない体をしていて、外見の印象は悪かった。文弱の徒というほど、頭の冴《さ》えも感じさせない。

「空を渡る鳥の群れを見ていたのだ」

陶潜はなぜか自慢げに言った。ふところに酒らしき革袋がのぞいているのを、劉裕はめざとく見つけた。

「また飲んでんのか」

「こんなつまらない仕事、飲まずにできるか」

「そんなことは仕事してから言えよ。おれまで怒られるじゃねえか」

陶潜はばかにしたように笑った。

「自分の心配ばかりで、さもしい奴よの」

思わず手を出しそうになった劉裕だが、かろうじてこらえた。こんな奴を殴っても仕方がない。

「酒飲みの怠け者に言われる筋合いはねえよ」

「怠けることこそ、人間の本質だ」

どうも陶潜の言うことは意味がわからない。劉裕は荒々しくため息をついた。

そもそも、軍に入るつもりだったのに、どうして役人のような仕事をさせられているのか。かつての上官だった劉牢之は、劉裕の志願を歓迎しつつも、すぐには受け入れてくれなかった。

「いくら強くても、命令を聞けない奴は使えん」

「おれもおとなになりましたよ」

劉牢之はあからさまな猜疑《さいぎ》の視線を向けてきた。

「おまえの悪い噂はいろいろと聞いている。改心したかどうか、試してやろう」

そうして与えられたのが、今の仕事であった。そして、陶潜の存在によって、劉裕は早々に忍耐力を発揮する機会に恵まれたのだった。もっとも、そこまでは劉牢之の計算にも入っていなかっただろう。

陶潜は、生活するためにいやいや仕事をしていると、放言していた。劉裕とて、それは同じだ。むしろ当たり前のことだろう。そこに屈託があるのは、下級なりとも貴族だからだろうか。そう考えると、陶潜への反感は強まっていく。もっとも、陶潜は怠けながらも最低限の仕事はこなした。そうでなければ、劉裕は同僚を殴った罪で追放になっていたかもしれない。

酒を飲んでいないとき、陶潜は言った。

「人生ははかない。人も虫けらも、死ぬという意味では同じ存在だ。すると、どう生きるかが重要になってくる」

飲んでいるときも、似たようなことを言っている。

「人は自然のなかで生きるべきなのだ。区々たる仕事や面倒な人間関係にじゃまされることなく、大地に親しみ、四季の移ろいを感じながら、酒を飲む。それが人らしい生き方だ。つまり、人は街ではなく、農村で暮らすほうがいい」

劉裕にはさっぱり理解できない。人が虫けらのように死んでいくのはたくさん見てきた。大勢殺したし、殺されそうになったこともある。壮絶な飢饉《ききん》も経験した。人生の意味など、考える余裕はなかった。

陶潜は仕事の山を横目に、陽気に語る。

「芸術に触れてみろ。絵を眺め、詩を読むのだ。腹が減っていても、心が豊かになるぞ」

「腹が減るのは嫌だな」

ふたりは住む世界がちがうようで、会話が嚙《か》み合うことはついぞなかった。劉裕にとって幸いなことに、陶潜はほどなくして仕事を辞めた。

「もう耐えられん。何も生み出さないような仕事をやっていられるか」

陶潜はそう言い残し、劉裕には世話になったな、と一篇の詩を残していった。陶淵明《とうえんめい》と署名の入った詩を、劉裕はあいにく読むことができなかった。

都における司馬道子の暴政の噂は、京口にもとどいていた。山海の珍味を並べ、美姫《びき》を侍《はべ》らせて、夜ごとに宴《うたげ》を開く。気に入らない者は首を斬り、民には重税を課す。国の収入も、自己の荘園《しょうえん》の収入も同じように浪費して、遊興にふける。暴政には個性がないといわれるが、まさしくそのとおりであった。

兄の孝武帝《こうぶてい》は後宮にこもってただ酒色におぼれるのみで、政治には無関心であった。その末期は悲惨である。

あるとき、孝武帝は愛妾《あいしょう》のひとりをからかって告げた。

「そなたもそろそろ三十歳か。代わりをさがさないとなあ」

これを真に受けた愛妾は、怒りと哀しみに我を忘れた。皇帝がいつものように泥酔して眠りにつくと、懇意の宦官《かんがん》に弑逆《しいぎゃく》を命じる。人望のない皇帝であったから、宦官は唯々《いい》として命令にしたがった。厚い絹の枕で口をふさがれて、孝武帝は窒息死したのだった。

宦官たちは秘密のうちに司馬道子に事態を報告した。皇帝弑逆の大事件にもかかわらず、司馬道子の反応は鈍かった。

「それならそれでよかろう。皇太子殿下に即位していただく」

皇太子たる長男は十五歳だが、知能の発達が遅れていて、読み書きはおろか、言葉を発することもできなかった。傀儡《かいらい》としては申し分ない。皇帝は病死ということにされ、皇太子が即位した。これが安帝《あんてい》で、太元二一年（西暦三九六年）の出来事であった。

実権はひきつづき司馬道子が握っている。司馬道子はみずから帝位に即《つ》くほどの気概はなく、人材のいない宮廷で権力をふるうだけの俗物であったが、息子の司馬元顕《しばげんけん》はより悪知恵が働いた。

「父上、我々の手もとには精強な軍隊がありません。万一、裏切り者が出た場合、すぐに誅《ちゅう》するのが難しい状況です。北府と西府の軍権を奪い、権力を固めるべきかと」

「ふむ。もっともな提案だな」

司馬道子は北府軍総帥の王恭を追放し、遊び仲間の王国宝《おうこくほう》をその地位につけようとした。王国宝は王恭と同じく、貴族の中の貴族たる王氏の一員で、謝安の娘婿《むすめむこ》である。司馬道子の意図を伝え聞いて、王恭は激怒した。

「朝政を壟断《ろうだん》するのみならず、伝統ある北府軍にまで手を伸ばそうとするとは、言語道断の所業である。見て見ぬふりをするわけにはいかぬ」

妙に客観的な物言いだが、王恭は当事者である。起《た》たねば未来はないのだから、起つしかない。もっとも、叛乱に起ちあがったとき、実際に軍をひきいて戦うのは、劉牢之の役割になる。

相談を受けた劉牢之は言った。

「君側の奸《かん》を討つ、という名目であれば、兵を動かせます。司馬道子らに大した兵力はありませんから、容易に勝てるでしょう。ただし、西府軍と事前に話をつける必要があります」

王恭は西府軍をひきいる殷仲堪《いんちゅうかん》に密使を送った。殷仲堪は、西府の実力者である桓玄《かんげん》と相談して、挙兵に同意した。

隆安《りゅうあん》元年（西暦三九七年）、北府、西府の両軍は決起した。

劉裕は決起を相談されるような立場にはなかったが、直前に実戦部隊に配属されており、妙な雰囲気は感じとっていた。戦が近いのはわかる。だが、兵糧の用意がされていないので、大規模な遠征ではない。「叛乱でも起こす気かな」とささやきかわす兵士たちはひとりやふたりではなかった。

王恭は多くは語らなかった。

「奸臣《かんしん》を討つため、都へ進軍する」

そう宣言しただけで、挙兵の意義を丁寧に説明することはなかった。兵は命令を聞いて当たり前だと思っているのだ。

兵士たちの反応は冷めたものだった。

「しょせんは貴族同士の争いだろう。おれたちには関係ない。なのに、味方と戦わないといけないのか」

「いや、都の守備兵は少ないから、戦にはならないだろう。それが唯一のなぐさめだ」

劉裕も会話に割りこんだ。

「つまんねえな。おれは戦いてえぞ」

「おまえは強いからまだいいよ」

劉裕の武勇はすでに同僚から尊敬の念を集めている。

「くだらない戦いで怪我したり、死んだりするのは御免だ」

それが兵士たちの本音らしい。かれらは徴兵されたり、あるいは食うために志願したりして、軍に入っている。防衛のための戦いならいざ知らず、内乱では士気はあがらない。司馬道子や王国宝がかれらを弾圧しているわけでもなく、総帥の王恭に人望がなければなおさらであった。

ともあれ、兵士たちは命令にしたがって行軍し、都に迫った。

急報を聞いた司馬道子は動転して、息子を詰問した。

「どうしてくれる。おまえがいいかげんなことを言うからだぞ。北府軍に攻められたら防ぎきれん」

杯から酒がこぼれて、豪奢《ごうしゃ》な絹の服にしみをつくった。なおも非難をつづけようとする父親を、息子の冷徹な声がさえぎった。

「あわてる必要はありません。予期していたことです。これを奇貨として、まずはひとり、じゃま者を排しましょう」

司馬元顕は虚勢を張っていたのだが、父親は気づかなかった。

「じゃま者というと」

「王国宝ですよ。王恭めが主張する奸臣とは、かれのことです。奸臣を除けば、挙兵の大義名分はなくなります」

司馬道子は一瞬驚いたが、すぐに小狡《こずる》そうな顔で思案をめぐらした。王国宝は友人だが、権力をめぐって争っていた時期もあった。心を許しているとはいえず、考えてみると、いなくなっても惜しくはない。自分が助かると思えば、人の命など安いものである。

「わかった。奴を差し出そう」

司馬道子は決意した。王国宝は地位を捨てて隠退すると申し出たが、聞き入れられず、首を斬られた。

「奸臣は御聖断のもとに断罪した。王将軍には安心して自己の責務を果たされたい」

司馬道子からの書簡を受けとって、王恭はとまどった。暴政をおこなっているのは司馬道子だが、皇帝の叔父であるから、奸臣として討つのもためらわれる。自分の地位も安堵《あんど》されるというので、とりあえず挙兵の目的は達せられた。兵を引くべきだろうか。

問われた劉牢之は内心であきれた。叛乱というのは決死の覚悟でおこなうものだ。中途半端《ちゅうとはんぱ》な成果で矛を収めては、未来がなくなる。

「私にはわかりかねます。閣下の思うがままに」

劉牢之はこのとき、半《なか》ば王恭を見限った。目にはかすかに軽蔑《けいべつ》の色が浮かんでいたが、王恭は部下の心情に頓着《とんちゃく》する男ではない。

「ふむ。ここは譲歩を引き出したことで満足すべきであろう」

王恭は京口に引き返すよう命じた。劉裕は不満であったが、兵士たちの多くはほっとして帰途についた。

しかし、早くも翌年、王恭は気を変えるのだった。

四

「やはり司馬道子に政治を任せておくわけにはいかない」

王恭は再び建康への進軍を命じた。一度は納得して退却したが、考えているうちに不安になったためである。いつまた、軍権を取りあげられるか、知れたものではない。やられる前にやる、という発想から、おろしたこぶしをすぐにあげることになった。つきあわされる兵士はいい迷惑である。

兵の士気は低かったが、大軍が迫っていることはまちがいない。都では司馬道子が杯を片手に荒れ狂っていた。

「今度こそ終わりだ。おまえのせいで、叛乱軍が攻めてくるのだぞ。ああ、どこへ逃げればよいのか。王恭はどうすれば翻意するのだ。地位か、金か。都を守る兵士を集めなければ。そうだ、西府軍を今から味方につけることはできないか」

宮廷を牛耳《ぎゅうじ》る男は、酒を飲みつづけながら、脈絡なく話しつづけている。顔色は赤くなったり青くなったりと、めまぐるしく変わっている。酌《しゃく》をする妾《めかけ》たちは恐怖にふるえていて、媚《こ》びを売る余裕もない。

司馬元顕は口の端《はし》に冷笑を浮かべて、父の狂態をながめている。

「それほど心配なら、もう隠退なさったらいかがですか」

「隠退……」

司馬道子は酔眼を泳がせた。司馬元顕が重々しくうなずく。若さに比して尊大で、自信にあふれた仕草であった。自分を大きく見せることについて、子は父に勝っていた。

「あとは私が引き継ぎましょう」

「叛乱を鎮圧するあてはあるのか」

「すでに手は打ってあります」

司馬道子はまわらない頭でしばし考えた。それほど迷うことはなかった。司馬道子は権力じたいに拘泥しているわけではない。

「好きにするがよい」

「潔いご決断に感謝します」

司馬元顕は形だけは丁寧に礼をほどこすと、酒浸りの父をおいて自室に戻った。部下を呼んで、かねて計画していた策の実行を命じる。

密使が向かったのは、劉牢之の幕営であった。夜を待ってから、皇帝の急使だと称して、主と面会を果たした。

「朝廷に叛逆《はんぎゃく》した王恭を捕らえるべし。首尾良く逆賊を誅したあかつきには、そなたに北府を任せよう」

玉璽《ぎょくじ》が押された書簡を読んで、劉牢之はかすかに唇《くちびる》をゆがめた。生じかけた笑いを押し隠したためである。司馬元顕とは何度か書簡のやりとりをして、気脈を通じていた。いよいよ、決行のときが来たのだ。

王恭は叛乱を成功させて国を治めるほどの器ではない。司馬道子父子《おやこ》の器量が大きいとは思わないが、替えてもよくならないのなら、あえて替えずともよかろう。何より、劉牢之自身は出世を遂げられる。

「西府の動きはどうなっていますか」

劉牢之は念のために訊ねた。密使が周囲をはばかって小声で答える。

「くわしくはわかりませぬが、同様の誘いが桓玄殿のもとにも行っております」

「うむ。西府に遅れるわけにはいかぬ。北府はあくまで主上をお守り申し上げる。そのようにお伝えしてくれ」

密使を帰すと、劉牢之はさっそく行動を起こした。まず、信頼する息子の劉敬宣《りゅうけいせん》を呼んで、事の次第を伝える。

「よくぞ決意なさいました」

以前から、劉敬宣は王恭の叛乱に批判的であり、父の決断を大いに称賛した。

「朝廷にしたがうのが臣下の分でございます。身の程知らずの叛臣《はんしん》に報いをくれてやりましょうぞ」

「うむ、我らは正道を歩もうぞ」

ふたりは配下の兵を十人ほどひきいて、王恭の幕営を訪ねた。

「閣下、一大事にございます」

護衛の兵を押しのけて、劉牢之は天幕の前に立った。剣を抜いて、入り口の布を斬りあげる。

積み重ねられた毛氈《もうせん》の上から、言葉にならない寝ぼけ声が返ってきた。

「寝ている場合ではございませんぞ」

「……どうした。敵か」

ゆっくりと身を起こした王恭に、劉牢之は剣を突きつけた。

「朝廷の敵となったのは閣下です」

王恭は状況が呑《の》み込めないようで、しばらくきょとんとしていたが、ふいに目を見開いた。

「きさま、裏切ったのか」

「あなたが朝廷を裏切ったのです。私は謀叛人《むほんにん》を罰するだけです」

「信頼しておったのに……」

実は王恭のもとには、劉牢之が司馬父子に通じているという密告がとどいていた。にもかかわらず、王恭は劉牢之を信じて、精兵をあずけていたのだった。

「またしても判断を誤りましたな」

劉牢之はかつての上官に冷嘲《れいちょう》を向けた。

王恭は剣をさがして手を泳がせたが、劉牢之が刃を首にあてると、情けないうめき声をあげて動きをとめた。劉敬宣も剣を抜いてにらみつけており、逃げ場はない。

「無礼だぞ。王氏の一員たるこの私に向かって……」

「縄をかけろ」

劉牢之は背後の部下に命じた。

王恭は都に連行されて、叛逆の罪で処刑されることとなった。将軍よりも神仙を思わせると称された男である。一度覚悟を決めると、髪を整え、身だしなみに気を遣い、東晋貴族らしい悠然とした態度で、刑場におもむいた。

「人を信じすぎたためにこのような目にあったが、後悔はしていない。朝廷に叛《そむ》くつもりはなかった。世を正して名をあげたかっただけだ」

王恭はそう言い残して、首を斬られた。

西府でも同様の事態が生じた。司馬元顕の誘いを受けた桓玄が裏切り、軍の実権を奪ったのだ。殷仲堪は桓玄を討伐しようとしたが、敗れてみずから死を選んだ。

司馬元顕は王恭の乱が落ちつくと、勅命を出させて父の地位を引き継いだ。策が失敗に終わったら、父にすべての責を負わせるつもりであったが、その怖《おそ》れはなくなった。北府の劉牢之と西府の桓玄をしたがえて、司馬元顕が都で専権をふるう。そのような体制ができあがった。

軍を掌握して安心した司馬元顕は、民からの収奪を強めた。法外な税が課せられ、厳しい労役に駆り出された。

「民は貴族に奉仕するために生きているのだ。差し出すものがなければ、命を差し出せ」

司馬元顕はそう言って、民を奴隷にしたり、兵士にしたりした。あまりに横暴な命令に、民として唯々諾々としたがうはずもない。司馬元顕の荘園や、影響力の強い会稽《かいけい》の地からは、逃げ出す者が多かった。

逃亡者の受け皿となったのは、五斗米道《ごとべいどう》の宗教団体であった。五斗米道は後漢《ごかん》の末期に興った道教の一派である。信者に五斗の米を寄進させたことから、その名がついたが、開祖の称号から天師道とも呼ばれる。三国志の時代には、張魯《ちょうろ》が漢中に一勢力を築いて隆盛を誇った。張魯が魏《ぎ》に服属すると、信者は冷遇されて存亡の危機におちいったが、江南に拠点を移して生きのびた。そして、東晋の支配下で、勢力を広げつつあったのである。

五斗米道の教祖は呪術《じゅじゅつ》を使う。気を練って力を解放することで人を傷つけたり、病気を治したりするという。

「自然の中で清貧に暮らし、他人をあざむくことなく真っ当に生きれば、たとえ過去に罪を犯した者であっても救われる。病は罪からくるものだ。罪を告白なさい。そして、穢《けが》れのない生活を心がけるのだ」

教祖の孫泰《そんたい》はそう説いた。罪人がかれのもとに救いを求めて集まった。孫泰はまた、寄進された食糧を信者に分け与えたので、貧しき者も集まった。そして、誰よりもその教えに惹《ひ》かれたのは、穢れある生活を送る者たちだった。

「私の力で、病の源をとりのぞきましょう」

孫泰は呪術を用いて、貴族や高官たちを治療した。清貧の暮らしに縁遠い者たちが、金を使って力に頼ったわけである。五斗米道は蜘蛛《くも》が糸を張るように、貴族社会にも浸透していった。孝武帝や司馬元顕も孫泰を信じて、かれの力を求めた。

時の権力者に取り入った孫泰は、東晋を滅ぼそうと考え、ひそかに同志を増やしていた。しかし、その動きは司馬道子の知るところとなり、結局は処刑されてしまう。

後を継いだ甥の孫恩《そんおん》は、司馬父子に対する復讐《ふくしゅう》を誓った。この孫恩が舟山島《しゅうざんとう》に流民を集めて叛乱を起こしたのは、隆安三年（西暦三九九年）のことであった。

「神のお告げが下った。司馬一族を誅滅《ちゅうめつ》すべし。我が天師の道は、すなわち長生の道なり。我がもとに集えば、永遠の命を約束しよう。現世の享楽と、来世の栄華をともに手に入れるのだ」

孫恩の言葉に、虐げられていた民は熱狂した。

「進め、長生人たちよ。立ちはだかる敵を殺せ。不信心の徒を殺すは善行なり」

孫恩ひきいる叛徒《はんと》たちは、船で海を渡って港町の上虞《じょうぐ》を落とした。さらに、呉《ご》の中心である会稽の城市に攻めこむ。

「会稽を解放するのだ。貴族どもに復讐せよ」

孫恩が高らかに叫んだ。

会稽は江南の貴族文化を醸成した、温暖で風光明媚《めいび》な町である。書家として名高い王羲之《おうぎし》が最高傑作とされる蘭亭序《らんていじょ》を書いた蘭亭は、その近郊にあった。ほかにも、贅《ぜい》を尽くした貴族の別荘や庭園が数多《あまた》存在する。

それだけに、会稽は憎しみの的となった。叛徒たちは士気の低い守備兵を一蹴《いっしゅう》して城市になだれこむと、破壊と略奪の限りを尽くした。城市の長官を務めていたのは王羲之の息子であったが、逃げようとしたところを襲殺された。守備兵は矛を逆《さか》しまにして、叛乱に加わった。

「ふふふ。やはり天の意志は我らの上にある。晋の滅亡は近いぞ」

孫恩は熱狂的な信者に囲まれて、宮城に入った。まずは宝物庫に案内させ、運びやすくて価値のありそうな宝石や金製品を選《え》り分《わ》ける。

「これらは教団の財産とする。あとはみなで公平に分けるがよい」

信者たちから調子の外れた歓声があがる。孫恩はつづいて、食糧庫を確認し、進軍に必要な量をのぞいて開放した。

「これより祝宴を開く。今宵《こよい》の会稽は地上の楽園だ。さあ、まずは服を脱ぐのだ。自然のままにすべての欲望を解き放ち、歌って踊って騒ぐがよいぞ」

そう命じておいて、孫恩は貴族が囲っていた美しい女性たちをともない、破壊を免《まぬが》れた屋敷《やしき》にこもった。

ありったけの酒が配られ、篝火《かがりび》が盛大に焚《た》かれた。信者たちはみな、一糸まとわぬ姿になって、一晩中、乱痴気騒ぎを繰り広げた。この夜だけで、孫恩の集団は数万人に規模を拡大したという。

会稽襲撃の顚末《てんまつ》が伝わると、周辺の城市でも民が決起した。天師道の名のもとに、官庁を襲って役人を殺し、城市を占拠する。その勢力は瞬《また》く間に広がって、王朝を混乱に陥れた。

孫恩は会稽に腰をすえて、ひたすらに民を煽《あお》り、貴族の荘園や王朝の施設を攻撃させた。噂を知って乱に参加した人々は、集団を組織する指導者に恵まれれば独立して行動し、そうでなければ、個々に会稽をめざした。その日の食べ物にも困る者や、貴族のもとから逃げ出した奴隷などが、飢えに苦しみながら街道を歩く。足手まといになる老人や子供は捨ておかれた。

「先に天国で待っていてね」

母親が微笑さえ浮かべて、赤ん坊を川に放り投げた。その横では、子が老母の首を絞めている。非難する者などいない。それらはごくありふれた光景であった。

街道の脇《わき》にはいくつもの死体が転がり、蠅《はえ》がたかっている。生と死は隣り合わせで、区別がないようにも思われた。苦しい生より、安らかな死のほうがましかもしれない。孫恩は来世の幸福を約束している。生に絶望する者はそれを信じて歩きつづけるか、安易な死に逃避した。

決起した民は、死を怖れていない。ゆえに、指揮系統が確立されておらず、武装が貧弱であっても、弱くはなかった。

相次ぐ敗報に、都は揺れた。王恭の乱とは比べ物にならない危機が迫っていた。

二章　叛乱と裏切りと

一

隆安三年（西暦三九九年）十二月、劉裕は北府軍の一員として、叛乱討伐に駆り出されていた。

「やれやれ、叛乱を起こしたり討伐したり、つまらん戦ばかりだな」

愛用の大剣を背負った劉裕は、ため息をつきながら歩いていた。軍にいれば飯に困らないのはありがたい。しかし、今のところ、血湧《わ》き肉躍る戦いとは無縁である。

劉牢之が王恭を裏切った顚末は、後で説明された。

「我ら北府軍は朝廷と都を北方《ほっぽう》の脅威から守る軍である。悲しいかな、前《さき》の将軍はそれを理解していなかった。私欲のために軍を動かし、秩序を破壊しようとしたため、やむなく誅したものである」

新たに北府軍の総帥となった劉牢之はそう語ったが、真に受けた兵はいなかった。結局、劉牢之も自己の利益を優先して行動したのである。その後の人事を見れば、どのような密約があったかは明らかだ。もっとも、指揮官としての劉牢之は、王恭よりはるかにすぐれている。ゆえに、兵士たちの反発はほとんどなかった。

劉裕は劉牢之の直属の部隊に配属されている。精鋭ぞろいのはずであったが、行軍の隊列は乱れており、私語も多い。

「従兄《いとこ》が住んでいる村は、村ごと乱に参加したってよ。税が払えないから、話し合って決めたらしい」

「じゃあ、そいつらと戦うことになるのか」

「わからんが、やる気は出ないな」

同僚の会話を小耳にはさんで、劉裕は納得した。北府軍にとって久々の実戦が、叛乱の討伐、すなわち貧しい民との戦いになる。当然、気は進まない。しかし、北府軍は会稽の守備隊とはちがって、日常的に厳しい訓練を積んでいる集団である。実戦になれば、変わってくるはずだ。

「そろそろ、叛乱軍の勢力範囲に入る。いったんとまれ」

指示があって、劉裕たちは休息をとった。街道はこれから山道に入って、幅が狭くなるようだ。叛乱軍に戦術のわかる将がいれば、伏兵があってもおかしくない。

劉裕が木の幹にもたれてうとうとしていると、立ち上がるよう命令があった。休憩にしては短すぎる。表情で不満をあらわす劉裕に、中年の隊長が告げた。

「我が隊は偵察を命じられた。この先の村に叛徒どもが集まっているらしい」

「それはまた、貧乏くじをひかされたな」

「評価されているからだ。黙ってしたがえ。それから、言葉遣いに気をつけろ」

生真面目《きまじめ》に言って隊長は歩き出した。劉裕を含めて、三十人の兵が後につづく。

目的の村は、山をひとつ越えたところにあるという。道がなだらかなのぼりになって、木々の間に消えていく。

「こりゃあ、伏兵があるぞ」

劉裕はみなに聞こえるようにつぶやいた。何人かがびくりとして、周囲に目をやる。

「警戒を怠るな」

隊長がかたい声で命じた。その張りつめた様子は、いかにも実戦の経験が少なそうで、部下たちに不安を与えた。動揺が広がっていくのを看《み》てとって、劉裕は嘆息した。

風が吹き下ろして、落ち葉を舞い上げる。冬枯れの山ではあるが、木々の密度は高く、起伏が多くて、隠れ場所には困らない。逆にこちらが伏兵をおいて、敵をおびき寄せるのもおもしろそうだ。

「敵の偵察部隊とかち合ったらどうすんだ」

劉裕が訊ねると、隊長はみずからを励ますように声を張った。

「戦う。そのためにこれだけの人数を連れてきているのだ」

「それなら、そろそろ準備したほうがいいぞ」

劉裕は敵の気配を感じていた。峠をはさんで反対側から、山道を登ってくる集団がいる。そのことを知らせると、隊長はしばらく考えてから命じた。

「左右に散れ。敵は戦慣れしていないから、伏兵には気づくまい。合図とともに襲いかかるのだ」

指示にしたがって、劉裕は木の陰にひそんだ。弓矢は用意してきていないので、白兵戦を挑むことになる。奇襲の効果がどれほどあるだろうか。

やがて、誰の耳にも喧騒が聞こえてきた。話し声に足音、武器の鳴る音が近づいてくる。百人くらいの集団だろうか。思ったより多い。任務は偵察なのだから、人数を確認して、退くべきではないか。劉裕はそう思ったが、敵の姿を視認したとたん、隊長が叫んだ。

「かかれ」

早すぎる。劉裕は一瞬、天を仰いだ。

だが、命令が出てしまった以上は仕方ない。味方にわずかに遅れて、大剣を抜く。物も言わずに斜面を滑り降り、驚く敵に向かって大剣を振り下ろす。

不幸な敵の頭が、ざくろのように割れた。言葉にならない絶鳴を発して、敵は崩れるように倒れる。劉裕は返り血を避けながら大剣をふるい、ふたりめの敵を両断した。血の霧が銀色の大剣をいろどって、凄惨《せいさん》な輝きを放つ。

立てつづけに五人を斬ったところで、劉裕は木に背中をあずけ、周囲に目を向けた。中途半端な奇襲をおこなった北府軍は、最初の一撃で優位に立ったが、後から後からやってくる敵に押され気味になっている。転がっている死体は叛徒たちのものが多いが、それは劉裕が奮闘した結果に他ならない。

敵はいったい何人いるのか。同じ程度の数なら、自分ひとりで勝利に導ける。だが、狭い道にあふれ、左右のやぶをかきわけて広がってくる様子を見ると、はるかに多いのではないか。

「偵察部隊ではないな。まさか、本隊か」

だとしたら、千人は超える。劉裕は音高く舌打ちした。

「敵が多すぎる。逃げようぜ」

大声で呼びかけたが、隊長の耳には入らなかった。先頭で剣をふるう隊長はすでに三人の敵を地に這わせていたが、戦いぶりには余裕がない。

劉裕は棒で殴りかかってきた敵兵の胸に、無造作に大剣を突き立てた。立ったままの死体を足で蹴りとばして、大剣を抜く。鮮血が噴き出して、枯れ草を叩《たた》いた。

「命が惜しけりゃ、近づくんじゃねえ」

劉裕は大剣を握り直して怒鳴《どな》った。しかし、敵はひるむことなく向かってくる。仲間を殺された復讐に我を忘れているのか、それとも死の恐怖を感じていないのか。敵兵のうつろな目を見て、後者だろうなと思った。

「引け、後退だ、戻れ」

裏返った声で隊長が叫んだ。

遅い、と劉裕は毒づいた。半ば自分に対しての言葉である。命令などにこだわらず、さっさと逃げるべきだった。

踵を返して駆け出した隊長が、背中に石つぶてを受けて膝をついた。そこへ敵兵が群がり寄ってくる。悲鳴は聞こえたが、どのような最期を遂げたかはわからなかった。敵の歓声がこだましている。

敵軍は烏合《うごう》の衆である。武器も剣や槍を持っているのは半分に満たず、石や棒で戦っている者が多い。戦慣れもしておらず、それどころかほとんどがはじめての戦いであろう。ただ、かれらは数が多かった。そして、恐れを知らなかった。少数の北府軍は劉裕をのぞいて圧倒された。

「どうしたもんかな」

劉裕は額の汗をぬぐってつぶやいた。汗ではなくて血だったようで、手の甲が赤く染まった。周囲に生きている味方は見当たらない。無事に逃げおおせた者がいるとは思えない。つまり、今の時点で生き残っているのは劉裕だけだ。

三人の敵が間合いをつめてくる。背中をつけた木の後ろから、ふたりが近づいてくる。劉裕は大剣を一閃《いっせん》させた。血風が舞って、ふたりの敵が一度に倒れる。返す刀で、もうひとりの喉を切り裂く。

もう二十人は殺しているはずだ。大剣の切れ味も鈍ってきた。だが、疲れは感じていなかった。まだ戦える。

視界の中に、百人は敵がいた。実際はもっと多いだろう。恨めしげに天をにらむ死体をちらりと見て、自分もここで死ぬのか、と考えた。それもまたよい。くだらない人生であったが、もともと多くを望める生まれでもない。

ただ、家族の顔が浮かんできた。叔母の紹介で結婚した妻は、取りたてて美人というわけではないが、気立てがよくて縫い物が得意だった。すでに娘がひとり生まれていて、口が達者な年齢になっている。父親がいなくても、生きていけるだろうか。いや、死んだあとのことを心配しても無駄だ。どうなろうと知ることはできない。それに、幼くして親を失ったのは劉裕だけではない。このころはごくありふれていて、再婚も養子も孤児も、珍しくはなかった。

つらつらと思考する間にも、身体は勝手に動いて、敵の命を奪っていく。敵から見た劉裕の姿は死をもたらす鬼神であるだろう。

「もうどうでもよい。ひとりでも多く道連れにしてやる」

劉裕は覚悟を固めた。敵は降伏を受け入れず、武器を捨てた兵も殺している。逃げようとすれば後ろから攻撃される。ならば、力尽きて息絶えるまで、あるいは傷つき倒れるまで、近づく敵を殺してやる。

血に濡れた顔に、人ならぬ笑みが浮かんだ。烈気が伝わって、恐れを知らぬはずの叛徒たちがじりっと後ずさった。

劉裕は低い姿勢で土を蹴った。敵のただ中に飛びこんで、大剣を横にふるう。殴打の武器と化した大剣が当たると、骨が砕《くだ》ける音が響いて、草を刈るように敵が倒れた。悲鳴が三つ重なった。

なおも劉裕はとまらない。自分以外はすべて敵であり、確かめる必要も容赦する理由もない。右に左に動きながら大剣を振り回し、当たるを幸いになぎ倒す。本能と反射神経が命じるままに、戦いつづける。すばやさと力強さを兼ね備えた虎《とら》のような体さばきが本来の劉裕だが、このときは怒れる巨象を思わせた。

暴風がふいにやんだ。

ぬかるんだ地面に足をとられて、劉裕は体勢を崩していた。ここぞとばかりに突き出される剣をかわすため、斜面に身をゆだねる。

かなりの距離を滑り落ちた。いつのまにか革よろいの紐《ひも》がほどけて外れている。手足の擦り傷が痛い。大剣を放さなかったのは上出来である。勢いが弱まると、劉裕はすぐさま立ち上がった。下りたところにも敵がいたのだ。

さしたる抵抗も受けずに、劉裕は十人を超える敵をさらに殺した。そろそろ百人は五斗米道の天国に送っただろうか。さすがに手足が重くなってきた。

「次は……」

言いかけて、劉裕は口を閉じた。よけいな力を使いたくない。

斜面を滑って追ってきた一団がいた。起きあがる前に殴りつけて、愚かな行動に報いをくれてやる。

気がつくと、周りに動くものがいなくなっていた。生きている敵はもういない。いや、うめき声は聞こえてくるから、倒れている者の中に、息がある者もいるだろう。だが、脅威は去っていた。

劉裕はよろめきかけて、大剣で身体を支えた。無性に喉が渇いていた。ふところの竹筒をまさぐったが、感触がない。どこかで落としたのであろう。

空は暮色が濃かった。太陽は見えない。急に寒くなってきて、劉裕は身震いした。

生きのびたという実感はなかった。ここから無事に味方の陣までたどりつける保証はない。自分の居る場所さえ、明確ではないのだ。

とりあえずは水がほしい。劉裕は博打で鍛《きた》えた勘を頼りに、ゆっくりと歩き出した。

二

「よく生きて帰ったな」

褒めるというより、あきれたといった口調であった。

「それとも、神仙の類にでもなったか」

劉牢之は肉体の存在を確かめるかのように、劉裕の肩を揺すった。傷が痛んで、劉裕は顔をしかめる。

劉裕が帰陣したのは、戦闘の翌日であった。山中で野宿をして、日が昇ってから歩いて街道に出た。切り傷や打ち身のほかに、足をひねっていたらしく、歩みは遅かった。このとき、もし敵軍に出会えば、命はなかったかもしれない。だが、劉裕を見つけたのは味方の部隊であった。

劉牢之は戦闘がおこなわれていると察すると、息子の劉敬宣に一隊をあずけて救援におもむかせた。劉敬宣が到着したときには戦闘は終わっていたが、敵軍の痕跡《こんせき》を求めて翌日に付近を捜索し、劉裕を発見したのだった。

「戦場とおぼしき場所に着いたら、叛徒どもの死体が大量に転がっていて、ひどく驚いたらしいぞ」

劉牢之はそこまで話してから、劉裕の様子に気づいて、すわるように指示した。どうやら叛徒たちは後退していったらしい。劉裕はひとりで千人を超える敵部隊を撃退してのけたことになる。

「おれは単に剣を振り回してただけですよ」

「敵の武装や士気はいかがであったか」

劉裕が敵の様子と戦闘の状況を報告すると、劉牢之は質《ただ》した。

「おまえが指揮していたらどうなったと思うか」

「さあ、戦の勝ち負けは運次第。でも、半分くらいは生きて帰れたんじゃねえかと」

「謙虚だな」

劉牢之はつぶやいて、下がるよう命じた。

「あとの戦いは後ろで見ていろ。早く怪我を治すのだ」

どうやら劉裕は総帥から高い評価を得たようだった。

劉裕の奇功で勢いに乗った北府軍は、勝利を重ねて叛徒たちを駆逐《くちく》した。ひとつには、略奪で一時的な富を得た叛乱軍が弱体化したためである。現世での贅沢《ぜいたく》を知ってしまうと、無心では戦えなくなる。

孫恩はあっさりと会稽を捨てて、舟山島へ引っこんだ。決起したときは小舟で乗りつけたのが、帰りは奪った軍船での航海であった。

「奴らはまた来る。いつでも出陣できるよう準備をしておけ」

京口へ帰還した劉牢之は、配下の将兵に命じた。叛乱の鎮圧は難しい任務ではないが、北府軍にしかできない。戦果を報告したとき、司馬元顕は明らかにほっとした様子で、恩賞を弾んでくれた。北府軍と自身の存在感を増すために、孫恩には何度でも来襲してほしいものだと、劉牢之は考えていた。

劉裕は手柄を賞され、一握りの銀を褒美にもらった。そのまま賭場へ直行しようとしたが、思い直して妻のもとに向かった。普段は京口の兵舎に泊まりこんでいるので、郊外にある茅屋に帰ることは珍しい。

妻の臧愛親《ぞうあいしん》はひかえめな笑みで夫を出迎えた。

「無事でうれしゅうございます。お怪我はありませんか」

「あるにはあるが、大したことはねえ。おれは不死身だ」

劉裕は豪快に笑って、幼い娘に手を伸ばした。ところが、娘はびくりとして母親の背中に隠れてしまった。

「これ、お父さんですよ」

臧愛親があわててたしなめる。劉裕は傷ついた気持ちを表情に出すまいとして、よけいに怖い顔をつくってしまった。様子をうかがっていた娘が、母親にしがみつく。

「めったに帰ってこねえから仕方ねえな」

劉裕はふところから銀の粒を取り出した。

「褒美にもらったんだ。半分やるから、うまいものでも食わせてやれ。あとの半分はもっと増やしてからだ」

臧愛親は礼を言って受けとった。何か言おうとしたようだが、口にはしなかった。

劉裕はそれからしばらく、兵舎と賭場を往復する日々を過ごした。

苦戦しつつも、種銭を二倍に増やしたころ、妻から人づてに連絡があった。叔母が家に来ているという。叔母を呼んだのは劉裕自身なので、驚くには値しないが、喜ぶ気にはなれない。いや、本心では喜んでいるのに、認めたくないのかもしれない。

ともかく、劉裕は暇《いとま》をもらって急いで家に帰った。

待ちかまえていた叔母が、開口一番、文句を言った。

「あんた、少しは稼いだんだろう。もっといい家に引っ越せないのかい」

叔母が指さしたのは、今にも崩れそうな屋根である。かやぶきのみすぼらしい屋根は、当たり前のように雨漏りがする。隙間風もひどいから、雨風をしのげるとは言いづらい。もっとも、民であれ下級役人であれ、下々の者が住む家はどれも似たようなものである。

「将軍にでもなれば、京口に屋敷をかまえられるかもしれねえけど、まだ先のことだな」

「先のことでも実現するといいけどねえ。手柄を立てたのはいいけど、また怪我したらしいじゃないか」

いちいち報告はしていないが、叔母はどこからか情報を仕入れているようだ。

「戦には怪我がつきものだ。生きて帰ったことを褒めてほしいね」

「まあ、それは認めるけどね」

叔母はふっと笑った。

「それで、あたしに何か用なのかい。だいたい、用があるならそっちが来るのが筋だろうに」

劉裕は妻に目配せした。それを受けた臧愛親が小箱を差し出す。

「けっこうな褒美をもらったから、叔母さんにやるよ。言っておくが、選んだのはおれじゃねえからな」

叔母は怪訝《けげん》な表情で、受けとった小箱を開けた。あらわれたのは、木彫り細工に翡翠《ひすい》をあしらった髪留めである。

叔母はしばし絶句したあと、髪留めを小箱に戻して、劉裕に突き返した。

「ありがたいけど、もらえないよ。あたしはあんたの母親じゃない」

「母親よりも母親らしかっただろ」

「そういう問題じゃないんだ。あんたには、血がつながってなくても母親がいるんだから、そっちに孝を尽くしなさい」

劉裕は顔をしかめた。継母が嫌いなわけではないが、何となく疎遠になってしまっている。会ってもお互いに気まずいのだ。

「言いたいことはわかるが、気持ちがね……」

「気持ちなんてどうだっていいんだよ。礼儀に心をこめる必要なんてない。形式が整っていれば、他人は評価してくれるんだ。あんたも軍や役所なんて面倒な社会で生きていくんだから、そういうことをおぼえなさい」

頭ごなしに言われて、劉裕は腹が立った。

「妙な説教をするなよ。心をこめて礼をしろっていうのが普通だろ」

「それは子供に言うことだ。あんたはもう大人だろう」

「あの……」

にらみあうふたりの間で困った顔をしていた臧愛親が、おずおずと口を開いた。

「もう同じ物をお母様にも贈っているのです。旦那様《だんな》はなさらないと思って、勝手にやってしまいました。すみません」

劉裕は啞然《あぜん》として妻を見やった。叔母が破顔して、劉裕の胸を小突く。

「できた嫁さんだ。あんたにはもったいない。紹介した人に感謝しないとね」

紹介したのは叔母である。

「そういうことなら、これはもらっておこう。ありがとね」

叔母は軽やかに踵を返した。

残された劉裕は頭をかいて、妻に告げた。

「まあ、なんだ。これからも頼むわ」

はい、と臧愛親はうなずいた。

三

翌隆安四年（西暦四〇〇年）、孫恩は再び来襲した。謝安の息子である大貴族の謝琰《しゃえん》が守備隊をひきいて迎撃に出たが、叛乱軍の強力な水軍に敗れ、謝琰は殺されてしまう。

急報を聞いて、司馬元顕は狼狽《ろうばい》した。酒精の毒が頭に回っているようで、杯を片手に右往左往し、侍女や役人を怒鳴りつける姿は、父とそっくりである。結局、劉牢之の思惑どおりに、討伐は北府軍にゆだねられた。

孫恩は北府軍の強さを知っている。軍が近づくと逃げ、引きあげると出てくる戦法をとり、まともに戦おうとしなかった。劉牢之は朝廷の命令で、しばらく会稽に腰をすえて、賊軍と対峙《たいじ》することになった。

劉裕は四百人の手勢をひきいて、前線の句章《こうしょう》に駐屯を命じられた。句章は浙江《せっこう》の河口から広がる湾に面した港町であったが、今は放棄されて、小さな砦《とりで》が残るのみである。

「その砦を守れってことですか」

劉裕が訊ねたとき、劉牢之は意味ありげに笑った。

「基本的には、な。あとはおまえに任せる。好きなようにやれ」

劉裕は眉をひそめた。与える兵は少ないが、運用は任せるという。評価されているのか、いないのか。

「もとは賊徒をひきいていたのだろう。そういう戦い方が合っているはずだ」

「賊徒ってのはあんまりだと思いますがね」

ともあれ、うっとうしい上官が近くにいないのはありがたい。劉裕は生き生きとして活動をはじめた。

句章の位置は、叛徒たちが渡ってくる海を監視するのに都合がいい。劉裕は矢倉につねに見張りを立たせ、叛乱軍の船を発見するたびに、みずから出陣した。精鋭をひきいて上陸地点に先回りし、叛徒たちが船を下りたところで襲撃をかけるのだ。

大剣のきらめきが、突撃の合図である。

「今だ、行け」

短く命じながら、劉裕は先頭に立って敵の群れに突っこむ。長大で重量のある大剣に、劉裕の膂力《りょりょく》が加わると、すさまじい威力の一撃となる。ひと振りで三人の叛徒がまとめて吹っ飛び、返す刀で別のひとりの首が宙に浮いた。わずかに遅れて血の雨が降りそそぎ、白い砂を赤く染める。

最初の一撃を見た叛徒たちは、足がすくんで動けない。劉裕は容赦なく大剣をふるい、草を刈るより易《やす》く、叛徒の一団をなぎ倒していく。

勇猛な指揮官に、兵士たちもつづいた。剣や槍をかかげて吶喊《とっかん》し、未熟な敵を突き崩す。ときおり矢が射かけられてくるが、狙いが定まらず、勢いも弱いので、まったく脅威にはならなかった。

地上の敵を一掃した劉裕隊は、船に乗りこんで残敵を討ちにいく。食糧を奪うのも目的のひとつだ。一隊が食糧庫を探しあて、木箱や壺《つぼ》を運び出す。どこからか、黒い煙が立ちのぼってきた。破れかぶれになった叛徒が火を放ったのだ。

「深入りするな。煙を吸うと死ぬぞ」

劉裕に注意されて、あわてて転がり出てくる兵がいる。酒樽《さかだる》を背負っている者までいる。叛乱軍は略奪をしにきているので、兵糧は潤沢ではないが、多少は残っているものだ。

「これじゃあ、どっちが賊かわからんな」

劉裕は自嘲《じちょう》して哄笑《こうしょう》した。兵士たちがつられて、笑いの渦が沸き起こる。経験の浅い指揮官は、すぐに兵士たちの心をつかんだ。

劉裕隊は寡兵ながら戦うたびに勝利し、その名をとどろかせた。劉裕の超人的な武勇もさることながら、敵を選んで有利な条件で戦ったおかげでもある。敵が大軍とみれば見送る。そうでなければ、上陸直後で態勢が整わないうちに襲いかかる。口では博打博打、と言いながら、劉裕はまずは堅実な戦ぶりで実績を積んだのだ。

もっとも、劉裕には不満もあった。会稽の本軍から兵糧や物資が届かないのである。敵から奪っているので、糧食も武器も足りているが、いつまで保《も》つかわからない。

これは、物資の横流しをする輩《やから》がいるせいだ。北府軍は本拠地を離れてから、規律がゆるんでいた。叛徒たちを追い払うついでに略奪を働くため、近隣の民からは、山賊同様に思われているという。北府軍に食糧を根こそぎ持ち去られたせいで、孫恩の乱に参加した例もある。そのなかで、劉裕の部隊だけは民から略奪をせず、声望を高めていた。

隆安五年（西暦四〇一年）になると、叛乱軍も劉裕隊に注目するようになった。

「目障《めざわ》りな部隊が句章にいる。あれを何とかしろ」

孫恩は句章を攻略しようと何度か軍を送りこんだが、そのたびに撃退された。そこで、句章からの襲撃を避けるため、浙江の北岸に上陸地点を変えた。

句章では、叛乱軍の船を発見できない日々がつづいた。

「つまらんな。奴ら、航路を変えたか」

劉裕は周辺に斥候を放って、叛乱軍の動きを探らせた。そして、新たな上陸地点を見つけると、みずから視察に出かけた。

「ここに砦を築くのはどうかな」

海塩《かいえん》という城市の近郊、海に面したなだらかな丘の上で、劉裕は部下を振り返った。問われた部下は額に手をあてて海をながめた。

「もっと高い場所がいいですが、近くにはありませんからな」

「そのぶん、矢倉を高くすればいい」

「おれは嫌ですぜ。高いところは苦手です」

長身の劉裕と、背が低めな部下が並んでいると、大人と子供のようで、いささか滑稽《こっけい》である。

「見張りは、おまえのところの若い者にやらせるさ」

「ああ、あいつらは力を持て余してますからね。いいように使ってください」

劉裕の片腕となっているこの部下は、檀憑之《たんひょうし》といった。劉裕よりは十ほど年長で、槍の扱いと胆力にすぐれており、一隊を指揮しても見所がある。劉裕のもとで地歩を築いた檀憑之は、一族の若者を呼び寄せて部隊に組み入れた。劉裕にくっついていれば、食いっぱぐれがなさそうだから、だという。

劉裕は檀氏の一党に命じて、この土地に砦をつくらせた。砦といっても、木の柵《さく》で囲み、矢倉や兵舎を並べた簡素なものである。要塞《ようさい》ではなくて、襲撃の拠点という意味合いが強い。

劉裕隊が完成した砦に移ると、叛徒たちがさっそく攻めてきた。四百人に満たない劉裕隊に対して、叛乱軍は二千人を超えているとの情報があった。

「五倍ですか。けっこう多いですな」

つぶやいた檀憑之を、劉裕は目を丸くして見おろした。

「すごいな。そんな計算ができるのか」

「ええ、おれはこう見えても学があるんです。兵書では、砦を落とすには二倍から三倍の数が必要だといいますから、数の点では充分です。力攻めで来るでしょうな」

「身の程知らずだな」

劉裕は砦から周囲の地形を確認して、檀憑之に命じた。

「五十の兵をひきいて砦を出ろ」

その指示だけで、意図は伝わった。

「合図はおれが出す。角笛の音が鳴ったら、横合いから攻めたてろ」

「承知」

檀憑之はすぐに兵を選別して、城外にひそんだ。

叛徒たちの船団は、海塩の砦から充分に距離をとって上陸した。襲撃を警戒しながら隊列を組み、砦に近づいてくる。

劉裕は二十人ほどそろえた弓隊に、矢倉から遠矢を射させた。射程に入ると同時に斉射の命令を出したのだが、弦音高く放たれた矢は、手前に落ちるか、届いても勢いを失って傷を与えられない。

「下手くそだなあ」

劉裕は歎《なげ》いたが、自身も手本を見せるほどの腕はない。

「仕方ない。もっと近づいてからにしろ。味方に当てんなよ」

南に海を見る砦に対して、叛徒たちは東からやってくる。行軍の列が途中で三つに分かれた。三方から包囲して攻めるつもりのようだ。

対する劉裕は配下の兵にいつでも突撃できる態勢で待たせている。砦の守備力には期待できないから、野戦で片付けるのだ。

喊声《かんせい》をあげて駆けていた叛徒たちの列が、急に乱れた。叫び声があがり、砂煙がたちこめる。先頭を走る兵の頭が低くなり、次の者たちが折り重なって倒れる。砂地にしかけた落とし穴に引つかかったのだ。

「よし、ついてこい」

劉裕は大剣を振りかざして駆け出した。ばらばらと飛来する矢を切り落としながら、敵の列に突っこんでいく。そのたくましい背中に、配下の精兵がつづく。

雲が太陽の前を横切って、敵の軍列が影に切りとられた。そこに劉裕が躍りこむ。落とし穴から出ようともがく敵兵の首が毬《まり》のように飛ばされた。血しぶきが舞い落ちて、すぐに砂に吸いこまれる。

本隊と同時に、檀憑之ひきいる別働隊も背後を襲っている。檀憑之は右手に短槍を、左手に盾を持って戦う。ずんぐりした体型に似合わず、動きは敏捷《びんしょう》で、力より技が勝っていた。柔軟な手首から次々と繰り出される短槍は、首や股《また》の急所を的確にとらえていく。叛徒たちはしっかりした防具をつけていない者が多いので、槍の殺傷力が十二分に発揮されていた。

正面から攻めた叛徒たちの部隊は、災難というほかなかった。劉裕と檀憑之の両雄に挟撃され、ろくに抵抗もできぬまま切り刻まれていく。

「うろたえるな。敵は少数だぞ」

叛乱軍の指揮官が叫んだ。名を姚盛《ようせい》という、若い男だ。長い樫《かし》の棒を持って味方を追い立て、敵を突いたり打ったりしている。それほど力が強そうには見えないが、棒の扱いは巧《たく》みで、劉裕隊は近づけていない。

「ほう、あれが敵将か」

劉裕はにやりと笑って歩を進めた。立ちふさがった敵を大剣でなぎ倒し、声をかぎりに呼びかける。

「おい、そこの若いの。おれと勝負しろ」

雷もかくやという大音声であった。姚盛が気づいて、劉裕をにらみつけた。

「おまえが大将か」

頭上で棒を回して、姚盛が迫ってくる。周りの兵たちが自然と下がって、一騎打ちの場をつくった。

先にしかけたのは姚盛であった。一気に距離をつめて、棒を突き出してくる。棒が二倍に伸びたように感じられたが、劉裕はそれを予期していた。余裕をもってかわしざまに、大剣を振り下ろす。

乾いた音がして、堅い樫の棒がまっぷたつに折れた。一瞬の自失のあと、姚盛が短くなった棒で殴りかかってくる。上からと見せかけて、横からの攻撃であった。大剣をかかげて受けとめようとした脇を狙う。

「小癪《こしゃく》な」

劉裕は左肘を落として上腕で棒を受けとめた。右手一本で大剣をあやつり、腰のあたりを薙ぎ払う。分厚い刃が腰骨に食いこみ、深くえぐった。

姚盛は前のめりに倒れて、血を吐き出した。劉裕はその首を獲って叫んだ。

「敵将を討ちとったぞ」

歓声が海風を圧《お》してとどろいた。

別の方向から砦を攻めようとしていた部隊が足をとめた。砦はほぼ無人だが、外からはわからない。なお進もうとする者と、逃げようとする者が交錯して、列が乱れた。

「叛徒どもを血祭りにあげろ」

劉裕は高らかに命じた。部下たちが命令を繰り返す。その声がとどくと、部隊長が先頭に立って逃げ出した。叛徒たちも波が引くように散っていく。

「目の前の敵だけ片付けろ。遠くまで行くなよ」

劉裕は命じておいて、自分は檀憑之とともに砦に引きあげた。

「また来るでしょうな」

「ああ、当たり前すぎて賭けにならん」

次はどういう策で行こうか。劉裕は自分が戦好きであることに気づきはじめていた。

四

叛徒の大軍が再び海塩に攻めてきた。ただ、劉裕の武威を怖れているのだろう。砦を遠巻きにして様子をうかがっている。その数は五千に達しようか。

迎え撃つ砦は静まり返っていた。柵の前や矢倉の上に、傷ついた兵がすわりこんでいるだけで、戦闘の態勢はとられていない。旗はかかげられていたが、海からの強風を受けて半ばから折れてしまっていた。直す者もいない。

「劉裕はどこに行ったのだろう」

叛徒の将は付近を調べさせた。すると、砂地を内陸へと進む一団の足跡が見つかった。夜のうちに砦を捨てて去って行ったようだ。一隊が砦に近づいて、負傷兵たちに呼びかけた。

「おい、おまえたちの大将はどうした」

負傷兵たちは顔を見あわせて無言である。その意気消沈した様子を見て、叛徒たちは劉裕はいないものと判断した。かれらは劉裕の剛勇は知っていたが、狡智《こうち》のほうはよく知らなかったのである。

「よし、砦をのっとるぞ。ろくなものは残っていないだろうが、米粒ひとつでも奪えるものはみんな奪え」

もとより規律のない徒党である。隊列など組まず、だらだらと砦へ向かった。

先頭の男が柵まであと三歩まで近づいたときである。砦から鳥がはばたくような音がして、伏兵がいっせいに立ちあがった。手に石を持って、次から次へと投げまくる。至近距離からの石つぶては殺傷力が高い。顔や胸に直撃を受けた叛徒たちは、うめきながら倒れ伏す。

投石が終わると、突撃命令が下った。劉裕が大剣を、檀憑之が短槍をかかげて、真っ先に突っこんでいく。

石の雨の次は血の雨が降って、砂地を濡らした。劉裕の姿を見るだけで震えて動けなくなる叛徒もいる。劉裕は、立ち向かってくる敵もすくんでいる敵も同じように大剣の一閃ではねとばし、血塗られた道を進んでいく。

檀憑之は手数の多さでは劉裕を上回っている。動きは直線的ではなく、敵の攻撃をかわしながら、蛇行《だこう》しつつ前進する。

ふたりのもとで経験を積んだ精兵もまた強い。一対一ならもちろん、ろくな武器を持たない叛徒なら、三人までは互角以上に渡り合う。まして、不意を打たれて逃げまどう敵が相手であれば、勝負にならない。

叛乱軍は多くの屍体《したい》を残して潰走し、劉裕隊は勝ちどきをあげた。

劉裕の存在は、敵に恐怖を、味方に嫉妬《しっと》の感情を想起させていた。孫恩は句章のときと同じく、海塩を避けて上陸する作戦に転じた。河口部を含めた海岸線は長く、上陸に適した地はいくらでもある。

味方からは次のような声があがった。

「劉裕など弱い敵を倒しているだけだ。飾り物の武勲だよ」

「あそこで戦ったら、おれだっていくらでも手柄を立てられる」

多くは口だけだったが、海塩まで兵をひきいてやってきた者もいた。このあたりを治める役人の息子で、鮑嗣之《ほうしし》という男だ。

「援軍に来たからには、おれも戦いたい。次の戦は先鋒を任せてくれ」

「戦の経験はあるのか」

「もちろん。負けたことなどない」

劉裕は疑わしげな視線を送った。鮑嗣之は二十代半ばの若者で、上背も横幅もあるが、筋肉はついておらず、しまりのない体つきである。口調は乱暴だが、目が泳ぐところなど、いかにも虚勢に思えた。配下の兵は千人ほど連れてきているが、こちらも統制がとれていなかった。まず、列を整えることができていないし、まっすぐ立っている者が少ない。

劉裕は苦笑まじりにさとした。

「賊をなめんな。あんな戦慣れしてない部隊では太刀打ちできねえぞ。先鋒が崩れたら、戦は負けだ。後ろにおくから、勝負が決まってから参戦しろ」

「ふざけるな。おまえたちが勝てる相手なら、おれたちだって勝てる。手柄を独り占めしようとしたって、そうはいかん」

鮑嗣之は耳まで真っ赤にし、唾《つば》を飛ばして言い張った。劉裕はとても相手にする気にはなれなかった。

「勝手にしろ。おれたちはおれたちで戦うわ」

劉裕は鮑嗣之の部隊をおいて出陣した。叛徒たちが離れた地点に上陸し、会稽の方面に進軍していることがわかっている。それを追って一撃を加えるのだ。

劉裕隊は敵に気づかれないよう、夜のうちに行軍して背後から近づいた。朝になってくわしく偵察すると、敵は一万を超える大軍だとわかった。劉裕の手勢は志願兵を加えて少し増えたとはいえ、五百にすぎない。

「帰りましょうか」

檀憑之の進言に、劉裕はいったんうなずいた。だが、なかなか命令を出そうとしない。どうしたのか、と檀憑之に問われて、劉裕はにやりと笑った。

「手ぶらで帰るのもつまらん。ちょっと脅かしてやろうぜ」

劉裕は山道の各処《かくしょ》に伏兵を配置した。といっても、本隊が少ないので、伏せさせたのは一ヵ所につき数人である。ただ、旗と太鼓は百人分は備えておいた。

用意を調《ととの》えた劉裕は、敵の背後に忍び寄って、奇襲をしかけた。檀憑之とふたりでさんざんに暴れ回り、敵が何とか反撃の態勢をつくったところで、撤収を命じる。

「思ったより強いぞ。逃げろ」

これは演技だが、一万近い大軍が追ってくるので、劉裕隊は必死で駆けた。先頭は檀憑之、最後尾が劉裕である。劉裕はときおり振り返って大剣を舞わし、追いすがる敵を地に這わせている。殺しすぎると追うのをあきらめるかもしれないので、加減しながらである。そうするうちに、埋伏地点の山道までたどりついた。

敵軍が前を通ると、伏兵がわっと声をあげた。旗を立てて、石を投げつける。太鼓を激しく打ち鳴らす。

「伏兵に気をつけろ。劉裕は卑怯《ひきょう》な策を使うぞ」

いまさらながらの警告が飛んだ。その間にも、次々と伏兵が立ちあがって、大いに騒ぎ立てた。叛徒たちは混乱して追撃の足をとめ、右往左往しはじめる。

「引け、引くのだ」

命令が出る前に、叛徒たちは踵を返していた。一万近い大軍が、雪崩を打って後退していく。

劉裕は哄笑して、その様を見守った。

だが、その表情が曇るのに時間はかからなかった。

「鮑嗣之隊が敵を追っていきます」

報告が入ると、劉裕は吐き捨てるようにつぶやいた。

「あの間抜け野郎が」

敵は総崩れになったとはいえ、いまだに大軍である。統制を取り戻して向かってこられたら脅威だ。鮑嗣之が痛い目にあうのはかまわないが、とばっちりを受けてはかなわない。劉裕は配下の兵を集めて細工を命じた。

鮑嗣之隊は潰走する敵に追いついて襲いかかった。

「叛徒どもを皆殺しにしろ」

鮑嗣之は叫んで矛を振り回す。よけそこなった敵が脇腹に刃を食いこませて倒れた。返り血を浴びて、鮑嗣之は野生の虎のように舌なめずりした。しかし、かれの矛が血を吸ったのは、それが最後であった。動きが大きく、力任せに振り回すだけなので、まるで当たらない。

苛立《いらだ》った鮑嗣之は雄叫《おたけ》びをあげて駆け出した。すると突然、正面から石が飛んできた。鮑嗣之は気持ちだけは華麗にかわそうとしたが、体はついてこず、石は右肩を直撃した。痛みと衝撃で矛を取り落としてしまう。

たちまち、鮑嗣之は敵兵に囲まれた。首に背中に胸に、剣や槍が突き立てられる。断末魔《だんまつま》の悲鳴を発することもなく、鮑嗣之は大地に転がった。

鮑嗣之の麾下《きか》の兵たちは、指揮官の戦死に動揺した。目の前の敵と戦いつづけてはいるものの、戦意はなく、集中力が削《そ》がれている。逆に、叛乱軍は息を吹き返した。逃げる足をとめ、本格的に反攻に出る。

まともにぶつかれば、数で圧倒しているほうが強い。今度は鮑嗣之配下の兵たちが逃げまどう羽目になった。

「敵軍がすさまじい勢いでこちらに向かってきます」

斥候からの報告を聞いて、劉裕は舌打ちした。不機嫌な横顔を夕日が照らし出す。

「やはりこうなるか。仕方ねえ。手はずどおりにしろ」

劉裕隊は逃げてくる味方を見捨てなかった。本隊に吸収しつつ後退していく。敵はかさにかかって追ってくる。劉裕麾下の精兵たちも、昨夜からの疲労がたまっており、さすがに動きが鈍い。このままでは、叛徒の大軍に呑みこまれてしまう。

最初に伏兵をおいた山道にさしかかった。夕闇《ゆうやみ》を背に、太鼓が鳴りひびいた。叛徒たちが驚いて、左右の山を見上げる。林立する旗と、多くの人影が目に入った。

「また伏兵か。危険だ。退《ひ》け、退くのだ」

「早くしろ、劉裕が逆襲してくるぞ」

叛徒の指揮官があわてて命じる。劉裕が奇策を用意していると思い、追撃を中止したのだ。

実は、多くの人影と見えたのは、死体を並べて偽装したものだった。劉裕の策に叛徒たちはまんまと引っかかった。鮑嗣之は戦死したものの、配下の兵の半分ほどは助けることができた。かれらは劉裕のもとで鍛えなおされて、部隊に組みこまれることになる。

五

隆安五年の前半、劉裕は連戦して連勝したが、いかんせん兵力が少なく、叛乱軍に大きな損害を与えるには至っていなかった。叛乱軍は劉裕の手のとどかないところを荒らし回っている。劉牢之がひきいる北府軍の本隊が救援に向かうのだが、叛徒たちは略奪しながら移動を繰り返しており、なかなか捕捉《ほそく》できない。

孫恩は単に略奪と破壊を目的としていると、劉牢之は考えていた。ところが、五斗米道の教祖は、それほど単純な男ではなかった。

「ばかな奴らめ。まんまと引っかかったわ」

孫恩は船団を西に向けた。劉牢之の本隊が南にかまけているうちに、長江をさかのぼって都を急襲する作戦である。

「いくら劉裕が強くても、これほどの大軍を擁すれば手出しできまい。都を落として皇帝を殺し、吾《われ》が皇帝として君臨してくれよう」

孫恩の哄笑が長江の河口部に響きわたった。滔々《とうとう》たる水をかきわけ、川海豚《かわいるか》の群れを追い散らして、船団はじりじりと進んでいく。孫恩は十万の大軍と号していた。最初の目標は北府軍の本拠地で、都の玄関にあたる京口の城市である。

叛徒の大軍を前にして、京口と建康の民は震えあがった。頼みの劉牢之ははるか南に駐屯していて、救援は間に合いそうにない。

「まずいな」

孫恩の船団が沿岸を北上しているとの報告を受けた時点で、劉裕はその意図を察していた。しかし、陸上を普通に行軍していたのでは、船にはかなわない。

「とにかく急げ。ここで無理しねえと、帰る場所がなくなっちまう」

劉裕は各地の兵を集めながら、夜もほとんど眠らず、可能なかぎりの強行軍で京口をめざした。

しかし、やっとの思いで京口にたどりついた劉裕が目にしたのは、長江を埋めつくす叛乱軍の船団であった。叛徒たちは港を占拠し、次々と上陸している。足の先が冷たくなり、絶望が胸の奥から湧きあがってきた。

「遅かったか……」

嘆息する劉裕に、檀憑之が笑顔を向けた。

「いや、あきらめるのは早いですぞ」

叛乱軍は城市に侵入しているが、戦闘は起こっていない。城市の住民と留守部隊は、河岸にそびえる小高い山に避難しているようだ。つまり、まだ逆転の目はある。

劉裕は背後の手勢を振り返った。数はかき集めて二万近いが、限界を超えた行軍で疲れ果てて、どの顔もぐったりとしている。眠りこんだり、足を押さえたりしている者もいる。はたして、これで戦えるのか。劉裕はためらいを振り切って命じた。

「これより、山頂へと兵を進め、留守部隊と合流して、敵軍を討つ。戦えない者はおいていく。体力と気力の残っている者だけついてこい」

劉裕は選抜した五千の兵をひきいて、裏側から山に登った。叛乱軍は城市が無人であることに気づくと、鬨《とき》の声をあげて山を登ってきた。住民が金目の物を持って逃げたと考えたためである。

ひと足早く登りきった劉裕は、戦の準備を急いでいた。弓矢を扱える兵を二列に並べて伏せさせ、そうでない者たちには、石や岩を集めさせる。住民たちが協力してくれたおかげで、充分な数が集まった。

「まだだぞ、充分に引きつけてからだ」

劉裕は敵兵の顔が判別できるまで待ってから、攻撃命令を発した。

「放て」

前列の弓兵が姿を現し、いっせいに矢を放った。すぐさま後列がつづく。さらにまた前列が二射目を放ち、後列に替わる。細かな狙いは定めず、敵の群れをめがけて、矢が尽きるまで連続で射る。

蒼穹《そうきゅう》を埋めつくして、無数の矢が降りそそいだ。油断しきっていた叛乱軍は、思わぬ攻撃に浮き足立った。高所から射られた矢は常より威力が増している。かぶとを装備していない叛徒は頭に矢を突き立てて倒れ、二度と起きあがらない。ひとつを避《よ》けても、別の矢が突き刺さる。頭をかばってかがんだ兵は、腰に矢を受けて悲鳴をあげた。

山頂からの攻撃は矢だけではない。矢の雨をやりすごして上を見た叛徒たちは、恐怖に身体をこわばらせた。

地鳴りがとどろく。斜面を削って、岩が転がり落ちてくる。石つぶてが飛んでくる。土煙がもうもうとたちこめて、前後が見えなくなった。視界が極端に狭くなって、音が増幅される。ある者は、突然、眼前にあらわれた岩に押しつぶされた。別のある者は石つぶてを顔面に受けた。絶叫が重なり、尾を引いて落ちていく。

意気揚々と山を登ってきた叛乱軍の戦意は地の底まで低下した。潰乱《かいらん》の末に、みなが斜面を駆けおりていく。勢いがつきすぎて、転げ落ちる者が続出した。高い崖《がけ》からそのまま河まで落下する者も多い。河面には叛徒の頭が浮かんでは消え、消えては浮かんで、味方に助けられる前に流されていく。

その光景を船上から見て、孫恩は唇を嚙《か》みしめた。こぶしをてのひらに激しく打ちつけ、顔を朱に染めて命じる。

「ええい、退け。船に戻るのだ。こうなったら、建康に突っこんでやる」

叛乱軍は京口に係留してあった軍船を奪っていた。生き残った叛徒たちがそれらに乗って長江をさかのぼっていく。

劉裕ひきいる北府軍は、山から敵を追い落とし、京口から駆逐した。疲労の極にありながらも、たしかな足どりで京口の門をくぐった劉裕に、檀憑之が訊ねた。

「奴らは都に向かったようです。追いますか」

「今は無理じゃねえか」

劉裕は首を横に振った。これ以上、兵を酷使すれば、部隊が瓦解してしまう。次の行動は充分に休息をとってからだ。

「建康には城壁もあるし、守備隊も残っている。簡単には落ちねえ。それに……」

劉裕は旗を見て風向きを確認した。

「西風が強い。賊どもが満足に軍船を動かせるかな」

その予想は当たった。

叛乱軍は向かい風にあって、操船に苦労し、歩くよりも時間をかけて都にたどりついた。そのときにはもう、急行した劉牢之の本隊が到着しており、防備を調えていた。城壁から弩《いしゆみ》の攻撃を受けて、叛乱軍はすごすごと引き下がったのであった。

一連の功績が認められて、劉裕は建武《けんむ》将軍の位を得た。劉牢之の右腕として、北府軍を支えることになる。つい最近まで一兵卒にすぎなかったことを考えると、夢のような大出世である。

「思った以上によくやってくれた。これからは何かと頼りにさせてもらおう」

劉牢之は劉裕の統率力を意外に思いながらも、高く評価していた。個人の勇猛さと指揮官としての資質は、能力の種類が異なるから、必ずしも一致しない。劉裕は前者において比類なかったが、後者については疑問視されていた。それが誤りだったことを、鮮やかに証明したのである。

「まあ、適当に頑張ります」

すまして言った劉裕に、劉牢之は訊ねた。

「おまえ、戦は嫌いか」

「そりゃあ、好きですよ」

「うむ、武人はそうでないとな」

劉牢之の問いの意味を、劉裕は何となく察した。劉牢之は朝廷に食いこんで、王恭から北府軍総帥の地位を奪っている。自分の地位を守るため、劉裕に政治的な野心があるかどうか、探っているのだろう。面倒な話である。地位があがれば、責任も増す。名目上の将軍位なら喜んで受けるが、朝廷の有力者の機嫌をとったり、宰相のまねごとをしたりする気は、劉裕には微塵《みじん》もなかった。

「まあ、戦より博打のほうが好きですが」

劉牢之は笑ったが、その笑いはどことなく空虚であった。

「ほどほどにな。将軍が借金まみれだと、格好がつかぬぞ」

「強いから大丈夫ですよ」

劉裕の応答を無視して、劉牢之が話題を変える。

「ところで、船は乗れるか。いずれは賊の拠点を攻めたいと思うが」

「馬よりは簡単でしょう」

こともなげに劉裕は答えたが、渡し船に乗るのとはわけがちがう。軍船に乗って水戦の指揮をとらねばならない。

翌日から、厳しい訓練がはじまった。軍船は叛乱軍に奪われて足りないので、商人が使うような平底の船も交え、模擬戦をおこなう。毎日、百人を超える兵士が落水し、死者も出るほどの苛《か》烈《れつ》な訓練である。

劉裕は劉牢之とともに、楼台を備えた指揮船に乗っていた。劉牢之は部隊の動きにおおむね満足しているようだ。

春秋時代から、江南の国には強力な水軍の伝統がある。東晋は江南に遷《うつ》ってきてから歴史が浅いが、兵士たちは日頃から長江の両岸を行き来し、城市の中の水路を移動しているので、水と船には慣れている。水上でも陸上と同じように戦えた。船を漕《こ》ぐのも速く、方向転換もよどみない。

ただ、水上で部隊を動かすのはやはり難しい。模擬戦の一方の部隊は劉敬宣が指揮していたが、父親を感心させることはできなかった。

「おまえ、やってみるか」

問われた劉裕は、気乗りがしなかった。戦ならよいが、訓練は好きではない。うまく手加減ができないのだ。しかし、訓練なしで実戦に出るわけにもいかない。劉牢之にうながされて、劉裕は船を移った。

命令は太鼓や鉦《かね》、そして旗で伝達する。進め、退け、右、左など、単純なものだけだ。それは陸上と変わらないが、船はどうしても反応が鈍くなる。一方で、楼台の上から戦場を見わたせるので、戦況は把握しやすい。判断と決断、そして伝達をいかに早くするか。さらに、川や潮の流れと風の影響を加味しなければならない。

劉敬宣は剣技は父親以上と評価されていたが、指揮統率においてはまだ未熟である。水戦における命令と行動の時間差を埋めることができていなかった。風の影響も計算していない。その反省をふまえて、劉裕は訓練に臨んだ。

初日こそとまどったが、すぐに修正して対応した。

「まったく、戦に関する勘は抜群だな」

劉牢之があきれ気味に賛辞を述べたほどだ。

「やはり、賊の討滅はおまえに任せるしかないか」

陸で迎撃するだけでは、いつまで経っても賊徒を根絶できない。それはそれでありがたいと思っていたが、今回、京口に奇襲を受けてから、劉牢之は考えを改めた。本気でつぶさなければ、王朝の根本が揺らいでしまう。

この冬、北府軍は劉裕の指揮のもと、孫恩討伐の軍を派遣した。

六

海塩の沖合が戦場となった。浙江の河口が広大な湾と化した海の北寄りである。劉裕は叛乱軍の船団を見つけてから、慎重に戦機をうかがっていた。

敵の兵力は五万と推定されており、軍船は数百隻に及ぶ。対する討伐軍は二万、軍船は百隻に満たず、小舟が多い。兵の質や武装ははるかに上回っているが、単純な力勝負では勝敗がどちらに転ぶかわからない。

空がどんよりと曇り、風向きが東に変わった日、劉裕は出港を命じた。追い風の力を借りて優位に立とうという目算である。

さらに火計船も用意していた。小舟にわらを満載し、火をつけて敵軍に放つものだ。こちらも、風と潮の流れなどの条件がそろわなければ使えない。

「ゆっくり漕いで西へ進め。着くまでに疲れたら元も子もない」

敵を挑発するように旗を高くかかげて、北府軍は進む。叛乱軍はこれを見つけて、港を出てきた。沖に出て軍船が列をつくり、前進をはじめる。速度は遅いが、それでも列が乱れている。

北府軍は軍船を先頭に盾のように並べていた。注意深く観察すれば、その背後にわらを積んだ小舟が確認できただろう。

「点火せよ」

劉裕の命令で、太鼓が二度、大きく打ち鳴らされた。

松明《たいまつ》が火計船めがけて投じられる。油のしみこんだわらが、一気に燃えあがった。黒い煙が曇天《どんてん》に向かって立ちのぼる。

「思ったより派手に燃えやがるな」

劉裕は顔をしかめながら、火計船の突入を命じた。後ろについた補助の舟から櫂《かい》が伸ばされ、火計船を強く押す。

敵陣からも、黒煙があがっているのはよく見えた。だが、火計と気づいたときには、船はすでに迫ってきている。回避しようとあわてて動き出したが、図体《ずうたい》の大きな軍船はなかなか方向を変えられない。漕ぎ手と操舵手《そうだしゅ》の狼狽ぶりが目に見えるようだ。

突撃を命じる太鼓の音を聞きながら、劉裕は少し困惑していた。

「まさか、避けることもできないのか」

予想以上に、叛乱軍の操船は未熟であった。火計船をかわそうとして列が乱れたところに乗りこむのが、劉裕の作戦だが、そこまではいかないかもしれない。

「燃やしてしまったら、怒られるだろうな」

奪われた軍船を取り戻してこいという命令も受けているのだ。しかし、まずは勝たないことにははじまらない。

先頭の火計船が叛乱軍の軍船に吸いこまれるようにして衝突した。一瞬遅れて、板の割《さ》ける音が響いた。炎が二階建ての船体を舐《な》めるようにして燃え移っていく。早くも海に飛びこむ兵がいる。水をかけて消そうとする兵もいるが、無駄な努力であろう。船体には大きな穴が開いており、すでに水が入りこんでいる。いずれ沈むのはまちがいない。

「燃えた船は放っておけ。作戦どおりに行くぞ」

劉裕は大声で命じた。太鼓が速さを変えて打たれ、旗が大きく振られる。

軍船に備えつけられた弩から、すさまじい勢いで矢が発射された。短い鉄の矢が海の上を滑るように飛んで、敵兵の胸をつらぬいた。悲痛な叫びが、激戦の幕開けとなった。

弩の矢は貴重なので、多くは使えない。最初の斉射で敵をひるませ、乗りこむ部隊を援護するのが目的だ。前列の軍船の間から、十人ほどの兵を乗せた小舟が躍り出てきた。巧みに舟をあやつって敵の軍船に近づき、梯子《はしご》を引っかけて乗りこむ。

劉裕はその様子を楼台から見て、はやる気持ちを抑えていた。戦いたくて、尻のあたりがむずむずしているが、水戦で指揮官が白兵戦に出てしまうと、統制を保つのが難しくなる。劉牢之からもかたく戒《いまし》められていた。

劉裕の代わりに前線で兵士を鼓舞するのは檀憑之である。

「手柄を立てたら、褒美をはずむぞ。者ども、おれについてこい」

叫んだあと、檀憑之は短槍を口にくわえて梯子をのぼった。船べりを跳びこえながら、空中で短槍をふるい、敵兵の喉をつらぬいて着地する。身体を横にひねって、敵兵の剣をかわし、そのままの体勢で必殺の突きを放つ。柔軟な身のこなしと鮮やかな槍さばきは、まるで曲芸のようだ。

檀憑之は一族の者たちを大勢ひきいている。なかでも、まだ二十歳そこそこに見える若者が劉裕の目を引いた。檀憑之と同じように小柄でずんぐりした体型だが、戟をふるって、屍山血河《しざんけつが》を築いている。傷も受けているが、気にする様子はない。

「あれはおもしろい人材だな」

それぞれの戦いぶりを観察する余裕が、劉裕にはあった。火計船の突入で混乱した叛乱軍の軍船に、北府軍の小舟が群がり、乗り移っては制圧する。北府軍は操船技術で勝るだけでなく、船上の白兵戦でも圧倒していた。足もとがおぼつかない叛徒たちを容赦なく斬り殺し、また海に突き落としていく。

「第三部隊は南からまわって敵の右翼を攻撃。第五部隊はまっすぐ前進して、戦闘中の部隊を援護しろ」

敵が陣形を立て直そうとするところへ、劉裕は手もとの船団を送りこんでいく。早め早めの手当てが奏功して、北府軍の有利の戦況は綻《ほころ》びを見せない。

前線から伝令がやってきた。

「閣下、降伏を申し出ている者たちはいかがしましょう」

劉裕は首をかしげた。五斗米道の信徒は天国に行くため、死ぬまで戦うのではなかったか。孫恩の求心力が低下して、信心が薄れてきているという情報は正しかったようだ。それで、思った以上に抵抗が少ないのだろう。

ただ、捕虜をとるのは正直に言えば面倒である。劉裕はぶっきらぼうに告げた。

「小舟に集めて、離れたところにおいとけ」

「逃げられるおそれがありますが、よろしいですか」

「かまわん。それならそれで都合がいい」

伝令を乗せた舟が離れていく。劉裕は戦場に視線を戻して、目を見開いた。

今、敵の軍船から海上に落ちたのは檀憑之ではないか。

兵士たちがあわてた様子で走り回っている。近くの小舟が集まってくる。どうやらまちがいないようだ。

劉裕は首を左右に振った。檀憑之は使える将だが、ここで死ぬならそれが天命だ。歎いても仕方がない。

「まあ、運があれば生きのびるだろう」

ひとりごちて、ふと疑問に思った。

自分は冷たいのだろうか。いや、そうは思わない。生まれたときから、死と隣り合わせで生きてきた。父親に殺されそうになったことはともかくとしても、この時代のたいていの人と同じだ。結局、誰が死んでも代わりはいるのだ。ひとりの生死にこだわるべきではない。たとえそれが自分であっても。

雲の隙間から日が差して、波濤《はとう》をきらめかせた。大量の血と悲鳴を呑みこんでも、海の色は変わらない。

戦闘は掃討戦に移っていた。北府軍は最後まで優勢を保って、叛乱軍を押し切った。

「降伏勧告などしなくていい。小舟は逃がしてもいいが、軍船はすべて取り返せ。逃げられそうなら、火矢を使って燃やしてしまえ」

劉裕の苛烈な命令は全軍に伝わっている。叛徒の一部がひときわ大きな軍船に集まって、最後の抵抗をしていた。その他の者は小舟に移って逃亡をはじめている。それらすべてを追うのは無理だ。

「孫恩は逃げたようです」

報告が入った。粗末な服に着替えて小舟で逃げたという。その際、舟の速度をあげるために同乗者を海に突き落としており、顰蹙《ひんしゅく》を買っていた。それを見て抵抗をあきらめた者も多いらしい。

「意気地なしが」

劉裕は一瞬、顔をしかめたが、すぐに気を取り直した。孫恩まで捕らえたら手柄は大きいが、勝ちすぎるとしっぺ返しを喰《く》らうものだ。博打では、大勝ちを狙って最後には身ぐるみはがされる間抜けが後を絶たない。

「最後にひと暴《あば》れするか」

劉裕は敵の軍船に指揮船を近づけるよう命じた。大剣を抜いて、二度三度と素振りし、状態を確かめる。冷えていた身体が温まり、気持ちも昂《たか》ぶってきた。

しかし、指揮船が接舷《せつげん》のかまえをとったとき、歓声があがった。

「敵を殲滅《せんめつ》して、船を奪取しました」

暴れそびれたと知って、劉裕は肩を落としたが、何とか言葉を絞り出した。

「よくやった。後始末にかかれ」

海塩沖の海戦は、北府軍の完勝に終わった。叛乱軍は行方知れずとなった者を含めて、万単位の死者を出して、事実上崩壊した。孫恩は逃亡したが、これまでのように信徒を集めるのは困難であろう。

海に落ちた檀憑之は板きれにつかまって漂っていたところを救出された。

「悪運が強《つえ》えな」

劉裕はにかっと笑って腹心を迎えた。檀憑之は唇を紫にして歯を鳴らしながらも、笑みを返す。

「閣下の運を分けてもらいました」

「あとで返してくれよ」

劉裕はいったん上陸して、部隊の再編成を命じた。実行するのは檀憑之である。この驍将《ぎょうしょう》は、暖かい地方とはいえ、冬の海に落ちても風邪ひとつ引かなかったのだ。劉裕にとってはありがたいかぎりであった。

その後、北府軍は湾の中と周辺を捜索し、叛乱軍の残党を見つけては叩きつぶした。年が明けて、それが一段落すると、意気揚々として帰途につく。軍船も三十隻ほど取り返しており、船団の最後尾を曳航《えいこう》されている。

天候がよくないため、船団はゆっくりと進んでいた。劉裕は屋根のある船室に寝転んでぼうっとしている。そこへ、劉牢之からの急使が到着した。

「急ぎ、京口に帰ってほしい、とのことです」

使者は書状を納めた箱を差し出した。劉裕は箱を開けて、文字の書かれた布を取り出すと、隣にひかえる檀憑之に渡した。檀憑之がさらに従卒に渡して、読むよう指示する。

「西府軍の桓玄が謀叛を起こして都に迫っているとのことで、朝廷から救援の依頼があった。対応を協議したいから、すぐに帰ってこい」

桓玄が謀叛。その報は驚愕をもたらしはしなかった。むしろ、誰もがやはり、とうなずくであろう。疑問は別の点にある。

劉裕は首をひねって、使者に質した。

「対応を協議とはどういうことだ。すぐに都に援軍を送るのではないか」

「私にはわかりません。できるだけ急げ、としか」

劉裕と檀憑之は顔を見あわせた。ふたりとも、きなくささを感じていた。

七

桓玄は元興《げんこう》元年（西暦四〇二年）に三十四歳になっている。いかにも貴公子然としており、悠揚《ゆうよう》迫らぬ態度と自信に満ちたまなざしが、相対する者に器量が大きいという印象を与える。しかし、桓玄の人生は順風満帆ではなかった。

桓玄の父は桓温《かんおん》という。門閥の生まれではないが、西府軍を束ねて中国全土に名をとどろかせ、簒奪《さんだつ》の一歩手前までいった奸雄《かんゆう》だ。桓温は蜀《しょく》の地を領する成漢《せいかん》を滅ぼし、三度にわたって北伐を敢行して、一時は洛陽《らくよう》を奪還する功を立てた。政治力でも軍事力でも、東晋では圧倒的な存在であり、帝位を掌中に収めるのは時間の問題だとみられていたが、引き延ばしを図る謝安の策により、譲位を受ける前に、桓温は没した。

「百世に芳名を残したいと思って生きてきた。それが、臭名《しゅうめい》を残すこともできないとはな。つくづく私は、詰めが甘い男だ」

そう自嘲していたという。まさに野心に生きた男であった。

桓玄は桓温の嫡子ではない。妾の子で、しかも末子であったが、幼少のころから才気の迸《ほとばし》りを見せて、父の期待を一身に集めていた。兄たちがいずれも愚鈍であったため、五歳にして後継者に任命されている。しかし、一代の傑物であった桓温が没すると、権力の承継はうまくいかなかった。桓玄は幼く、後見人の叔父は凡才であったためである。

父の部下たちが見限って去っていったとき、叔父は幼い桓玄に告げた。

「裏切り者の顔を覚えておくがよい。この者たちは、我が家の使用人であったのだぞ」

桓玄は目に涙を浮かべて、将来の奪権を誓った。

長じて官職にはついたものの、簒奪を狙っていた極悪人の息子であるから、桓玄は不遇であった。それでも、二十代で義興《ぎこう》太守の地位を得た。

「父上は九つの州を統《す》べていたのに、おれはたった五つの湖の長官か」

嘆じると、桓玄は太守の任を放り捨てて故郷に帰った。そして、かつて父が指揮していた西府軍に身を投じて、成り上がっていったのである。

王恭が乱を起こしたとき、桓玄は総帥の殷仲堪をそそのかして、王恭に味方させた。その後、殷仲堪を裏切って、西府軍をのっとっている。まさに劉牢之と同様の軌跡をたどったのだが、桓玄には裏切ったという意識はない。西府軍はもともと桓温のもので、桓玄が引き継ぐべきだった。正当な権限を取り戻しただけである。

「父上が奪われた夢を果たす。おれはこの国を手に入れる」

隠しきれない野心を胸に、桓玄は精力的に動いた。朝廷と北府軍が孫恩の乱にかかりきりになっている間に、荊州や江州《こうしゅう》を固めて、勢力の基盤を築いた。そして、孫恩が京口を急襲したときに、都を救援すると称して軍を向けたのである。

朝廷の実権を握る司馬元顕は、桓玄を警戒していた。劉牢之が都に戻ると、西府軍に即座に引きあげるよう命じている。

桓玄はいったんは応じたが、再び上京をもくろんで準備を進めていると、密偵は報告している。

劉牢之から事情を聞いて、劉裕は腕を組んだ。

「つまり、まだ謀叛を起こしたわけじゃねえ、と」

「表面上はな」

「じゃあ、放っておけばいい」

簡単に言うな、と劉牢之は苦笑する。すでに司馬元顕から桓玄を討伐するよう命令が下っているという。

「人使いの荒い奴だ」

「まったくだ」

劉牢之のうなずきに力がこもりすぎている気がして、劉裕は眉をひそめた。無言で、鋭い視線を上官に送る。

「どう思うか」

劉牢之は質問のかたちで、疑問の一部に答えた。つまり、劉牢之は桓玄の討伐命令に納得していないのだ。

「そう言われましてもね」

叛乱の鎮圧がようやく一段落したばかりだ。つづけて軍を動かすのは容易ではない。心身の疲労がたまっていないか。糧食や物資は足りているか。敵の情報は充分に得られているか。戦略戦術は練られているか。考慮すべきことはたくさんある。地図上で右から左に駒を動かすようにはいかないのだ。

もっとも、劉裕はそうした面には疎《うと》いから、判断はつかなかった。自分が役に立つのは、目の前に敵がいるときだと考えている。

「朝廷は討伐せよ、と簡単に言うが、相手は叛乱軍とかいう名の民ではない。西府軍と戦うなら、兵力に練度、武装、将の質、どれをとっても互角の勝負になるだろう。勝てるとはかぎらないし、たとえ勝っても大きな損害が出る」

「ははあ、なるほどね」

劉裕は合点した。司馬元顕は北府西府の共倒れを狙っているのか。

「でも、北から攻められることは考えなくてもいいんですかい。淝水の戦いみたいに」

「今のところはな」

劉牢之は苦々しげに認めた。華北は諸民族が割拠しての争乱がつづいており、差し迫った脅威はない。北伐を考えないなら、今の軍事力を維持しておく必要はないだろう。司馬元顕は北府西府を解体して、朝廷直属の軍をつくりたいのかもしれない。

「嫌なら断ればいいでしょう。どのみち、相手が挙兵したら戦わないといかんでしょうが、無用に刺激しなくてもいい気がしますね。兵士たちも正月返上で働いたんだから、休みをやってください」

「そうだな……」

劉牢之は煮え切らなかった。

悩んでいる上官をおいて、劉裕は新居へ帰った。将軍になったら京口に屋敷をかまえるという約束を果たしていたのである。貴族出身の将軍が住んでいたもので、建物は古いが立派な屋敷である。ただ、忙しくてほとんど帰る暇はない。住みやすく整えるのは、妻に任せている。その妻も、使用人がいる生活に慣れないようで、みずから炊事や洗濯をしようとしては止められているという。

「庭で野菜をつくってもいいでしょうか」

問われて、劉裕は笑顔を見せた。

「おまえの家だ。好きにするがよい。だけど、どうせなら鶏《にわとり》か家鴨《あひる》でも飼ったらどうだ」

自分の好みしか考えていない劉裕であった。


結局、劉牢之は命令にしたがって、出征を決めた。劉牢之自身が総指揮をとり、劉裕も副将格で従軍する。西府の拠点までは、船団を組んで長江をさかのぼっていく。漕ぎ手を兼ねる兵士は大変だが、そうでない武将たちは退屈である。

劉裕は檀憑之らを相手に、双六をして無聊《ぶりょう》をなぐさめていた。都を過ぎてまもなく、進軍をやめて停泊するよう命令があり、よけいに暇になっている。戦の前だから、緊張感を保たなければならない、という発想は劉裕にはない。

賭けに負けた檀憑之が、銭を放り出して歎いた。

「このままだと、戦がはじまる前にすっからかんになってしまう。どうしてまた、ぐずぐずととどまっているんですかね」

「戦いたくねえんだろうよ」

銭を数えつつ、劉裕が応じた。こちらは上機嫌である。

「次は賭け金をあげるか。取り戻したいだろ」

「勘弁してくださいよ」

「まあ、それはともかく、討伐軍が送られたという報は西府に届いているだろう。親分は桓玄の出方を見ているのかもな」

劉裕にかかれば、北府軍の総帥もただの親分である。ほどなくして、その親分から召集がかかった。

劉裕は小舟に乗りかえて、劉牢之の指揮船におもむいた。顔色の悪い劉牢之が、息子の劉敬宣らの側近をしたがえて待っていた。船酔いでもしたのか、と思ったが、単なる寝不足だという。それほど悩んでいるのか。

「西府軍は八万の兵をひきいて都に向かっているようだ。進軍が速ければ、明日にでも相対することになる」

劉牢之に告げられて、劉裕はひゅう、と口笛を吹いた。

「罠を用意して迎え撃ちますか」

提案を無視して、劉牢之は無表情で言った。

「軍に先だって、密使が来た」

停泊させていたのは、その密使を待っていたからだろうか。

「して、内容は」

「『狡兎《こうと》死して走狗《そうく》烹《に》らる』という言葉を知ってるか」

「知らん」

劉裕は胸を張った。

「ですが、ようするに手を組もう、ということでしょう」

「そのとおりだ。よくわかったな。司馬元顕は信用できん。奴隷のごとく朝廷に使われるよりは、北府と西府が協力してこの国を治めよう、という申し出だ」

「何と返事したんですか」

劉裕の見たところ、劉牢之はこの申し出に前向きになっているようだ。それは危険な選択ではないだろうか。

劉牢之が言いよどんでいるので、劉裕は問いを重ねた。

「司馬元顕は信用できねえで、桓玄は信用できるんですかい」

痛烈な反対の意思表明であった。劉牢之は顔をしかめて無言である。理をもって桓玄を信用しているのではない。信用したいだけだ。

劉牢之の甥にあたる何無忌《かむき》が説得にかかった。

「閣下、やはりやめましょう。あのような男と手を組んでも、いいように利用されるだけです。あの者の父親がなした所業をご存じでしょう。桓玄自身も、殷仲堪を裏切ったばかりではありませんか」

哀願するような口調であったが、その言葉は劉牢之をも傷つけた。上官を裏切ったのは劉牢之も同じである。

「……北府と西府が争えば、どちらが勝っても多くの犠牲が出る。兵士だけではない。軍船や物資を浪費し、戦場を荒廃させることになる。すなわち、国力を低下させるのだ。国のために、戦うわけにはいかぬ」

出征前とさして変わらぬ主張であった。その場にいた全員が思ったことを、若い何無忌が口にした。

「それなら、出発の前に朝廷を説得すればよかったでしょう。桓玄はまだ挙兵したわけではありませんでした。無用な争いを避けることはできたはずです」

劉牢之が発言の主をにらみつける。何無忌は劉牢之の姉の息子である。儒学や兵学を学んでおり、劉牢之の配下ではずば抜けて教養のある若者だったが、誰に似たのか血は熱い。思ったことをすぐ言葉にしてしまうのだ。険悪な雰囲気になったところに、劉敬宣が割って入った。

「いまさら言っても仕方ありません。問題はこれからどうするかです。世間の評判を考えると、朝廷の忠臣という立場をつらぬいたほうがいいと、私も思うのですが、父上が決断なさったのなら、それにしたがいます」

劉牢之は劉裕に視線を移した。

「おまえはどうする」

つまらないな、と劉裕は思った。ここにきて、劉牢之は器の小ささを露呈《ろてい》している。強敵と戦うというのであれば、喜んでついていくが、謀略で身を立てていくなら、自分に活躍の場はないであろう。

しかし、反対だから軍を抜けるというほど短気ではない。充分な手柄を立てている自負はあり、将軍に抜擢された恩は感じていないが、現状を変えるのも面倒だ。

「どっちにしてもつきあいますよ」

投げやりに答えると、劉牢之は目を細めた。疑われているようで、気分が悪かった。

「わかった。今しばらく、考えてみよう」

劉牢之は散会を命じた。

劉裕はまた小舟に揺られて、自分の船に戻った。出迎えた檀憑之に、話の内容を伝える。檀憑之は大げさに両手を広げて、慨歎《がいたん》の気持ちを表現した。

「また裏切るんですかい。一番信用されないのは、あの人なんじゃないですか」

「もっともだ。あっちにつき、こっちにつきじゃ、兵士たちも困るぞ」

王恭にしたがって朝廷に叛旗《はんき》をひるがえし、次は朝廷の命で王恭を殺す。そして今度は桓玄に寝返って朝廷を攻めようというのだ。世間に対して、正当性を主張することができるのだろうか。

「おれたちだけ、先に京口に帰りましょうか」

檀憑之の誘いに、劉裕は乗らなかった。

「つまらん権力争いに巻きこまれるのは御免だ。このまま流されていくほうがまだましだろ」

ここで北府軍から離脱したら、朝廷から都を守れと命じられるかもしれない。劉裕は今の朝廷に対して義理もなければ、愛着も感じていなかった。命を賭《と》して守ろうとは思わない。だとすると、誰にも手を貸さず、引きこもっていればいいのか。自分はよくても、麾下の兵士たちはどうなる。自分についてくる兵士たちはなるべく守ってやりたい。そのためには、どうすべきか。

そういうことを考えるのは得意ではなかった。自分がこうしたい、という強い欲もない。だから、とりあえずは劉牢之の判断にしたがう。自分や部下に火の粉が飛んでくるようなら、全力で払いのける。

劉裕は微塵も悩んでいなかった。揺れる船上であっても、ぐっすりと眠って朝を迎えた。

逆に、劉牢之は一睡もできなかった。結論ははじめから出ている。なかなか思い切れなかったが、期限がきたので断を下した。息子の劉敬宣を桓玄のもとに派遣して、協力を約束する。

桓玄は劉敬宣を迎えて、手放しの喜びようであった。

「我が事、成れり、だ。西北両府で協力して、よりよい国をつくろうぞ。劉牢之殿によろしく伝えてくれ」

西府軍は昇竜の勢いで長江を下り、停泊する北府軍の前を素通りして、建康を囲んだ。あわてたのは司馬元顕である。

「いったいどういうことだ。劉牢之は何をやっている」

桓玄が挙兵したという報は届いていた。討伐軍を派遣した以上、それは当然である。桓玄が司馬元顕を君側の奸とみなす檄《げき》を飛ばしたのも、計算のうちだった。しかし、司馬元顕は北府軍の力は西府軍より上だと考えていた。桓玄に桓温ほどの実力はないと侮っていた。それが誤りだとは思わない。計算ちがいはひとつだ。劉牢之はなぜ裏切ったのか。

「桓玄に味方して利があるはずがないだろうに。武辺者はこれだから困る」

司馬元顕は守備隊の指揮官を呼んで命じた。

「こうなったら、おれが指揮をとる。ありったけの軍勢を集めて、軍船に乗せろ」

「はっ、しかし、閣下は戦の経験はおありでしょうか」

「なくても、戦おうとしない劉牢之よりはましだ。早く準備しろ」

指揮官は内心の嘲《ちょうしょう》笑を隠して訊ねた。

「兵糧はいかほど用意しましょうか。長江がほぼ封鎖されているため、簡単には手に入りませんが」

「市場はまだ開いているだろう。徴発してこい。抵抗する者は斬れ」

「……都で略奪をせよ、とおっしゃるのですか」

「国を守るためだ。さっさと実行しろ」

指揮官は無言で一揖《いちゆう》すると、踵を返した。命令が実行されることはなかった。

兵士たちは軍船に集まったが、あれがない、これがない、と言い訳して、出港しようとしない。ぐずぐずしているうちに、西府軍が迫ってきた。

司馬元顕はやむなく、宮殿ではなく、自分の屋敷に駆け戻った。皇帝を盾に交渉する手もあるが、傀儡の代わりはいくらでもいるから、要求が受け入れられる保証はない。軍が攻めこんでくる前に逃げたほうがいい。

「息子よ、何やら騒がしいようだが……」

司馬道子が酔眼を向けてきた。頭の先まで酒精漬けになった父親に、司馬元顕は用がなかった。邪慳《じゃけん》にあしらって、奥へ引っこむ。使用人から護衛役を選ぶ。奴隷の服を奪って着替え、金銀や宝石を袋に詰める。

しかし、司馬元顕が考えていたより、桓玄は有能であった。大軍の威迫をもって無抵抗で城門を開かせると、目的を果たすため、一隊を宮殿に、一隊を司馬元顕の屋敷に差しむける。まさに逃げ出そうとしたとき、司馬元顕は屋敷が囲まれていることに気づいた。門の外から、呼びかける声が聞こえてくる。

「罪人は道子、元顕の父子だけだ。あとの者の罪は問わない。ふたりを捕らえた者には褒美を出すぞ」

使用人たちの目の色が変わった。

「おまえたち、妙な気を起こすと、命はないぞ」

徒手空拳《としゅくうけん》の司馬元顕がすごんでも、まったく効果はなかった。まとっていた権力の衣は、すでにはぎとられていたのである。

両側から腕をつかまれて、司馬元顕は桓玄のもとに引き立てられた。司馬道子は飲み過ぎて気を失っているところを捕らえられた。

「息子のほうはすぐに処刑せよ。朝廷の混乱の元凶はこの男だ。父親のほうは主上に近いお人ゆえ、遠方に流せ。たどりつけるかはわからぬが……」

桓玄の命令によって、司馬元顕は首を斬られ、市にさらされた。司馬道子は、配流先への旅の途中で暗殺された。傀儡たる安帝はいかなる事情もわからず、知らされず、玉座でよだれをたらしているだけだった。

こうして、朝廷の実質的な主は桓玄に替わった。しかし、都の民は落ちついたものだった。誰が上に立とうと、下々の生活は変わらないのであった。

三章　大剣の軌跡

一

元興元年（西暦四〇二年）、桓玄はまずは丞相《じょうしょう》となって、東晋の実権を握った。

「暴政の時代は終わった。私が政治をおこなうからには、公平な裁定と適正な税制をもって、貴族にも兵士にも民にも、住みよい社会をつくりあげる。まずは官庫を開いて、貧しい民に食糧を分け与えよう」

耳触りのいい言葉であったが、期待した者は多くなかった。実際、桓玄は最初だけは食糧を配って民にやさしい為政者のふりをしたが、徐々に本性を現していく。宮殿や城門の修復に民が駆り出された。法は厳しく、酷税は一向に改められない。

桓玄は劉牢之との約束も守らなかった。

「五斗米道の輩が再び攻めてこないともかぎらない。劉牢之殿には、会稽太守として、南方に備えてもらいたい」

劉牢之は北府軍の指揮権を奪われ、代わりに桓玄のいとこにあたる桓脩《かんしゅう》が、その地位を引き継ぐことと定められた。劉牢之は太守に降格となる。

この処置に驚愕し、憤激したのは、劉牢之ただひとりである。

「約束がちがう。あいつめ、最初からおれの兵を奪うつもりだったのか」

息子の劉敬宣も、甥の何無忌も、そして劉裕も、そうなるだろう、と予想していた。簒奪を狙う桓玄が、権力を分け与えるはずがない。劉牢之だけが、かすかな希望にすがって目をつぶっていた。

「北府軍はおれのものだ。そんな命令にはしたがわんぞ」

京口の北府軍の兵舎で、劉牢之は荒れ狂っていた。椅子《いす》を蹴倒《けたお》し、卓をひっくり返し、壁を殴って、手足にいくつもの青あざをつくっている。

劉牢之はふと顔をあげると、血走った眼を、居並ぶ幹部たちに向けた。

「今からでも、桓玄と戦おう。全軍で建康を攻めるのだ。桓玄は浮かれているはず。西府軍もみながが奴を支持しているわけではなかろう。このあたりの地形は知り尽くしているから、地の利もある。まちがいなく勝てるぞ」

歓声はあがらなかった。ため息の輪が広がった。

「どうした。臆病《おくびょう》風に吹かれたか」

劉牢之が木の床を強く踏んだ。板が割れそうなほどの大きな音がむなしく響いた。

誰も口を開かないので、劉裕が仕方なく先陣を切った。

「いいかげんにしましょうや」

「何だと」

劉牢之はこぶしを握りしめて、発言の主をにらんだ。劉裕でなかったら、殴りかかっていたかもしれない。

「桓玄を選んだのはあんたでしょう。何度裏切ったら気がすむんですか。そんなんじゃ、誰もついてきません」

王恭を裏切り、司馬元顕を裏切った劉牢之が、次に桓玄を裏切ると、三度目になる。一同が白けるのも当然であった。

劉牢之は転がっていた椅子を再び蹴りつけた。低く飛んできた椅子に当たりそうになった何無忌が、あわてて避ける。非難の視線がいくつか、劉牢之に集まった。人の上に立ちえない理由を、劉牢之はさらけ出してしまっていた。

「もうよい」

足音高く、劉牢之は部屋を出て行った。その気配がすっかりなくなるまで、諸将は黙ったままだった。


劉牢之はひとりで悩んで、挙兵を決断した。北府軍の軍権を失うことには耐えられなかった。会稽太守など受けるなら、死んだほうがましだ。

決意を伝えられた息子の劉敬宣は、短く答えた。

「お供します」

父親に比べて思慮が足りない、などと評される劉敬宣であったが、その分まっすぐであった。

父親とちがう道を歩むことなど考えもしない。

「配下の者たちも、そろそろ思い直して恩に報いる気になっただろう。手分けして説得しようぞ」

父子は約束の期日を定めて、同志を集めることにした。劉牢之が真っ先に声をかけたのはやはり劉裕である。

「お断りですな」

劉裕は迷いもためらいもなく答えた。

「骰子を振り直すことはできませんぜ。その勝負は一回きりなんです。運を手放したら、二度と戻ってこない。あきらめて会稽に行くんですな」

劉牢之は顔を赤くして怒鳴った。

「この恩知らずが。桓玄にいくらもらったのだ」

あまりに人をばかにした発言だったが、負け犬の遠吠《とおぼ》えであったので、劉裕はまったく気にしなかった。

劉牢之は甥の何無忌にも断られ、失意のうちに、待ち合わせ場所の港までやってきた。劉敬宣が仲間を連れてやってきたら、兵を軍船に乗せ、都に向かうつもりであった。しかし、待てど暮らせど、息子は現れない。

「まさか、あやつも……」

劉牢之は不安に押しつぶされそうになりながらも、じっと待っていた。正午から日が暮れるまで待ったところで、心が保たなくなった。

「もしかしたら、挙兵の計画がばれたのかもしれぬ。それで来られないのだ」

息子に裏切られたと考えるより、そのほうがはるかにましであった。城市が騒がしいように思える。桓玄の手の者が自分を捜しているのかもしれない。劉裕や何無忌が捕らえにくるかもしれない。

「……もう、終わりだ」

桓玄に捕らえられて、さらし者になるくらいなら、みずから命を絶ったほうがましだ。劉牢之は短刀を抜いた。月光が白刃に反射してきらめいた。短刀をゆっくりと首に押し当てる。だが、その先の勇気がなかった。劉牢之はあてのないまま、川べりをふらふらと歩いた。

使われていない漁師小屋があった。もやい綱の束が落ちていた。それが運命なのだと思えた。劉牢之は綱で輪をつくって、梁《はり》に引っかけた。幸か不幸か、綱にも梁にも充分な強度があった。北府軍を統べていた男はひとり寂しく、首をくくったのであった。

息子が父の遺体を見つけたのは、空の白みはじめたころであった。劉敬宣は決起をかぎつけた桓玄の配下の兵に追われており、待ち合わせに遅れてしまったのである。付近を捜しまわって、小屋にたどりついたのだが、劉牢之はすでに冷たくなっていた。

「私が遅れたばかりに……」

劉敬宣は慨歎したが、泣いている暇はなかった。遺体をおろし、むしろをかけて隠した。葬儀は後日のこととして、自身は北へ落ちのびる。いったん華北のどこかの国に逃れて、再び兵をあげるつもりであった。

それから三日後、何無忌のもとに、いとこの劉敬宣から書状が届いた。劉牢之をひそかに弔《とむら》い、埋葬してほしいとのことである。劉牢之が挙兵に失敗したことは、すでに桓玄の耳に入っている。どうすべきか、何無忌は劉裕に相談した。

何無忌は劉牢之の姉の子で、名門の出身であるから、一兵卒からのしあがった劉裕とは身分が異なる。にもかかわらず、劉裕に対して礼儀正しく接しており、敬意さえ抱いているようだ。劉裕も気に入って、剣の稽古をつけてやったり、用兵について語ったりしていた。いわゆる弟分のひとりである。

「葬式ねえ……やりたければ、やりゃいいだろう」

おれに相談されても困る、と思いながら、劉裕は答えた。死んだ者に興味はない。

結局、何無忌は葬儀をいとなもうとしたが、その情報がどこからかもれた。数十人の西府軍の兵が乗りこんできて、劉牢之の柩《ひつぎ》をよこせと要求する。

「謀叛人は棄市《きし》とする定めだ。そのまま埋葬するなど許さぬ」

「閣下は謀叛など起こしていない。みずから命を絶たれただけだ。これ以上、いかなる刑罰を与えるというのか」

何無忌は抵抗し、にらみあいがつづいた。双方とも、剣の柄《つか》に手をかけている。

「止めるならおまえも同罪だぞ」

望むところだ、と何無忌が剣を抜こうとしたとき、劉裕が肩を強く引いた。

「やめろ、ばか野郎。死んだ者のために生きてる者が損をしてどうする」

劉裕は西府の兵に向かってあごをしゃくった。

「持ってけ。一銭にもならんがな」

「お、おう」

毒気を抜かれた態で、兵士の長がうなずいた。劉牢之の柩を運んで、建康へと帰って行く。劉牢之の死体は市場で首を斬られた。

この所業は、北府軍の諸将を激怒させた。

「あのような侮辱は許しておけません。打倒桓玄の兵をあげるべきです」

もっとも強く主張したのは何無忌である。歯に衣着せぬ物言いで、叔父の劉牢之にはやや煙たがられていたが、流れる血は熱い。放っておけば、すぐにでも兵をひきいて建康を襲いかねない勢いだ。

劉裕は苦笑してさとした。この一本気な若者が嫌いではないのだ。

「おまえだって、劉牢之の挙兵には反対していたじゃねえか」

「その前に桓玄への協力にも反対してましたよ。裏切りを繰り返していたら、誰も信頼してくれなくなりますが、今回は事情がちがいます。主の復讐という、立派な大義名分があるのです。兵も民も、我らを支持することでしょう」

「そうとはかぎらねえぞ」

兵や民にとって、どちらが正しいか、など関係ないのだ。歓迎されるのは、無駄な戦をせず、自分たちに利益をもたらしてくれる為政者だろう。

「少なくとも、桓玄が目に見える悪政をやらないかぎり、下の者はついてこない」

「今、充分に見えているじゃないですか」

劉裕はじゃまな前髪をかきあげて、そのまま頭をかいた。思いとどまらせようとしたのがまちがいだったかもしれない。うまい言葉が見つからないので、説得するのが面倒になった。

好きにしろ、と言いかけたとき、檀憑之が首を突っこんできた。

「今、怒っているのは劉牢之様と親しい方だけです。桓玄はそういう人をあぶり出して、処罰しようとしているのではありませんか。大望があるなら、自重して時を待つべきです。桓玄が司馬元顕と同じような輩なら、必ず機会が来ます」

何無忌は黙って、檀憑之の言葉を咀嚼《そしゃく》しているようだった。憤激が徐々に薄れていく。もともと知性も教養もある男だ。やがて納得して、こぶしをおろした。

劉裕は檀憑之の脇腹を肘でつついた。

「知恵がまわるじゃねえか」

「世慣れてるだけですよ」

何十人もの一族を食わせている男は泰然として笑った。

「とりあえず、時をかけて桓玄を見極めましょう。仕えるのに足りぬ、とわかれば、起つなり逃げるなりするとして」

「上官がうるさい奴でなければ、おれは満足だな」

この時点では、挙兵の意思などまるでない劉裕である。

劉牢之配下の主だった将のうち、桓玄にしたがわない者は処刑されたが、その数は多くなかった。将を十人も二十人も殺していては、北府軍が体を成さなくなってしまうからだ。劉裕は参軍の地位をもらって、ひきつづき北府軍の一隊をひきいることになった。しつこく蜂起《ほうき》をつづける五斗米道の叛徒と戦ううちに、桓玄の信頼を得て、劉牢之なき北府軍での存在感は再び高まっていった。

二

桓玄は貴族よりも貴族らしい生活を望んだ。絵画や書といった芸術を愛し、美食を好み、美姫を慈しんだ。宏壮《こうそう》な屋敷や優雅な庭園をいくつでもほしがった。望むものを手に入れるに際しては、手段を選ばなかった。

金で買える物は金で買う。権力で奪える物は権力で奪う。どちらも無理なら、武力に訴えるか、策略を用いた。いかさまを使って博打に勝ち、宝物を強引に召し上げたこともある。家主を地方に飛ばして空き家を買い叩いたこともある。皇室の財産を、自分に下賜したこともあった。

なかでも桓玄が気に入っていたのは、顧愷之《こがいし》という当代一の画家である。桓温に仕えていたこともある顧愷之は天才肌の芸術家で、奇矯《ききょう》な行動でも知られており、その絵には神霊が宿ると言われていた。好きな女の肖像を描き、心臓の位置に針を刺して呪ったことがある。顧愷之は病気になった女を手厚く看病し、女はその愛を受け入れた。すると、顧愷之は絵の針を抜いて、女の病気を治したという。

その顧愷之は、厨子《ずし》に納めた絵を桓玄にあずけていた。扉には封がしてあり、無断で開けたらすぐにわかるようになっている。ところが、桓玄は裏の板を外して絵を盗み、板を元どおりに直してから顧愷之に返した。顧愷之は封を開けて絵がなくなっているのに気づき、首をかしげたが、やがてにこりと笑った。

「あまりにすばらしい絵だから、天界に召されてしまったのだろう」

比喩《ひゆ》ではなく、本気でそう思うのがこの天才画家である。

さて、ほしいものをすべて掌中に収めた桓玄は、至高の地位に手を伸ばした。実権を奪ってから二年も経っていないので、拙速といえば拙速である。しかし、引き延ばし工作をされた結果、寿命の尽きた父の無念を思うと、一日も無駄にはしたくない。

簒奪にあたって、桓玄がもっとも動向を警戒する男が、京口にいた。言わずと知れた劉裕である。じゃまな劉牢之を消したときはおとなしくしていたが、本心ではどう考えているのか。東晋の朝廷に忠誠を誓っているのか、それとも権力を握る者にしたがうだけか。政治的な野心があるのか。間者の報告によれば、劉裕は謀叛に誘われても、決して応じないという。

桓玄は使者を送って訊ねた。

「朝廷において、名と実を一致させようと思うが、いかに考えるか」

質問の意図は劉裕にも明らかである。

「別にいいんじゃないですか。世の中、わかりやすいほうがいい。表なら表、裏なら裏ってね」

「賛成なのか」

「おれが反対したからって、どうなるものでもないでしょう」

劉裕は使者に苦笑を向けた。

桓玄が簒奪を狙っているという噂は、京口の城市でも広まっている。皇帝の位に即いて、新しい王朝を開くのは、簡単なことではない。周到に根回しをおこない、石垣を積みあげるように周囲をかためて、ようやく実現する。

魏の曹操《そうそう》は後漢の献帝《けんてい》を傀儡として実権を握ったが、実際に帝位に即いたのは後継ぎの曹丕《そうひ》であった。つづく司馬氏は、司馬懿《しばい》、司馬師《しばし》、司馬昭《しばしょう》と三人の傑物が基盤をつくって、司馬炎《しばえん》が西晋《せいしん》を建てた。これが東晋の前身にあたる。桓温も一代では帝位にとどかなかった。その息子が簒奪を実行するのはごく自然の流れだろう。

桓玄はそう考えているが、かれの登極に賛成する雰囲気は都にはなかった。傀儡の皇帝に譲位させることは可能だが、貴族たちへの根回しは充分とはいえない。二年という歳月は、多数派工作を終えるには短すぎる。反発を軍事力で抑えるのが桓玄の狙いだった。そのためには、北府軍の協力が必要だが、劉牢之に替わって総帥を務める桓脩は、縁故によって地位を得ただけの人物で、劉裕なしで軍を動かすことはおそらくできない。桓玄にしてみれば、北府軍の重鎮たる劉裕の同意をとりつけるのが、何より重要なのだ。その点で、劉裕は自分の価値に気づいていなかった。

「異議はないのだな」

やや不安そうに、使者が念を押す。

「ありませんよ」

劉裕としては、東晋がつづこうが、桓玄が皇帝になろうが、どちらでもかまわない。一度、皇帝になったら、その子孫が永久に帝位に即かねばならないという決まりはないのだ。中国を統一して広大な領土を誇った漢だって滅びている。

劉裕は当然のことながら、桓玄に取りあげられるような芸術品を所持してはいなかった。ゆえに、桓玄も司馬元顕も変わらぬ、という感想しか抱いていない。むしろ、軍にとっては、休暇や祭りに際して、金や酒を配る桓玄のほうがありがたかった。桓玄は軍の重要性を知っている。だから、劉牢之をだまして追い落としたのだ。

「うむ、そなたがそう言ってくれるなら、安心だ」

使者は喜んで桓玄のもとへ帰った。しばらくして、劉裕のもとに招待状が届いた。都に上って桓玄の即位式に参列せよ、という。

「面倒だが仕方ない。桓玄の顔を拝んでくるか」

劉裕は北府軍総帥の桓脩に随行して、建康の門をくぐった。檀憑之も同道している。元興二年十二月のことである。

おごそかで退屈な儀式が終わると、宴が開かれた。劉裕は典雅な庭園には興味がなかったが、料理は別である。苦手な酒を勧められるのに辟易《へきえき》としながら、大皿に盛られた見目麗しい料理を物色していく。食材は豊富だが、調味料や調理法はまだ発展途上のころである。鯉《こい》の蒸《む》し物《もの》に魚醤《ぎょしょう》で味付けしたものや、塩で煮た猪《いのしし》の料理が劉裕は気に入った。干し鮑《あわび》を戻した羹《あつもの》も絶品である。

両頰《りょうほお》を膨《ふく》らませていると、あきれ顔の檀憑之が寄ってきた。

「よく食べますね」

「他にすることもねえからな」

演台では、楽の音に合わせて西域出身らしい舞姫が踊っている。白皙《はくせき》の肌に汗の珠《たま》が光って艶《なま》めかしい。劉裕はちらりと見やって、また皿に視線を戻した。貴族たちの遊興には心を引かれない。

腹をさすってひと息ついていると、侍従に声をかけられた。新しい皇帝が呼んでいるという。

「じゃあ、皇帝の顔を拝んでくるか」

檀憑之にささやいて、劉裕は桓玄のもとに参上した。

簒奪を成し遂げた男は耳まで朱に染めて、上機嫌で杯を傾けていた。左右に侍る美女が絶え間なく酒を注いでいる。並んですわる皇后の目が冷たいように思って、劉裕はぞくりとした。

劉裕は玉座の前にひざまずいた。頭を低くすると、酒のにおいが少し遠ざかって楽になる。

「そなたが劉裕か。顔をあげよ」

劉裕は臆することなく、皇帝と目を合わせた。桓玄の瞳から、一瞬、酔いの色が消えた。

「よい面構えだな」

劉裕の態度は皇帝に対する礼を失しているが、意図してのものではない。桓玄は咎《とが》めなかった。

「今後の働きに期待しているぞ」

「ありがとうございます。せいいっぱい、励みます」

劉裕が下がると、皇后が桓玄の耳もとでささやいた。

「あの者の眼光たるや、猛虎《もうこ》のようではありませんか。放っておけば禍《わざわい》となります。早めに始末したほうがよろしいかと」

桓玄は眉をひそめた。

「そうは言うがな、あれは当代一の豪傑だ。殺してしまうのはもったいない」

「殺されてからでは遅いですよ」

「ううむ、しかし、あれほどの将軍は他におらんのだ。北伐をおこなうには、あの男の力が絶対に必要だ。そのあとなら惜しくないが……」

桓玄は集めた情報を分析した結果、劉裕に政治的野心はないとみていた。権力を望むには、良きにつけ悪しきにつけ、まめでなくてはならない。暇があればごろごろしたり、骰子を振ったりしている男は、帝位を求めたりしないのだ。充分に褒美をやっておけば、熱烈な忠誠は得られなくても、叛く心配はないであろう。

だが、皇后は納得していない様子であった。

「北伐など、どうでもよいではありませんか。この地を繁栄に導くことを第一に考えてくださいませ」

「そうはいかん。派手な実績をあげて、おれの力をしめす必要がある」

華北の異民族を駆逐して、中原を取り戻せば、桓玄を簒奪者とそしる者はいなくなるだろう。そのためには、劉裕の武勇と将才が不可欠だ。

桓玄は翌日から、劉裕の機嫌をとろうと、金品を贈ったり、宴に招待したりしはじめた。芸術品ではなく、金銀や武具を選んでいるところは、さすがに人をみている。劉裕は最初は喜んでいたが、しだいに飽きてきた。

「新しい皇帝はどうして、次から次へと贈り物をよこすんだ」

劉裕がぼやくと、檀憑之が明快に答えた。

「閣下が怖いからでしょう」

「そういう考えが小物なんだよな」

手柄を立てて褒美をくれるなら嬉しい。しかし、何もしていないのに、金品を贈られても醒《さ》めるだけだ。必ず勝てる博打など、おもしろくない。

「つまらんな。そろそろ京口に戻るか」

そう思いはじめたころ、滞在している宿に、叔母が乗りこんできた。

「あんた、どういうつもりなの」

予想されたことだったから、劉裕は驚かなかった。もらった金銀を部下や親戚縁者に分け与えており、叔母には一番多く届けている。そのことだろうと思った。

「いや、世話になってるから、ほんの気持ちだ」

叔母は目を吊り上げて怒った。遠い昔に見たことがあるような表情だ。

「どんな気持ちよ。あんた、その金がどこから出てるか知ってるのかい」

「どっからって、どういう意味だよ」

「桓玄の評判を知らないわけじゃないだろ。弱い者を苦しめて奪った金だよ。このあたしが、それをもらって嬉しいと思うのか」

日頃、社会の仕組みについて考えることのない劉裕である。そのような視点はなかった。桓玄の評判が悪いのは聞いている。だが、弱い者が苦しむのは当然ではないか。いやならば強くなればいい。

そう言うと、叔母は鼻で笑った。

「子供だね。誰もが強くなれるわけじゃない。この国には身分の壁がある。金だって、腕力だって、壁になる。だけど、それを跳びこえられる人間がいるんだ。そういう奴が起ちあがれば、ついてくる人は大勢いる。名も無き民だって、導く者がいれば、強くなれるんだ」

叔母はひと呼吸おいて、劉裕を見つめた。

「あんたが城市でどう言われてるか知ってるかい。桓玄の犬、だよ。あたしは恥ずかしくて恥ずかしくて……」

劉裕は口をとがらせた。

「じゃあ、どうすればいいんだよ。おれに起てって言うのかよ」

「自分で考えな。人に言われないとできないようなら、やっぱり子供だ」

充分に言っているのではなかろうか。何無忌をはじめ、劉裕に決起を求める声はたくさんある。が、叔母に言われると考えざるをえなくなる。

叔母を帰したあと、劉裕は檀憑之を相手に愚痴《ぐち》をもらした。

「どうしてこう、みんなおれに期待するんだ」

「そりゃあ、閣下に力があるのと、桓玄に人気がないのと、両方でしょうな」

桓玄が司馬元顕の地位を奪っただけなら、これほど反発を招くことはなかっただろう。劉牢之の部下が騒ぐぐらいで、それも自業自得だから、支持は得られない。だが、桓玄は帝位に即いて、東晋王朝を滅ぼしてしまった。安帝は殺されこそしなかったが、どこかに幽閉されているという。旧来の秩序を重んじる層にとって、これは耐えがたい。王朝を支える官僚や、晋の皇族とともに北から亡命してきた名家の子孫は、激しい怒りを抱いている。在野にも憤慨《ふんがい》している者はいて、劉裕と縁のあった詩人の陶淵明は、桓玄を非難する詩を詠《よ》んでいた。

「勝手に期待されてもなあ」

劉裕はさして現状に不満があるわけではない。まちがった社会を正そうとか、弱い者を救おうとかいう、強い意志はない。根は悪人ではないから、漠然と、そうなったらいいな、程度には思っている。だが、積極的に骨を折ろうとは考えないのだ。

「閣下がおもしろいと思うかどうかじゃないですか」

決して押しつけがましくなく、檀憑之は言った。

「おれなんかは、男として生まれたからには、こう……血が沸きたつような大勝負に出てみたいもんだと思いますが」

「おいおい、博打とはちがうぞ」

自分の言葉に、劉裕は首をかしげた。すかさず、檀憑之が訊く。

「ちがうんですかい」

「……ちがわねえな」

もともと、博打のような一か八かの人生である。安定すれば退屈する。勝負しないとおもしろくない。暇つぶしに叛逆するというのもいいだろう。なにしろ、それを多くの人が支持してくれるのである。

しかし、と、劉裕はぎりぎりのところで思考をとめた。もし失敗したら、妻や子はどうなるだろう。今の自分には、失うものがないわけではない。檀憑之に水を向けてみた。

「おまえは一族をひきいる責任がある、とか言ってたな。それでも危ない橋を渡るのか」

「橋の向こうにお宝があるなら、そりゃあ渡りますよ。あるいは、後ろから人食い虎が迫ってくるとか。まあ、おれが死んだら、他の者が代わりをするだけですからね」

「死んだあとのことを心配しても仕方がないか」

それが本来の劉裕の考え方だ。それに、坐《ざ》していても身の危険はある。劉裕の存在は桓玄にとっても、反桓玄派にとっても、大きくなりすぎていた。謀叛の危険があるという理由で謀殺されてもおかしくない。

「黙って殺されるくらいなら、ひと暴れしたいよな」

つぶやいたとき、劉裕はすでに決断していた。みなの煽動《せんどう》に乗って、打倒桓玄の兵をあげる。自分と周りの者の一生を左右する決断を下したという自覚はない。危ない橋を渡るというより、軽やかに川を跳びこえていた。深刻に悩んだり、だらだらと迷ったりする柄ではないのだ。

「まずは京口に帰るか」

「それがいいですな。でも、帰る前に、皇帝に挨拶《あいさつ》はしといてくださいよ」

「面倒だな」

ぶつぶつ言いつつも、劉裕は桓玄に暇を告げた。来《きた》るべき北伐に備えて兵を鍛えたい。檀憑之が考えた言い訳は、皇帝を喜ばせた。


その帰途のことである。

劉裕は喧騒に包まれた建康郊外の港を歩いていた。敵の侵入を防ぐために水路が入り組んでいる港は、目的の桟橋まで歩く距離が長い。積荷《つみに》を満載した荷車や桶《おけ》をかついだ物売りをよけて、足早に進む。

檀憑之が先を行き、従者が左右を固めているが、即位の前から輿《こし》で移動していた桓玄とは、比べ物にならぬ気安さである。顔見知りの兵が挨拶してくるのにも、気軽に答えている。

「もし、将軍、ちょっと……」

劉裕はしわがれた声に振り返った。道ばたに敷いた粗末なむしろの上で、老人が手招きしている。ぼろをまとっており、においがひどいようで、往来の人は鼻をつまんで通りすぎていく。物乞《ものご》いは珍しくないが、くぼんだ目の奥に鋭い光が見えたような気がして、劉裕は興味を抱いた。

「おれに用か」

近づいていくと、老人は大げさに目をみはった。

「すばらしい。わしは長いこと、ここで人相見をしているが、これほどの貴人の相ははじめて……いや、二度目だ。おぬし、富も名誉も思いのままだぞ」

「ほう、一度目は誰だ」

「小覇王《しょうはおう》だな」

小覇王とは三国時代に江東《こうとう》に覇を唱えた孫策《そんさく》のことである。二百年ほど前の英傑だ。覇王は項《こう》羽《う》で、ふたりの名はこの地に知れわたっている。

劉裕は大笑した。小覇王を見たことがあるなら、老人は二百歳以上だということになる。

「どうせなら、覇王と言えばよかろうに」

老人は憤然として立ちあがろうとした。

「わしはそんなに年寄りではないわい」

「おもしろいじいさんですな」

檀憑之が笑いながら顔を近づける。

「おれはどうだい」

老人はしばらく檀憑之を見て、悲しげに首を振った。

「平凡だのう」

なんだよ、と檀憑之はおどけて肩を落とした。

劉裕は老人に銭を放って言った。

「残念だな。おれたちはふたりで大きな仕事をするんだ。じいさんの人相見は半分しか当たらんぞ」

老人は銭を拾わなかった。遠ざかる劉裕の背中を、じっと見つめていた。

三

北府軍でもっとも劉裕の挙兵を望んでいたのは何無忌である。事あるごとに、桓玄を倒して劉牢之の仇《かたき》を、と主張していた。だから、劉裕は真っ先に相談したのだが、何無忌は歓喜の笑みを浮かべたりはしなかった。

「声を小さくしてください」

亡き劉牢之の甥は驚くほど真剣な顔つきをしていた。

「ご決断されたのであれば、内密に事を運ばなければなりません。露見したら、命はありませんから。まずは同志を増やすことからはじめましょう。幸いにして、心当たりが幾人かおりますから、さっそく声をかけてみます。京口だけでなく……」

おい、と劉裕は口をはさんだ。放っておけば、いつまでも話しつづけそうだ。

「仲間になりそうな奴がいるのか」

「ええ、私はずっと水面下で準備してきたのです。誰が計画に加わりそうかはすでに頭にあります。二、三ヵ月もあれば、挙兵に漕ぎつけられるでしょう」

何無忌は具体的な名前をいくつかあげた。京口を離れた者も含まれている。桓玄は北府軍の紐帯《ちゅうたい》を弱めるため、部隊の指揮官たちをそれぞれ別の城市に派遣していた。そのため、北府軍は一枚岩ではなくなったが、各地に仲間が分散しているので、一斉蜂起が可能になる。そのような事情を、何無忌は熱っぽく語った。

「委細、お任せください。閣下には陣頭に立っていただければ充分ですので」

逆に言えば、それができるのは劉裕しかいない。

「つまり、はじまるまでおれは何もするなということか」

「ご理解いただけて幸いです」

戦場に立てば古今無双の劉裕ではあるが、謀略や政争となると出番はない。たしかに、よけいなことをしないほうがよさそうだ。

劉裕は仲間集めを何無忌にゆだねて、自分の屋敷に帰った。お帰りなさいませ、と妻の臧愛親が迎えて、小首をかしげた。

「何か変わったことがありましたか」

「おいおい、帰るなり怖ろしいことを言わないでくれ」

内心でぎくりとしたのを隠すように、劉裕は大きな声を出した。臧愛親はさして驚いた様子を見せなかった。使用人を遠ざけ、布に包まれた箱を持ってくる。

「叔母様からこのような物が届いたのです」

中身は真新しい短刀であった。どのような意味があるのだろうか。これで死ね、というわけではないだろうから、応援の気持ちにはまちがいあるまい。

「大事をなさるおつもりではありませんか」

追及されて、劉裕は鼻の頭をかいた。

「そんな大したことじゃねえよ。ただ、戦になるかもしれん」

しばし夫を見つめて、臧愛親はこくりとうなずいた。

「あなたのことですから、無事に帰ってくるものと信じています。無理をするなとも言いません。ただ、負けないでください」

「心配はいらんよ。それから、すぐに出発するわけじゃねえぞ。早くて春、遅いと夏になる」

「あ、そうでしたの」

臧愛親はほんのりと顔を赤らめた。そこは誤解していたようだ。そして、役に立つかも、と弟の臧熹《ぞうき》を推薦した。劉裕はその名を何無忌に伝えて、使えそうなら誘うよう命じた。

一方の何無忌は、長江の対岸の広陵《こうりょう》に渡っていた。この城市にめぼしい人物がいるのである。まずは軍資金を確保するため、孟昶《もうちょう》という男に会った。広陵を治めているのはやはり桓玄の縁者だが、そのもとで文官として働いている男だ。年のころは三十を過ぎたばかりで、さわやかな美男子である。道を歩くとすれちがった女がついてきて行列になるとか、手を握っただけで気を失った女がいるとか、様々な伝説の持ち主だ。それらの伝説は本人が得意げに吹聴《ふいちょう》しているので、虚言癖《きょげんへき》もあるかもしれない。

その孟昶は自身も財産を貯めこんでいたが、それ以上に富豪の娘と結婚していた。この者たちを味方につければ、挙兵のための資金ができる。

以前から、何無忌は孟昶と語らっており、反桓玄の意思を確認していた。広陵は北府軍の影響が強く、桓玄に反感を抱く者が多いが、孟昶はとくに現在の処遇に不満をもっていた。桓玄が縁者を送りこんでこなければ、かれが長官になれたはずだったという。

何無忌は孟昶にささやいた。

「ついに劉裕様が決意されました」

「やっとか」

孟昶は白い歯を見せた。男でも惚《ほ》れてしまいそうなほど、さわやかな笑みだ。

「それで、資金のことなのですが……」

「ああ、任せておけ」

孟昶は気安く請け合ったが、何無忌が去ると、秀麗な顔を曇らせた。実は、このところ妻の機嫌がよくないのだ。浮気を繰り返している孟昶だが、女癖《おんなぐせ》の悪さは承知しているはずだから、そのせいではないと思う。さて、どうやって切り出すか。

考えたあげく、孟昶はかれにしては珍しく、引いてみることにした。

「折り入って話がある」

妻はじろりと孟昶を見やった。冷たく鋭い、氷の槍のような視線である。

「実はちょっとでかい企《たくら》みがあってね。成功すれば出世はまちがいなしだけど、失敗したら命の危険もある」

いったん話し出すと、孟昶の舌は勢いよく回転をはじめる。

「おれとしてはもちろん、成功させておまえと富貴をともにしたい。だけど、ことによってはおまえにも子供にも害が及ぶかもしれない。おれはどうなってもいいが、おまえたちに迷惑をかけたくはない。そこで、あらかじめ離縁しておこうと思うのだが……」

「お断りします」

妻はきっぱりと言った。

「私は大事を前にして逃げ出すようなまねはしません。たとえ罰せられることになろうと、お仕えして家を守っていきます」

「いや、しかし、おれはおまえが心配なのだ」

妻と目を合わせて、孟昶は微笑した。しかし、次の瞬間、魅力あふれる微笑は凍りついた。

「ようするに、お金が必要なのでしょう」

図星を指されて、孟昶は口をあんぐりと開けた。そのとおりなのだが、飛躍しすぎではないか。

妻のほうは冷静そのものの口調で語り出す。

「企みが何か、想像はついております。私はあなたがいつまでも起ちあがらないのを見て、歯がゆく思っていました。ようやく機が訪れたのでしたら、ぐずぐずしている場合ではありません。いかなる手段を使ってでも、お金を用意しましょう」

妻は自分のお金をすべて差し出し、実家からも援助を受けると言った。さらに、布を用意して、戦袍《せんぽう》や沓《くつ》をつくると申し出た。孟昶は感激して、妻を抱きしめた。

「ありがとう。感謝するよ」

こうして、軍資金の目処《めど》はたった。何無忌はつづいて、広陵の有力な将軍である劉毅《りゅうき》を訪ねた。

劉毅は劉裕と同世代で、劉裕ほどではないにしろ、武勲をあげて出世してきた叩きあげの将軍だ。背は劉裕ほど高くないが、筋骨たくましく、むきだしの腕や顔に傷跡がいくつも走っている。外見から想像するとおり、積極果敢な戦いぶりが特徴である。

以前、何無忌と劉毅は桓玄の打倒について話し合ったことがあった。

「玉座の主について、将軍は快《こころよ》く思っていないご様子。ですが、かの者の勢いはとどまるところを知りません。おとなしくしたがっていたほうがよいのではありませんか」

「おれはさほど怖れるべきだとは思わんな。志のある者が集えば、案外、たやすく撃ち破れるのではないか。ただ、みなを団結させるのに、旗印となる者が必要だ」

「そのような英傑がおりますか」

「ここにひとり、そして京口にひとりいる」

自信家の劉毅も、劉裕には一目おいているのだった。

そしてこの日、何無忌が挙兵の計画について伝えると、劉毅は身を乗り出してきた。

「待ちわびていたぞ。広陵はおれが仕切る。一万でも二万でも兵を集めるからな」

「落ちついてください。話を大きくしてもれたら大変です。少数精鋭で臨みたいと思います。将軍にはもちろん、一隊を指揮していただきますが、決起の日までは表に出ぬよう願います」

「むう……」

劉裕とちがって不満そうであったが、劉毅はしぶしぶ受け入れた。

何無忌はつづいて、長江をさかのぼって歴陽《れきよう》という城市におもむいた。この城市では、諸葛《しょかつ》長民《ちょうみん》という男が挙兵の中心となる。文武にすぐれた英才だが、それゆえに疎まれて、桓玄によって都から遠ざけられていた。かれも劉裕と同じ年頃で、かつて軽口を叩いたことがあった。

「おれが諸葛で、おまえが劉だ。おれたちが組めば国をつくれるぞ」

三国志の劉備《りゅうび》と諸葛亮《しょかつりょう》になぞらえたわけだが、劉裕は笑い飛ばしただけだった。

「劉は劉でも、おれは貧乏役人の息子だからな。漢の皇室に縁なんかねえぞ」

「生まれなんか関係ない。おれがおまえの孔明《こうめい》になってやる」

「うっとうしいな。国は饅頭《マントウ》みたいに簡単につくれるもんじゃねえだろ」

劉裕は迷惑そうであったが、諸葛長民は引き下がらなかった。その後も、劉裕に挙兵を勧めつづけているひとりだ。

諸葛長民は何無忌の求めに応じ、一斉蜂起への協力を約した。

「もちろん参加する。……しかし、劉裕が起つのか。あいつがなあ」

諸葛長民はしばらく考えをめぐらせると、やがて自分を納得させるようにうなずいた。

「うん、あれ以上の大船はない。安心して乗っていられる。桓玄など敵ではない」

「桓玄を侮ってはなりませんぞ」

「わかっている。京口と離れていることが若干不安だな。ただ、この城市の守備隊は少ないから、簡単に制圧できるだろう」

歴陽は都をはさんで京口と反対側、長江の北岸に位置する。都までは二、三日の行程で、使者を往来させていると、時間差がやや気になるところだ。

そのため、何無忌は広陵も含めた各地の同志に対して、今後は相談せず、指示だけを伝えると定めた。自身も警戒を避けるため、京口を離れないようにする。同志は順調に増えていき、劉裕の異母弟の劉道規《りゅうどうき》、義弟の臧熹、檀憑之ひきいる檀一族など、三十人を数えるようになった。

この企ては逆賊を倒し、東晋を復興させる義挙であるから、決起と同時に各地に檄文《げきぶん》を飛ばして、正当性を主張し、賛同者を募る。檄文を書くのは学のある何無忌だ。何無忌は毎晩遅く、家族が寝静まってから、ろうそくの灯《あか》りを頼りに筆を進めている。

ある夜、何無忌が木簡を前に墨をすっていると、戸口に人の気配がした。密偵か、とどきりとして振り返ると、母親が立っていた。何無忌はほっとしたが、母の目に涙が浮かんでいたので、二度驚いた。

「どうかなさったのですか」

「私は嬉しいのです。弟もあの世で喜んでいることでしょう」

弟とは劉牢之のことである。母は劉牢之の死をひどく歎いており、それが何無忌を打倒桓玄に向かわせた理由のひとつだった。

「中心になるのはどなたですか」

劉裕だ、と答えると、母は涙をぬぐって笑った。

「でしたら安心ですね。弟の部下だった人ですが、嫉妬などせず、せいいっぱいお仕えするのですよ」

「心得ております」

劉裕の器量は大きすぎて、妬《ねた》む気持ちはまったく湧いてこなかった。もっとも、それは何無忌の性格ゆえで、異なる考えもあるかもしれない。

「もし、文の面で人が足りないようなら、劉穆之《りゅうぼくし》という者を訪ねなさい。あなたのお祖父《じい》さんの知り合いの息子で、頼りになる人です」

「ありがとうございます」

何無忌は気遣《きづか》いに謝意を示したものの、いささか困惑していた。劉穆之という知恵者の評判は聞いているが、話したことはない。今から挙兵に誘うのは危険が大きすぎる。決起のあとで声をかけるべきか。

母は短くなったろうそくに目をやった。

「あまり根をつめないように。夜更かしは身体に毒ですよ」

月並みな言葉が心にしみる。何無忌は改めて、絶対にやりとげると誓った。

四

劉裕はいつものように、訓練や狩りに精を出している。訓練が急に厳しくなったり、狩りが実戦的になったりすれば、兵士たちも何か察したかもしれないが、劉裕はまったく変えなかった。檀憑之が博打で負ける額が増えたくらいである。つい、賭けすぎてしまうらしい。

ふところを探った檀憑之が青い顔で言う。

「成功したら、俸給をあげてもらえますかね」

「ま、仕事に応じてだな。その前に、あいつの貯めこんだ財産を山分けだが」

「芸術品が多いみたいですけど、どうしますか」

劉裕は顔をしかめた。

「うまく金に換えられればいいけどな」

「足もとを見られないようにしないとですね」

兵舎でふたりが盗賊めいた会話をかわしていたとき、青い顔をした何無忌が駆けこんできた。周囲を見て、知った顔しかいないことを確認してから、劉裕にささやく。

「どうも計画がばれてしまったらしいです」

劉裕は眉をはねあげた。壁に立てかけてあった大剣に手を伸ばす。

「では、すぐに起とう」

何無忌はあわてて手を振った。

「今すぐでなくてもかまいません。都で斬られた者がいるのですが、こちらまではまだ手は伸びないでしょう」

何無忌が説明をはじめる。

広陵の劉毅の兄が都にいて、仲間に加わりたがっているというので、書簡を送った。ところが、京口から書簡が届いたというのが、桓玄の耳に入ってしまう。それで、質問された。

「京口の様子はどうだ。劉裕は息災か」

桓玄は疑っていたわけではなかったのだが、劉毅の兄は挙兵の計画がもれて、かまをかけられたのだと思いこんだ。それで、聞かれもしないのに、計画について明かしてしまう。証言にしたがって、建康にいた仲間たちは次々と捕らえられた。

何無忌はこうした事態に備えて、与える情報を限定していたため、決起の日時や建康以外にいる同志については知られていないという。

「それでも、計画の前倒しは必要でしょう。歴陽に早舟を送って……」

「いや、ぐずぐずしていたら、先手をとられちまう。歴陽に伝えている暇はない。京口と広陵だけですぐに起つ」

劉裕はここが戦機だと察していた。すでに大剣を背負って、今にも駆け出しそうである。何無忌が泣きそうな声で反論する。

「それでは、歴陽の同志が危険にさらされてしまいます」

「かまわん。それぞれの才覚と運でどうにかすればよい。そうしねえと、決起は失敗に終わるぞ」

入念な計画を放棄して、拙速を選ばなければならないときもある。四ヵ所での同時蜂起は魅力的な作戦だったが、それにこだわれば、事を起こす前に討たれてしまう。一刻も早く起つべきだ。劉裕は決断を下していた。その果断こそがまさに、指導者の器局である。何無忌も同意せざるをえない。

元興三年（西暦四〇四年）二月の末、劉裕はついに桓玄打倒に起ちあがった。

まず、狩りに出かけると称して、北府軍の精鋭百人あまりをひきいて京口を出た。城市から充分に離れた地で行軍をとめ、劉裕は兵士たちの前に立った。

いつもの飄々《ひょうひょう》とした調子で告げる。

「おれはこれから、逆賊桓玄を討つ。成功すれば、富貴は望むがままだ。ついてきたい奴はついてこい」

一瞬の、力をためるかのような沈黙につづいて、澎湃《ほうはい》として歓声が沸きあがった。こぶしを突きあげて、兵士たちは口々に叫んでいる。劉裕を讃《たた》え、桓玄打倒を誓う叫びだ。驚いたのは劉裕自身で、思わず背後にひかえる何無忌を振り返った。

「それだけのことを、あなたはやろうとしているのです」

短い言葉に、劉裕の軽さを戒める響きがあった。劉裕は兵士たちに向き直って、熱狂を茫然《ぼうぜん》と見つめた。

「劉牢之様の仇《あだ》討ちだ」

「あんたについていくぞ」

「桓玄を倒して、北府が天下をつかむんだ」

劉裕はこのとき、はじめて自分がやろうとしていることの大きさを知った。

もともと北府の兵は桓玄に反感を抱いている。そして劉裕は兵士たちの心をつかんでいた。さらに最精鋭とあれば、ついてこない兵はいない。そこまでは頭でわかる。だが、兵士たちの昂揚《こうよう》ぶりはそれだけでは説明できなかった。国を変える。歴史を変える瞬間に立ち会おうとしている。天地をどよもす歓声は、劉裕とかれが指し示す時代に向いている。劉裕が大剣で切り拓いた道を、兵士たちは歩み、新たな時代をつくるのだ。

閉塞感《へいそくかん》に満ちた貴族社会を劉裕なら変えてくれる。そこまで夢想した者も、あるいはいたかもしれない。企てが成功したら、劉裕が政治を動かすことになる。

劉裕はそのことを真剣に考えてこなかった。政治など、できる者に任せればよいと思っている。だが、司馬父子や桓玄が比較の相手と考えれば気が楽だ。あいつらよりは、目の前の兵士などが住みやすい国をつくれるだろう。だが、今はそこまで考えても仕方がない。とにかく、兵士たちの期待に応えることだ。

「よし、行くぞ、おまえら」

劉裕は片手をあげて、都の方向を指した。兵士たちが体勢を低くして、今にも駆け出そうとする。

「待ってください。そこまでです」

何無忌があわてて止めに入った。作戦の開始は明日の早朝である。広陵と同時に挙兵しなければならない。

何無忌が作戦を説明して、その日は野営をした。盛りあがる兵たちをよそに、劉裕はさっさと眠りについた。あまり思い悩んだりせず、よく眠れるのが何よりの長所であった。

日が昇ると同時に、劉裕は目を覚ました。簡素な天幕を出て、大きく伸びをする。体中に勢いよく血がめぐって、力が湧きあがってくるのを感じた。空は青く、はるかに高い。何事かをなすには、もってこいの一日である。

「ツキは来てるな」

劉裕は独語した。決起に失敗して負ければ死ぬ。勝ったら金も地位も名誉も何もかもが手に入る。ふたつにひとつ。おもしろい勝負だ。

出撃の準備が調うと、劉裕は騎乗した兵士たちに笑いかけた。

「今日がこの国の命運が決まる日だ。しかし、そんなことは関係ない。おれのあとについて、思う存分あばれるんだ」

春のやわらかな陽光が、劉裕の言葉で鋭くなったようだった。林立する槍戟がきらめいて、一隊は光の群れとなった。兵士たちは鯨波をとどろかせて、丘を馳《は》せくだる。馬が雄々しくいななき、蹄音が高らかに鳴りひびく。

先頭に立つのはむろん、大剣を背負った劉裕だ。鎧は身につけているが、かぶとはかぶっておらず、頭に巻いた青い巾《ぬの》を風になびかせている。

その精悍な横顔を斜め後方から見て、何無忌は得も言われぬ昂揚感を味わっていた。劉牢之が非業の死を遂げてから、いや、それ以前からかもしれない。劉裕のもとで、覇権を賭けた戦いに臨みたいと思っていた。その夢が今、かなっている。身体が軽く、心が躍って、どこまでも駆けていけそうだ。しかし、喜ぶのは勝ってからである。

何無忌はひとりだけ、官吏が着る朝服をまとっていた。馬上にあっては浮いているが、これには理由がある。

京口の城市の門が見えてきた。すでに開いており、民が行き来をはじめている。少数とはいえ、軍勢が迫ってくるのをみとめて、門を守る兵があわてていた。こちらを指さして、怒鳴るように話し合っている。

「皇帝陛下よりの使者である。詔《みことのり》が下ったぞ」

何無忌は大声で呼びかけた。門兵がはっとして、平伏する。そのための朝服であった。

門をくぐろうとしていた物売りが頭をかかえて端《はし》によける。劉裕を先頭にした部隊は風となって門を駆け抜けた。

劉裕は大剣を抜いていない。腹の底から声をあげて、勝手知った通りを疾駆する。

「勅使様のお通りだ。皇帝陛下の命令だぞ。道をあけろ」

兵士たちが同様の言葉を連呼する。檀憑之が劉の字を染め抜いた黒い旗を背中に差している。五斗米道の叛徒を震えあがらせた劉裕隊の軍旗だ。

京口は軍事都市だから、町に住む者は軍勢を見慣れている。それにしても、街中を全速力で騎兵が駆けるのは珍しい。敵襲かと驚いた人は、劉の軍旗を目にして安堵した。道から外れ、家にこもりこそするが、むやみに逃げ出しはしない。劉裕隊は叛乱討伐で略奪をしなかったので、民の評判がいいのだ。それは劉裕の徳によるものではなく、戦利品を得ていたおかげなのだが、この場合、重要なのは結果である。

劉裕は軍営でいったん馬をおりた。檀憑之と何無忌をしたがえて、総帥が執務する部屋を襲う。

「何の用だ」

立ちふさがった警護の兵士が、劉裕を見て剣を引いた。

「これは劉裕様、いかがなされましたか」

訊ねる声に期待の響きがあった。劉裕はにやりと笑った。

「閣下にちょっと話があってな」

兵士がうなずいて扉を開けた。

総帥の桓脩は律儀な人物で、さしたる仕事がなくても、午前中は軍営に詰めている。外の騒ぎに気づいていたようで、椅子から立ちあがっていた。武装を固めた劉裕を見て、怪訝な表情を浮かべる。

「ずいぶんとものものしいが、はて、今日は軍を動かす予定があったかな」

まるで危機感を覚えていない様子が、かえって哀れをもよおした。劉裕は説明の代わりに、背中の大剣ではなく、腰の小剣を抜いた。上官としては可も不可もない男であった。恨みはないが、死んでもらわねばならない。

な、としか桓脩は口にできなかった。首が落ちて床の上を転がり、血だまりをつくって止まった。

劉裕隊はさらに、桓玄に近い将軍を三人ほど襲って殺し、全軍の兵を練兵場に集めた。劉裕の軍旗と東晋の旗をかかげ、劉裕が呼びかける。

「尋陽《じんよう》においでの皇帝陛下から密詔が下された。逆賊たる桓玄を討ち、晋王朝を復興せよ、と。陛下はすでにお救い申し上げた」

皇帝とは、桓玄に廃された東晋の安帝のことだ。桓玄はこの廃帝を長江の上流にある尋陽に移して軟禁していた。安帝は意思を伝えられないから、実際には密詔など出ていない。救出したというのも方便だった。だが、いま必要なのは事実ではなく、兵士たちをしたがわせるための虚構である。支配者に刃向かう罪悪感や恐怖をとりのぞき、安心して劉裕のもとに集わせるのだ。

「おれは桓玄を討ち、暴政を終わらせる。我こそはと思う者はついてこい。ともに義の旗をかかげ、逆賊を、腐った貴族どもを追い払おうぞ」

言葉を切ると同時にこぶしを天に突きあげると、大気をふるわせて歓呼の声がとどろいた。劉裕は恍惚《こうこつ》として、兵士たちの思いを受けとめた。癖になる心地よさだ。

しかし、と頭の冷静な部分が指摘する。すべての兵が忠誠を誓っているわけではない。多くは周りに流されているだけだろう。実際に桓玄軍と命を賭して戦う者は十人にひとりかそこらではないか。残りは桓玄につくでも劉裕につくでもなく、勝ったほうにしたがうにちがいない。

心が熱くなる局面でも、頭が冷静であるのは、劉裕が博打に強い理由のひとつだ。それが戦場での的確な判断にもつながっている。

政庁の占拠に向かった一隊が報告してきた。桓玄に仕える役人たちを捕らえ、政庁を制圧したという。

「まずは順調ですな」

そう言った檀憑之は少し残念そうである。抵抗らしい抵抗がないため、自慢の短槍はまだ血を吸っていない。

「広陵もうまくいったようです。狼煙《のろし》が上がったのを確認しました」

何無忌が頬を紅潮させている。先ほどまで、緊張で青ざめていたのだが、だいぶ気持ちが楽になってきたようだ。

対岸の広陵では、孟昶、劉毅、劉道規らが決起し、城市の長官を殺して政治と軍事の両権を掌握していた。可能なかぎり早く、軍勢を集めて、京口に合流する予定である。そのあとで、都に向かって進軍することになる。

「まだはじまったばかりだ。調子に乗ると派手に転ぶぞ」

劉裕はふたりを戒めて、西のほうを見つめた。ここまでは勝って当然だ。桓玄は司馬父子の破滅に学んで、都にも兵をおいている。建康をめぐる戦いは厳しいものになるだろう。

五

劉裕は眼前で手をこまねく男を興味深く見つめていた。年のころは四十を超えたあたり、女のように白い肌で、ふくよかな身体つきをしている。冠のおさまりが悪いところを見ると、頭髪が薄いのかもしれない。額が広く、目は小さくて、のっぺりした顔つきだが、黒の深い瞳には知性が感じられた。

劉裕がこれまでつきあってきた者たちとは、明らかに異質であった。軍人でも無頼の徒でも市井の民でもない。文をもって朝廷や地方の役所に勤める者である。

「劉穆之と申します。お召しにしたがって参上いたしました」

男は短く告げた。甲高《かんだか》い声を想像していたが、意外にも低く豊かな声であった。その声で説得されたら、いとも簡単に丸めこまれそうだった。

劉穆之を呼んだのは何無忌であった。母の教えを思い出し、役に立つかもしれないと考えて、劉裕に引き合わせたのだ。

劉裕はまず訊ねた。

「桓玄についてどう思うか」

「滅ぼすべきです。非道に政権を奪って、善政をしくならともかく、民を苦しめたあげく、簒奪をなすとは、とうてい許されざる所業。閣下の決起は天命に沿った義挙であり、また信であり、仁であると考えます」

どうやら褒められているらしい。劉穆之はなおもつづけた。

「個人の思いを述べさせてもらえば、私は京口で生まれ育ちました。京口の城市と北府軍をないがしろにする桓玄の処置には我慢なりません。閣下の行動を支持します」

「ふむ。おれたちは文を書いたり、計算をしたりする人材を求めている。誰かふさわしい者に心当たりはないだろうか」

「いずれ閣下のもとには、すぐれた人材が集まってくることでありましょう。ですが、今このときには、私をおいて他にはおりますまい」

劉穆之の生白い顔は自信に満ちていた。まわりくどい物言いは好きになれなかったが、劉裕はこの男が妙に頼もしく思えた。

「よかろう。主簿に任ずる」

即決すると、劉穆之は一瞬あっけにとられたようだったが、深く頭を下げて感謝の念をあらわした。

「これから都へ進軍するが、おまえもついてくるか」

従軍する度胸があるか、と思って訊ねたのだが、劉穆之は首を横に振った。

「いえ、私はここに残ったほうがお役に立てるでしょう。留守の間に軍務が円滑に進むよう整理しておきます。権限と資金をいただければ、兵糧や物資の調達から輸送、増援の派遣や死傷者の処置など、後方で必要な一切をとりしきって、閣下が戦に専念できる環境をつくってさしあげます」

「そ、そうか」

劉穆之はまさしく、今の劉裕に必要な人材であった。劉裕も檀憑之も、後方支援など頭になかった。何無忌は考えていたかもしれないが、残りたがりはしないだろう。

「では任せる。金ならまもなく届く」

信用できるかどうか、疑念がないわけではない。だが、これも縁である。試してみて、信頼を裏切るようなら、斬ればいい。

「ありがとうございます」

劉穆之はいったん引き下がった。劉裕に仕えることを家族に伝えるのだという。

入れ替わりに広陵の同志たちが合流した。美男の孟昶は、妻が出してくれた金銀と、つくってくれた戦袍を荷車に積んできた。

「どうぞ使ってください。桓玄を倒せるなら、家を失ってもかまわないって妻が言ってました」

積みあげられた銀の量を見て、劉裕は口笛を吹いた。

「ちまちまと博打で稼ぐのがばからしくなってくるな」

「戦に出れば、あっというまになくなりますよ。軍を動かすには、とにかく金がかかりますから」

何無忌が指摘した。桓玄を倒して国の実権を握るまでは、自前の資金で軍を維持しなければならないのだ。

「それは劉穆之に任せるさ。豪語しただけは働いてもらおう」

つづいて、劉毅がやってきて、馴《な》れ馴《な》れしく劉裕の肩を叩いた。

『寄奴の兄貴』のお手並み拝見だ。負けたことがないらしいが、今度の相手は叛乱軍とは名ばかりの民とちがって、立派な軍だ。常勝の将軍が一軍をひきいてどんな采配《さいはい》をするのか、じっくり見させてもらうぞ」

「見物するだけなら帰ってくれ。人手が足りねえから、案山子《かかし》でも立てておこうかって思ってるところだ」

劉裕は笑って応じたが、何無忌が表情を険しくした。

「劉裕様はこのたびの決起の盟主になります。言葉遣いに気をつけ、秩序を乱すような行為は慎んでください」

親しげに会話をかわしていたが、劉毅と劉裕はとくに仲がよかったわけではない。むしろ、ほとんど交流はなかった。劉毅も将軍としての名声は低くないが、劉裕を過剰に意識しているようだ。

「おれとしては、同格の仲間だと思っているんだが……」

言いかけた劉毅を、何無忌が錐《きり》のような視線で突き刺した。劉毅はわかったわかった、とおどけた様子で手を振った。

「命令にしたがいますよ」

面倒だな、と劉裕は思う。人の上に立てば、やっかむ者が出てくる。実力を示せば、たいていは黙るが、地位が上がるにつれて、示すべき力は大きくなってくるものだ。無頼の徒を束ねているうちは、腕力だけでよかった。一隊の指揮官なら局地戦で武勲をあげればよい。だが、これからはより大きな戦いでの勝利が必要になろう。桓玄を倒したあともそれがつづくと思うとうんざりしてくる。

弟の劉道規には、そのような気遣いがいらない。

「兄貴、久しぶりだな」

情のこもった呼びかけだった。母親がちがうとはいえ、血のつながった本当の兄弟だ。劉道規は小さいころから長兄になついていて、よく後をついてきていた。そのときはひょろりとしていたが、今はがっちりした体型で膂力がある。度胸も人並み外れていて、水賊やならず者の退治に功をあげている。

「おう、今回はおまえがいてくれるから心強い。おれの分まで前線で暴れてくれ」

劉裕は総大将だから、最初から前線に出るわけにはいかない。それでも、最終的にはみずから大剣をとって勝敗を決するつもりである。

「よし、これで人員はそろった。都に進軍して、桓玄を討つ」

劉裕の言葉に、一同はうなずきあった。桓玄に時間を与えれば、各地から兵を集めて守りを固めるだろう。各地の反桓玄派が呼応するのを待つという策も事前に検討されたが、どこまで味方が増えるか見通しは立たなかった。速戦に勝機を見出すしかない。

北府軍は多いときで十万を数えたが、桓玄が政権を握ってから、京口に駐屯する兵は半分以下に減らされていた。大部分は都に回され、一部は会稽など南方の守りに派遣されている。

劉裕軍はまず、五千の精鋭部隊を編成して出撃した。いきなり大軍を送りこむのは無謀だ。劉裕への忠誠心や士気を考慮し、また兵糧の量や軍船の数を勘案して定めた数である。劉裕以下、檀憑之、何無忌、劉毅、劉道規などが部隊をひきい、孟昶と劉穆之は京口に残る。

三ヵ月前に都を訪れたとき、劉裕は賓客であった。今度は招かれざる客となる。玄関を破壊して乗りこんでやるつもりだった。


劉裕謀叛の急報を受けたとき、桓玄は輿に乗っていた。都の南郊にある猟園で、狩りを楽しんでいる最中だった。この一年の美食と不摂生により、すっかり肥満してしまった桓玄は、馬に乗れなくなっていたのである。それでも狩りは好きだから、特別製の輿を従者にかつがせて、猟園で遊んでいた。気まぐれなので、一日に二度、同じ猟園に出かけることもある。従者たちはたまったものではない。

凶報に接して、桓玄は輿の上でのけぞった。傾いた輿を支えようと、従者たちが懸命に踏ん張る。

「……それは真《まこと》の情報か」

問い返す声はわずかにひびわれていた。前年の十二月に劉裕と会ったときは、叛意をうかがわせるような様子はなかった。先日、謀叛を計画していたとして処刑した者たちは、劉裕の名を出さなかった。桓玄がこの国で怖れる男がいるとすれば、それは劉裕ただひとりである。その劉裕が叛いた。

「たしかな情報です。しかし、京口の北府軍がすべてしたがっているわけではありません。都に向かっている軍勢はせいぜい五千とか。鎮圧は容易ではありませんか」

報告してきた側近の表情に危機感はみられない。追従ではなく、本心からそう思っているようだ。桓玄は手にしていた弓を投げつけて怒鳴った。

「浅はかな。劉裕は稀代《きたい》の英雄、劉毅も度胸のある男と聞くし、何無忌は劉牢之の薫陶を受けている。侮ったらやられるぞ」

都に戻るよう命じて、桓玄は揺れる輿の上で目を閉じた。あの豪傑をどうやって撃退するか。名案は浮かんでこなかった。

六

穏《おだ》やかな陽光のもと、劉裕軍の船団は白波を立てて長江をさかのぼっている。風はやや向かい風だが、進軍に支障をきたすほどではない。漕ぎ手を兼ねる兵士たちは、太鼓の音に合わせて威勢のいいかけ声をあげながら、櫂を動かしている。

劉裕は額に手をあてて、前方を見すえていた。

「取るものも取りあえず、出撃してきたってところか」

敵の軍船の数は五十隻前後と推定された。速度がそろわず、船列が乱れている。見張りがおらず、旗すら掲げていない船もある。

「こちらを油断させる罠ということはありませんか」

同乗する何無忌が訊ねた。劉裕はしばらく観察して答える。

「罠をはるような時間はなかっただろ。伏兵の気配もねえ。正面から叩きつぶす」

太鼓の調子が変わり、大きく、速く打ち鳴らされた。劉裕軍の軍船が速度をあげて、敵軍に近づく。

桓玄軍をひきいるのは、呉甫之《ごほし》という武将であった。桓玄の麾下で勇猛でならした武将である。桓玄は守りを固める方針だったが、その命令が行きわたる前に、呉甫之をはじめとする桓玄軍の一部は出撃していた。

「劉裕がどれほどのものか、おれが試してやる」

呉甫之は豪語したが、実は劉裕も同じ気持ちであった。孫恩の乱討伐のときのように、自軍が自在に動けるかどうか、試しておかねばならない。

両軍は広大な河の南岸近くで、正面から激突した。前衛同士が矢を撃ち合ったあとで、船べりを接して飛び移り、白兵戦を展開する。劉裕軍では、先鋒を買って出た劉毅が奮戦していた。二本の剣をあやつって、敵を次々と斬り伏せ、水上に落としていく。あっというまに一隻を制圧してしまった。

「なかなかやるじゃねえか」

劉裕が称賛すると、何無忌が複雑な表情を浮かべた。

右翼部隊は檀憑之、左翼は劉道規が指揮している。双方とも押し気味に戦闘を進めていた。もともと同じ北府軍であるが、精鋭を選び抜いた劉裕軍は練度に勝り、士気にも勝る。すさまじい速さで短槍を繰り出す檀憑之、兄譲りの大剣をふるって突き進む劉道規、ふたりとも背中で配下の兵を導いている。

部隊長たちの働きも、兵と船の動きも、満足できるものであった。敵に策はなく、勝利は確実なものと思われる。

「このままだと、また見ているだけで終わっちまう」

劉裕は指揮船に前進を命じた。

威風堂々と、指揮船は戦場を移動していく。

「閣下、あれを」

何無忌が一点を指さした。敵の小型の軍船が矢をかいくぐり、味方の船を縫うようにして、こちらに迫ってくる。劉裕の身を狙って突っこんでくるのではないか。

「弓隊、用意せよ」

何無忌の命令を劉裕は取り消した。

「やめとけ。矢がもったいねえ。乗りこんでくるなら、望むところだ」

どん、という衝撃があった。敵船が速度を落とさずに船体をぶつけてきたのだ。損害を受けたのは敵の船で、船体がひしゃげて浸水がはじまっている。兵士たちがあわてて水に飛びこんだり、武器を棄《す》てて助けてくれと叫んだりするなか、ひとりの巨漢が梯子をかけてのぼってきた。

「おれは呉甫之だ。劉裕よ、尋常に勝負しろ」

大音声が喧騒をつらぬき、指揮座まで届いた。指名を受けた劉裕は、柱に立てかけていた大剣を手に取った。ゆっくりと歩を進めて、呉甫之を囲む兵士たちに声をかける。

「手出しは無用だ。場所を空けろ」

「閣下、そのような……」

止めようとする何無忌を押しのけて、劉裕は白い歯を見せた。

「これがおれのやり方だ。許せ」

「勇気だけは褒めてやろう。あの世でたっぷり後悔するんだな」

呉甫之が大ぶりの曲刀を回して近づいてくる。その軌道が、ふいに変わった。斜めに斬り下ろしてくる曲刀を、劉裕は大剣で受けとめた。火花が散って、激しい金属音が鳴りひびく。刃がからみあい、ぎりぎりと音を立てて、力比べがつづいた。両雄の筋肉がはち切れんばかりに盛りあがっている。

ふたりは互いを押して同時に離れた。第二撃も呉甫之が速かった。横合いから薙《な》ぐような斬撃《ざんげき》が劉裕の脇腹を襲う。

劉裕は大剣を使って受け流そうとした。曲刀が大剣の刃を滑って、柄に当たる。ふたりとも体勢が崩れた。呉甫之は前につんのめりそうになり、劉裕は左膝が抜けそうになる。劉裕はしかし、そのまま身体を沈めて、右足で蹴りを放った。

跳ねあがった足が呉甫之の太ももをしたたかにとらえる。呉甫之はうっ、とうめいて甲板に突っこんだ。

劉裕の大剣が閃く。

呉甫之の首が、胴を離れて転がった。

見守っていた兵士たちが歓喜の雄叫びをあげた。劉裕は大剣の血をぬぐい、刃こぼれを見つけて顔をしかめた。

「戦況はどうなってる」

何無忌に訊ねると、弾んだ声が返ってきた。

「ほぼ戦闘は終わっています。船ごと降伏する例が多いですが、いかがしましょうか」

敗色が濃厚になったから、呉甫之は無謀な突撃をしてきたのである。劉裕を殺すしか、逆転の目はなかった。そして、呉甫之は実力のとおりに敗れた。

「かれらは北府軍の出身だったな。殺すわけにはいかんから、武器を取りあげて京口に行かせろ」

劉裕はつづいて陣形を整えつつ前進するよう命じた。戦はまだはじまったばかりである。

建康はもともとの名を建業《けんぎょう》といった。東晋の都となった際に、時の皇帝の諱《いみな》を避けて改名している。西から東に流れる長江の南岸、やや流れが北に折れてまた東に向かうところに位置しており、北と西を河が流れるかたちになる。

城市の西側には、長江に面した石頭城《せきとうじょう》がにらみをきかせていた。呉の孫権《そんけん》が築いた要塞で、石積みの城壁に囲まれており、多数の軍船を収容する軍港の役割も持っている。この石頭城があるかぎり、西側から攻めるのは難しい。

そこで、劉裕は建康の北側にある白石《はくせき》の砦付近に上陸した。ここは小規模な砦で、桓玄は見張りをおいていただけだった。上陸を防ぐほどの兵力はないのだろう。

劉裕軍上陸の報を受けて、桓玄は皇甫敷《こうほふ》ひきいる八千の兵を迎撃に派遣した。皇甫敷は西府軍でも一、二を争う武名を誇る将軍だ。皇甫敷は長江の支流にかかる橋を前に布陣して、劉裕軍を待ち受けた。

「劉裕め、通れるものなら通ってみろ」

弓兵をずらりとそろえ、投石機も運んできており、皇甫敷は万全の備えである。二本かけられている橋は、人が五人並べるほどの幅だ。

劉裕は偵察隊の報告を聞いて、眉をひそめた。

「この前みたいに簡単にはいかなそうだな」

「どうせ弱敵だ。何も考えずに突っこめばよい」

劉毅が脳天気に主張すると、劉裕はにやりと笑った。

「では、おまえに先鋒を任せよう」

劉裕は劉毅と劉道規に千ずつの兵を与えて、二本の橋の突破を命じた。劉裕自身と檀憑之がそれぞれのあとにつづく。何無忌には千騎の別働隊をひきいて戦場を迂回《うかい》し、別の橋を渡って敵陣の側面を衝《つ》くよう指示する。劉毅らは陽動で、本当の狙いはこの別働隊の攻撃だ。

劉毅は張り切って出陣していった。橋の前で止まり、肺を空にして敵を罵倒《ばとう》する。

「桓玄は帝位を盗んだ極悪人だぞ。それに仕えるおまえらは盗《ぬす》っ人《と》の手下だ。よく太陽の下を歩けるな。恥ずかしくないのか」

皇甫敷は沈黙していたが、部下が応じた。

「黙れ、裏切り者が。おまえたちのようなクズ野郎は都に入れられぬ。汚れたら困るからな」

「豚の臭いをさせておいて、よく言うな。鼻と耳がひんまがりそうだ」

舌戦はそこまでにして、劉毅は弓隊に斉射を命じた。川をはさんで、矢戦がはじまる。両軍の矢が空中に三つめ四つめの橋を架けた。殺傷力の高い、きわめて危険な橋である。

射手としての劉毅は、劉裕よりもはるかに優秀であった。剛弓から放たれた矢が、直線に近い軌道を描いて、敵兵の胸に突き立つ。うめき声をあげて、哀れな敵兵が倒れた。劉毅はすかさず二射目を放ち、次の犠牲者をあの世に送る。

しかし、全体的には桓玄軍が優勢であった。弓隊の数も多いが、それ以上に投石機の存在が大きい。

人頭大の岩が宙に放り投げられ、風を切って落ちてくる。頭にでも直撃すれば、命はない。十台用意された投石機がうなりをあげて発射するたびに、兵士たちは上を見ざるをえない。避けようとして隊列が乱れ、弓兵は狙いを定められなくなる。正面がおろそかになれば、矢が当たる。

劉毅より先に、劉道規が我慢できなくなった。

「突撃だ。橋を渡りきれば、こちらの勝ちだぞ」

みずから先頭に立ち、盾で身体を守りながら突っこんでいく。喊声をあげて兵士たちがつづいた。

「こちらも行くぞ。遅れるな」

劉毅隊も呼吸を合わせてもうひとつの橋に殺到する。敵の矢が集中し、大きな木の盾に何本も突き刺さった。かまわずに劉裕軍は前進する。

劉裕と檀憑之は後方から援護に回っていた。投石を避けるために散開しつつ、敵の弓兵隊を狙って、矢を射させる。

橋では早くも両軍が激突していた。劉道規は盾を捨てて、大剣を両手でかまえている。気合いの声とともに、大剣がうなりをあげ、敵の前列を薙ぎ払った。崩れたところに兵士たちが前進して、陣地を広げようとするが、槍の壁が行く手を阻《はば》んだ。ぎらりと光る鉄の林にさえぎられて、劉裕軍は進めない。

「ひるむな。進め」

劉道規が声を張りあげる。槍を大剣で弾きとばし、壁を強引にこじ開ける。そこに配下の兵が突っこんで、開いた穴を広げようとする。鮮血が飛び散り、両軍の兵士が倒れ、怒号と悲鳴が交錯する。

血の臭いが時の感覚を失わせている。劉道規の顔は返り血で真っ赤に染まっていた。自身も細かい傷をいくつも負っている。絶え間なく大剣をふるっていたために、腕があがらなくなってきた。

「無理してはなりません。いったんお退きください」

部下が進言する。無理をするなというのは、劉裕の指示でもある。陽動であることを悟られない程度に戦えばいいのだ。

「ぬう、もう少しで突破できるのに」

劉道規は悔《くや》しがりながら後退した。敵軍がすかさず前に出て穴を埋める。せっかく前進した分が奪い返されてしまった。このあたり、皇甫敷の指揮も的確である。

劉毅もまた苦戦していた。早々に左腕を斬られてしまって、片方の剣が使えなくなった。半身になって、右手の剣で敵の剣を弾き、そのまま斬りつける。別の敵の槍をよけながら、身体を回転させて敵の喉を狙う。これは空振りに終わった。

一本の剣で防御しながら攻撃しているため、普段の力が出せない。それでも、敵の死体が足もとに転がっているが、前進はできなかった。その場にとどまっていると、死体と血だまりがじゃまで、さらに戦いにくくなる。

「あの野郎、このままだと生きて帰ってこないな」

本陣で劉裕はつぶやいた。何無忌の別働隊がたどりつくまでには、まだ時を稼がなければならない。もう少し粘《ねば》り強く戦うつもりだったのだが、ひきいる将が血の気が多いから、どうしても前のめりになってしまう。

「ちと早いが、交替するか」

退却を告げる鉦が鳴りひびいた。

劉毅と劉道規の部隊は戦いながら下がっていく。敵は橋の中央より先には出てこなかった。橋を渡って追撃してくれれば逆襲の好機なのだが、そう甘くはないようだ。

「ここからが勝負だ。第二陣、行くぞ」

劉裕は大剣を高く掲げて陽光を受け、力強く振り下ろした。光の剣が敵陣を切り裂いたように、兵士たちは思った。沈みかけた気持ちを奮いたたせて、橋に向かっていく。

劉裕と檀憑之が前線に出ると、劉裕軍の戦い方が変わった。劉裕はいつものように直線的に突き進むのではなく、大剣を脅すようにふるって敵を後退させ、面で前進していく。

「劉裕の相手をしたい奴は出てこい」

叫ぶと、武威を怖れた敵がじりじりと後退する。前が下がると、列が乱れる。飛来する矢を大剣で弾きながら、劉裕が前進する。

「槍を立てろ。劉裕を食いとめるのだ」

指示が飛び、劉裕の前に槍が並ぶ。放たれる突きをかわしつつ、劉裕は大剣を閃かせた。槍が倒れ、あるいは穂先が斬り飛ばされる。

もうひとつの橋では、檀憑之が短槍を真っ赤に染めて奮闘していた。あえて致命傷は狙わず、振りを速くして手傷を負わせていく。傷を負った者は後ろに下がろうとする。交替がうまくいかず、列が乱れる。

「そこだ。進め」

檀憑之隊は槍を突き出して前進した。行き場のなくなった敵兵が川に飛びこんだ。水しぶきが、両軍の兵士をひとしく濡らす。

劉裕軍が優勢に転じたとみて、皇甫敷はとめていた投石の再開を命じた。味方に当たるのも覚悟の上で、両軍が戦っている橋上を狙わせる。

「打ちまくれ。石がなくなってもかまわん」

投石機のひとつが酷使に耐えきれずに折れ飛んだ。それでも、桓玄軍は大きな石を投じつづける。

石に狙われた橋上は大混乱におちいっていた。味方も敵も上を気にしながら戦い、その結果として犠牲者が増えていく。石が橋を直撃し、板が音を立てて割れた。そこに足を突っこんだ兵が転び、敵の槍を受けて絶命する。石を避けて体勢を崩した兵が水中に没する。石に頭をつぶされる兵もいれば、敵の刀槍を受けて倒れる兵もいる。

劉裕は空を見ることなく、目の前の敵を倒すことに集中していた。大剣で斬り、突き、薙いで、敵兵をあの世に送りこんでいく。天から降ってくる石は目で確認せずとも、避けることができた。

混乱は個々の能力で上回る劉裕軍に有利に働いていた。劉裕隊も檀憑之隊も橋上の陣地を増やし、さらに前進していく。

このまま行けば、案外、別働隊が到着する前に勝負を決められるかもしれない。劉裕がそう思ったときである。

悲痛な叫びが耳を打った。

「大将、危ない」

劉裕は反射的に身を沈めながら、大剣を横に振って敵兵の足を両断した。一本足になった敵兵が、悲鳴をあげながら一回転して川に落ちる。残された足が遅れて倒れ、周囲に血をまきちらした。

劉裕はちらりと隣の橋を見やった。劉裕を「大将」と呼ぶ者はいない。檀憑之が一族の若者たちから、そう呼ばれていた。

隣の橋は騒然となっていた。敵味方が一点に集まって、怒号と喊声と剣戟《けんげき》の音が激しく響いている。状況がわからない。劉裕は胸の裡《うち》に不安がせりあがってくるのを感じた。戦場ではついぞ経験したことのない感覚であった。

「おい、どうした」

訊ねる声がひびわれていた。異変を察して斬りつけてきた敵の剣をかわし、胸に蹴りを叩きこむ。

返事はない。

「檀憑之はどうした」

もう一度、声を張りあげた。喧騒の中心から、答えが返ってきた。

「矢を受けて倒れました」

「怪我したなら、すぐに下げろ」

「それが……」

つづく沈黙が雄弁であった。わかっていたが、劉裕は確認した。

「死んだのか」

川をはさんで会話をする間にも、劉裕は三人の敵兵を斬っている。

「……名誉の戦死を遂げられました」

「死ぬのに名誉も糞《くそ》もあるか」

劉裕は怒鳴り、怒りにまかせてまたひとりの敵兵を大剣の餌食《えじき》とした。血と脂にまみれた大剣はすでに切れなくなっており、劉裕は棍棒《こんぼう》のように使っていた。たとえ斬れなくても、重い鉄の塊だから、かすめただけで骨が砕け、直撃すれば命はない。

「閣下、ご指示願います」

檀憑之の配下の者が求めた。隣の橋では、檀憑之のなきがらを中心に敵味方が入り乱れて、血みどろの死闘が繰り広げられている。投石が混乱に拍車をかける。もみくちゃになった両軍の兵士がまとめて川に落ちた。いくつもの頭が浮き沈みしている。水かさが増しているかもしれない。

「勝手に戦え」

吐き捨てるように、劉裕は命じた。

どうしてここまで熱くなっているのか、自分でもわからない。死はつねに身近にあった。今も、無数の死が戦場に渦を巻いている。重い意味などない。それは日常にすぎないはずだ。

自分は檀憑之をそれほど大切に思っていたのだろうか。長いつきあいではない。孫恩の乱の討伐から、役に立つ男として側《そば》に置いていた。よく物を知っていて、戦場でも有能だったが、博打は弱かった。弟や手下など、もっと長く深いつきあいの者はいる。だが、かれらが死んでも、これほどの衝撃は受けなかっただろう。自分に必要な男が死んでしまった。それがつらいのか。

劉裕は論理的に考えていたわけではない。激情のままに大剣で敵を叩きつぶしながら、まったくの無言で突き進んでいる。立ちふさがる者も、背を向ける者も、冥界《めいかい》まで同じ道をたどった。劉裕の前に生きて立つ者はいない。矢も石も槍も、劉裕を怖れて避けるかのようだった。

橋上は血の川と化していた。あまりの剛勇ぶりに、敵軍の恐怖心が限界を超えた。持ち場を捨て、命令に逆らって、ひたすらに逃げ出す。調子の外れた悲鳴の束が、尾を引いて風下に流れていく。

劉裕軍は総大将の背中を追って前進したが、容赦のない殴打に巻きこまれないよう、距離をとらなければならなかった。劉裕は橋を渡りきると、弓隊の列に突っこんでいった。至近距離から射られる矢を大剣で払いつつ、敵兵を蹴《け》散《ち》らしていく。

「あの化け物を止めろ」

冷静さをかなぐり捨てて、皇甫敷がわめいた。直属の護衛兵たちが指揮官の前に壁をつくる。劉裕の視線がそちらに向いた。大剣が高く掲げられた。

七

　何無忌ははやる心を抑えて、一定の速度で馬を走らせていた。速すぎて脱落者を出してはいけないし、戦場に着いたときに疲れ果てていては意味がない。何無忌がひきいるのは、劉裕軍にとっては虎の子の騎兵である。おまけに、任されているのは戦闘の帰趨《きすう》を決める重要な役割だ。必ず、期待に応えてみせる。

　上流の橋で川を渡った。あとは川に沿って駆ける。別働隊が到着するまで、劉裕軍はほぼ二倍の敵に立ち向かわなくてはならない。敵が積極的に仕掛けてくることはないだろうが、不安はつきない。

　やがて戦塵が見えてきた。川のこちら側で激しい戦闘がおこなわれているようだ。つまり、味方が押しているのだろうか。それとも、罠にかかって引きずりこまれたか。

　近づくにつれて、味方の優勢は明らかになった。乱戦のなかで、劉裕軍が掲げる劉の旗と義の旗が躍っている。敵軍は完全に崩れており、陣形をなしていない。ただ、勝っているにしては劉裕軍の様子がおかしかった。

　妙な胸騒ぎを覚えながら、何無忌は戦場にたどりついた。劉道規の姿を見つけて、声をかける。

「遅くなってすまない。閣下はどうされたか」

　劉道規の表情には、いつもの闊達《かったつ》さが欠けていた。疲れているだけだと信じたかった。

「あっちだ」

劉道規が指さしたのは、敵軍の本陣らしかった。一段高い丘で、投石機の残骸《ざんがい》が転がり、旗を引きずり下ろされた竿《さお》がむなしく立っている。その一角で、激しく剣が打ちかわされている。

劉裕は健在だ。何無忌は一瞬、ほっとしたが、すぐに気を引き締め直した。

「では、援護に行ってくる」

「その必要はない。兄貴は負けないよ」

視線の先で、戦闘は終結に近づいていた。敵兵が逃げ散っていく。劉裕が大剣の先に首を引っかけていた。敵の総大将のものであろう。

何無忌はふと気づいた。

「もしかして、誰か戦死したのか」

「ああ……檀憑之殿が」

そうか、と神妙にうなずいた何無忌だが、内心では安堵している。戦力としてはたしかに痛いが、劉裕や劉道規に比べれば、影響は大きくないだろう。

配下の兵が期待をこめて問う。

「追撃はいかがなさいますか」

縦列をつくった騎兵隊の面々は、いずれも好戦的な表情をしていた。重要な役割を担っていたのに、戦場に着いたら戦闘がほぼ終わっていたのだから、無理もない。だが、何無忌は自重した。

「罠でもあったら取り返しがつかない。すぐに次の戦いがある。力を蓄《たくわ》えておくのだ」

つづいて、負傷者の救護と降伏した者の対処にあたるよう命じる。兵士たちはしぶしぶながら、命令にしたがって散っていった。

何無忌は馬を下り、徒歩の劉道規と並んで劉裕のもとに向かった。

劉裕は地べたに腰を下ろしていた。近くに皇甫敷の首が転がっていて、恨めしげに宙をにらんでいる。

「まずは戦勝のお祝いを申し上げます」

何無忌が声をかけると、劉裕はちらりと視線をあげた。精気を失った顔は、勝者のものとは思われない。

「めでたくはねえな」

劉裕は地面に突き刺していた大剣を支えにして立ちあがった。

全身が朱に染まった姿を目の当たりにして、何無忌は戦慄《せんりつ》を禁じ得なかった。この一日で、どれほどの敵を斬ったのであろう。色濃くただよう虚無感は、檀憑之の死に由来するのだろうか。

いかに言葉をかけるべきか、にわかには判断しかねた。ややあって、つまらない悔《く》やみを口にした。

「檀憑之殿のことは残念でございました」

「仕方ない。戦に死はつきものだ」

劉裕は言ったが、自分自身が一番納得していないようであった。

「檀氏の一族は結束が固いですから、次の戦では復仇《ふっきゅう》のために、なおのこと励むでしょう」

そうだな、と劉裕はつぶやいた。

ただ、檀一族の働きは檀憑之の指揮あってのものだ。期待できる後継者がいるのか、何無忌は知らない。自分が檀憑之の代わりに劉裕の右腕となれれば、と思うが、博打の相手などはできない。

「兵士に休息をとらせろ。今日はこのあたりで野営し、明日、建康に向かう。斥候と見張りの手配を頼む」

「かしこまりました」

何無忌は一礼して駆け出した。気落ちした主君の側にいるより、仕事をしているほうが楽にちがいない。

「主君、か」

今のところ、劉裕と何無忌の間には主従関係はない。しかし、この決起が成功したら、名実ともに劉裕を主君として戴《いただ》くことになるだろう。何無忌は劉牢之が横死して以来、ずっとそれを望んできた。それゆえに、一刻も早く精神的に復活してほしかった。

相次ぐ敗報を聞いても、桓玄は冷静だった。肥満した身体を玉座に押しこんで、怒鳴ることも、狼狽することもなく、事実を受けとめている。だが、それは見せかけの冷静さであった。呉甫之は桓玄の命令を待たずに出て行ったが、皇甫敷は策を授け、自信をもって送り出したものだ。それが、劉裕の超人的な武勇の前には通用しなかった。敵将をひとり討ちとったというが、なぐさめにはならない。不安は募る一方だ。

しかし、桓玄は内心を隠して、傲然《ごうぜん》と胸を張っていた。実力で即位したばかりの皇帝としては、居並ぶ百官の前で弱みは見せられない。

「落ちつくのだ。劉裕がいくら強くても、個の力で建康の城壁は破れぬ。民が動揺せぬよう、そなたらが率先して職務に励め」

文官たちを通常の仕事に戻らせると、桓玄は軍議を開いて将軍たちに意見を聞いた。先の発言を受けて、ひとりが具申する。

「籠城《ろうじょう》策を取って、西府から援軍を呼びましょう。うまくいけば、守備隊と援軍で敵を挟撃できます」

別のひとりが発言を求めた。

「劉裕の兵力は、都を包囲するには足りないようです。城市にこもって戦えば、力攻めでくるでしょう。撃退は容易です。さらに、あきらめて帰るところを追撃すれば、完勝まちがいありません」

「劉裕は敵ながら武勇にすぐれていますが、ずるがしこい面もあります。へたに追撃などせず、城市を出ないことです」

様々な意見が出たが、籠城という点では一致していた。出撃したふたりが惨敗したことが影響していよう。

だが、桓玄は認めなかった。

「籠城はならん」

必勝の策を否定されて不満そうな将軍たちに、重々しく説明する。

「皇帝たる者、賊に都を包囲されて、城壁の内側にこもることなどできぬ。臆病者として、後世の笑い物となるだけであろう。本来、叛逆者の討伐は臣下に任せるべきであるが、劉裕が相手とあらば、荷が重いであろう。よって、朕がみずから指揮をとり、城市を出て布陣する」

堂々とした皇帝の態度であった。少なくとも、東晋の皇帝よりは風格があった。何人かの将軍の顔には、見直した、と書いてある。

しかし、桓玄には別の思惑があった。

軍議が終わると、父の代からつきしたがっている家令を呼んで、財産をひそかに運び出すよう命じる。港に船を用意しておき、いざとなったらすぐに逃げられるよう、備えておくのだ。劉裕に増援があって、もし城市を包囲されたら、簡単には逃亡できなくなる。その点、野戦になれば、自分の目で判断して、まずいと思ったらさっと退却できる。もちろん、勝てば名声が高まり、支配が盤石になる。

桓玄はその日、珍しく酒を飲まずに眠りについた。

八

決戦の日の夜が明けた。空は白んでいるが、雲に覆《おお》われていて、太陽は見えない。風が東北の方向からやや強く吹いていて、肌寒さを感じさせる。

劉裕は目をこすって大きなあくびをした。頭をはっきりさせてから、少し檀憑之のことを考えた。話し相手としても、部隊の指揮官としても、申し分のない男だった。心から惜しいと思う。たぶん、それだけでいい。檀憑之のためにも勝たねばならない、とか、仇をとりたい、とは考えなかった。死んだ者は喜ばない。ただ、檀氏の一族には、ひきつづき味方してくれるなら、それなりの処遇を与えたい。

思い出したのは、人相見の老人の言葉だ。劉裕は富も名誉も思いのままだが、檀憑之は平凡だと言っていた。それが当たったということになろうか。老人を信じるなら、劉裕は勝利するだろう。だが、信じて喜ぶ気にはなれない。勝利も敗北も、自分の手でつかむものだ。予言よりは、骰子の目のほうが信じられる。

つづいて、桓玄がどう出てくるか考えようとして、すぐにやめた。まもなくわかることだ。それに応じて作戦を定めればよい。

行軍をはじめる前に、兵士たちに食事をとらせた。自身もたっぷりと食べてから、語りかけた。

「戦というのは、勝つか負けるか、ふたつにひとつだ。おれはこれまで勝ちつづけてきた。今度も必ず勝てる」

歓呼で応える兵士たちの瞳には、信仰に似た色が浮かんでいる。五斗米道のようなものか、と思って、皮肉な気持ちになった。

劉裕は輜重《しちょう》を野営地に残し、身軽になって行軍するよう命じた。

「捨てるのはもったいないように思いますが……」

何無忌がひかえめに異を唱えた。

「けちなことを言うな。野戦なら一日で片がつく。今晩は都でうまい酒が飲めるぞ」

自身はあまり飲めない劉裕だが、酒席は嫌いではない。にやりと笑って説明する。

「敵が城市にこもるなら、あとで取りに来ればいいだけのことだ。そのときは京口から援軍と兵糧を送らせることになるからな」

何無忌は納得したようだ。ほかに、食糧を捨てることで背水の陣をしくという狙いもある。腹を満たしたければ、勝つしかない。また、荷が軽いので行軍速度もあがる。敵の予測より早く戦場に着けば、策を用いる余裕も出てくる。

劉裕軍は高い士気を保ちつつ行軍した。途中で斥候から報告が入り、桓玄軍が城市を出て、覆《ふく》舟山《しゅうざん》のふもとに布陣していることがわかった。兵力は約二万。こちらよりははるかに多い。斥候は不安そうであったが、劉裕は会心の笑みを浮かべていた。

「この戦、おれたちの勝ちだ」

手持ちの兵力で建康の城壁を抜くのは難しいが、野戦に出てくれれば勝機はある。必勝の策をとらないのは、それなりの理由があるからだ。寡兵と侮っているのか、あるいは別の事情があるのか。いずれにせよ、こちらに有利だ。

「覆舟山に伏兵がいないか、くわしく調べろ」

劉裕は斥候を増員して覆舟山に派遣した。

覆舟山は建康の東北に位置する小高い山だ。その山と建康の城壁との間に、大軍が展開できる平地が広がっている。城市の北側は起伏のある湿地で、会戦には向かない。西側には石頭城があるから、都を攻撃する側は寄りつかない。だから、覆舟山のふもとに布陣するのはわからないではなかったが、決して有利とはいえない場所だ。策もなしにそう定めたのであれば、桓玄は凡将と言えよう。

劉裕は行軍をさらに急がせた。方向を変えて、正面ではなく、覆舟山を東から迂回する道を選ぶ。正面には威力偵察のために一隊を派遣した。まっすぐ来ると思わせられれば儲《もう》けものだ。

斥候が報告に戻ってきた。

「覆舟山に敵兵の姿はありません」

「なるほど、桓玄は間抜けだな。それでよく西府の将軍が務まっていたな」

劉裕は拍子抜けしていた。伏兵がいる前提で、戦術をいくつか考えていたのだが、無駄になってしまった。

「ならば、こちらが使わせてもらうだけだ」

高所から駆けおりて攻撃するのもいいし、伏兵をおいて奇襲するのもいい。風は北東から、すなわち山から敵軍のいるふもとに向かって強く吹いている。風上にいると発見されやすいが、別の利点もある。

考えたのは一瞬だった。

「別働隊を覆舟山に送る。指揮官は……」

劉裕は口ごもった。檀憑之と言おうとしてしまったのだ。気を取り直して、劉道規を指揮官にすえた。作戦を細かく指示すると、劉道規は兄そっくりの不敵な笑みを浮かべた。

「おもしろい。任せてくれ」

劉道規ひきいる五百の兵と別れて、劉裕の本隊は覆舟山を回りこんだ。ほぼ小走りに駆ける強行軍である。背後から攻めるためには、急いで敵陣を迂回しなければならない。幸いにして、敵はこちらの方面は警戒していないようで、偵察隊と遭遇することはなく、覆舟山の南側に出ることができた。

劉裕は隊列を組ませて、約束の刻《とき》を待った。

雲間から顔をのぞかせている太陽が、中天に達する。覆舟山で鬨の声があがり、大地を騒がせた。

「劉裕軍、ここにあり。簒奪者、桓玄に天誅《てんちゅう》を加えるのだ」

劉道規が叫んだ。ただ、麾下の兵は動かない。旗を差しあげ、太鼓を叩いて大声をあげるだけだ。

喧騒は風に乗って桓玄軍に届いた。兵士たちが覆舟山を指さして、口々にわめく。

「劉裕だ。大軍だぞ」

「あの人は奇襲が得意だった。気をつけろ」

桓玄軍は多くの旗と声で、大軍と誤認したのである。兵士たち以上に、将軍たちがあわてていた。

「敵は覆舟山からくる。落ちついて迎撃せよ」

そう命じた将軍は左右をきょろきょろと見回して、逃げ場を探している。

「怖れるな。数は多くないぞ」

同じ言葉を何度も叫ぶ将軍がいる。それは客観的には事実であったが、叫んでいる本人は信じていなかった。圧倒的な大軍が攻め下ってくるものと思いこんでいる。

劉裕は敵陣に土煙があがっているのを見て、敵の混乱ぶりを推し量った。覆舟山の伏兵を大軍と見せかけて恐慌におちいらせる。計略の第一段階はうまくいった。これで互角の勝負ができる。

「突撃だ。おれについてこい」

劉裕は大剣を振りかざして駆け出した。三千あまりの歩兵があとにつづく。

桓玄軍は北に向かって布陣しており、劉裕の本隊はその背後を衝く形となる。つまり、最初に攻撃に直面するのは、桓玄のいる本陣であった。

桓玄は劉裕の大剣がきらめくのを見て、早くも敗北を悟った。

「朕は城壁から指揮をとる。防げ」

近衛《このえ》の兵にそれだけ命じると、桓玄は供をしたがえて城市へと向かった。甲冑を鳴らして、のしのしと歩く。本人としては、うろたえて逃げるのではなく、堂々と移動しているだけのつもりである。だが、なにしろ太っているから、その姿は目立った。

「皇帝が逃げたぞ」

その事実が広まると、桓玄軍はさらに動揺した。そこへ劉裕が突っこんでくる。最初の一撃で、近衛兵の首が胴を離れて宙を舞った。首は血をまきちらしながら飛んで、仲間の頭に命中する。悲鳴をあげた仲間は、大剣に胸をつらぬかれて、すぐに後を追った。

劉裕はつづけざまに五人を斬ったところで、桓玄逃亡の報に接した。

「へえ、偽皇帝がな」

まさか出陣しているとは思わなかった。度胸を褒めるべきか、すぐに逃げたことを笑うべきか。頭をめぐらせると、城門へ急ぐ一団が目に入った。劉裕は張り合うようについてきている劉毅を振り返った。

「ここは任せた。おれはあいつを追う」

「あ、おい、待て」

劉裕は待たなかった。大剣を腰だめにかまえ、城門をめざしてまっすぐに走る。

桓玄は異様な迫力を感じて後ろを見た。目が合った。

尋常の者であれば、足がすくんで動けなくなっただろう。だが、桓玄はさすがに皇帝にまで登りつめた男である。立ち止まりはしなかったが、声を張って呼びかけた。

「劉裕よ、充分な厚遇を与えたのに、なぜ叛いた」

「悪いが、おまえの家臣になったつもりはねえ。おまえが東晋に叛いたんじゃねえか」

劉裕はそれほど俊足とは言えないが、大股《おおまた》で力強く走る。桓玄との距離は見る間に詰まっていく。だが、桓玄はまもなく城門にたどりつく。その余裕が、桓玄をして言い返させた。

「儒者みたいにつまらんことを言うな。おまえのような男は、一介の将軍でいるべきだ。今からでも帰順すれば、重く用いてやるぞ。それとも朕に恨みがあるのか」

「恨みなんかねえ」

劉裕はきっぱりと言って笑った。

「ただ、目障りなだけだ」

そこで急に速度をあげた。それまではあえて全力で走らず、相手を油断させていたのだ。桓玄があわてて足を動かし、転がるように城内に駆けこむ。城門が閉じていく。ぎりぎり間に合いそうだ。

ふいに劉裕は横に飛んだ。矢が鎧をかすめて、地面に突き立った。城壁の上から狙われたのだ。

城門が完全に閉じようとしている。地面に膝をついた桓玄が、ほっとした表情を見せている。劉裕は大剣を振りかぶって、槍のように投じようとした。しかし、寸前で思い直した。大剣にはまだ別の働き場所がある。

再び矢が飛んできた。劉裕は大剣で弾き落として、城壁の上をにらんだ。弓をかまえていた兵があわてて引っこむ。

城門が閉じて、桓玄の姿が視界から消えた。仕方ない。劉裕は舌打ちひとつで気持ちを切り替えて、戦場にとって返した。

戦場では劉毅が奮闘しているが、敵を圧倒するにはいたっていない。檀憑之がひきいていた部隊の動きが悪かった。新しく指揮官にすえたのは一族では年長の檀韶《たんしょう》という男だが、どうも荷が重かったらしい。劉裕の見たところ、実力は若い檀道済《たんどうせい》のほうが上だ。今も戟《げき》を振り回して敵をなぎ倒している。

「次はあいつを使ってみるかな……おっと、そろそろはじまるか」

劉裕は覆舟山に視線を移した。

林の一角から黒い煙があがっている。風に乗って煙は山麓《さんろく》へと流れている。赤いものがちらちらと見え隠れしている。劉道規の部隊が林に火を放ったのだ。計算のとおり、山頂から吹き下ろす東北の風が、火を激しくあおっていた。

はじめは小さかった火が勢いを増し、紅蓮《ぐれん》の炎となって、山を駆け下ってくる。

「火だ、火計だ」

悲鳴があがった。熱風を浴びて、桓玄軍は混乱の極に達した。

そこへとどめとばかりに、何無忌ひきいる騎兵隊が突撃をかけた。いまだ兵の数は桓玄軍が何倍も多いから、周りは敵ばかりである。矢を乱射しつつ接近し、途中で槍や戟に持ちかえて、敵陣に吶喊する。

「無理に敵を倒そうとするな。ただ駆け回ればよい」

何無忌の指示は的確であった。厳しい訓練を積んではいるが、北府軍の騎兵は、鮮卑族や羌族のように足だけで馬をあやつる水準までは達していない。何無忌自身もそうだが、騎上で満足に戦える兵は多くなく、騎射の腕はまだ発展途上だ。落馬の危険を冒して攻撃するよりは、ひたすら駆けるほうがいい。

敵を倒すのは、劉裕や劉毅がひきいる歩兵隊の役割だった。激戦の場に戻った劉裕は、おののきながら武器をかまえる敵兵を次々と大剣の刃《やいば》にかけていった。劉裕の通ったあとには、血塗られた道がまっすぐ延びている。

桓玄軍の総大将はすでに逃亡しており、奇襲と火計で陣形は完全に崩れている。士気も地に落ちていた。これでは、数の差も意味をなさない。

劉裕の姿を見ると、桓玄軍の兵士たちは武器を捨てはじめた。地面に這いつくばって、戦意のないことをしめす。そのなかに見おぼえのある顔があったので、劉裕は大剣を下ろした。かつてともに孫恩と戦った者が少なくない。かれらは、都に配置換えになったがために、敗者の側に立つことになってしまった。

「降伏するなら、武器を捨てて一ヵ所に固まってろ」

指示して、劉裕は左右を見回した。もはや、立ち向かってくる者はいない。将軍たちも投降して兵士たちの列に加わっている。

何無忌が馬を寄せてきた。

「降伏した将たちに守備兵を説得させて、城門を開けさせましょう」

「おう、任せた。馬を貸してくれ」

劉裕は何無忌と交代で馬上にのぼった。まるで羊を追うように兵士たちを集めて、炎を避けさせる。そして、東の城門の前で改めて陣形を組ませた。組み終わったところで、城門が開いた。

「どうせ桓玄は逃げているだろう。まずは宮殿、いや宝物庫か」

ふたつにひとつの勝負に、劉裕はまたしても勝利した。勝者は意気揚々と門をくぐる。

建康の都は主を替えた。それは、時代が主人公を替えたことを意味する。百年近くつづいた仮住まいのような東晋王朝、堅固な貴族社会が叩きあげの武人の手によって壊されるのか。そう考えた者も、とくに北府軍のなかにはいたかもしれない。だが、劉裕自身にいまだその気はなかった。

四章　生と死の意味

一

劉裕の大剣から寸前で逃れた桓玄は、建康の城市を素通りして、西の石頭城に入った。ここの軍港に、あらかじめ船を用意していたのだ。お気に入りの美術品や財宝を積みこんでおり、漕ぎ手も待機させている。

「北府の兵は頼りにならぬ。荊州に帰って逆襲だ」

汚れた鎧を脱ぎ捨てた桓玄は、手を後ろで組んで、ゆっくりと甲板を歩いた。平静に、と自分に言い聞かせている。

「劉裕に政治ができるはずがない。早晩、政権は危機におちいるだろう。そのとき、またここに戻ってこよう。いや、荊州に新たな都を建てるのもよいかもしれぬ」

桓玄の独語を聞く者はいない。つきしたがう者たちは、白けた顔で、皇帝だった男を遠巻きにしていた。

一方、劉裕は桓玄なき都を隷下に収めていた。桓玄の王朝を楚《そ》というが、これはなかったものとし、晋に復することを宣言する。百官や貴族たちは、表面上、抵抗の意思をしめさなかった。劉裕の武威を前にして、ひたすら怯《おび》えているようだった。かれらにしてみれば、桓玄も劉裕も似たようなものであろう。もしかしたら、物を知らない分だけ、劉裕のほうが御しやすいと思っているかもしれない。

劉裕はもちろん貴族が好きではない。奴らがいないほうが、この国はきっとよくなると考えている。だが、だからといって、いきなり一掃してしまうわけにもいくまい。

「何人か見せしめにするか」

桓玄に近い有力貴族を誅殺《ちゅうさつ》すれば、何かとやりやすくなるだろう。と、そこまでは考えつくが、実際の人選や処理は劉裕の手に余る。京口から劉穆之を呼び寄せて相談することにした。

劉裕が楽しみにしていたのは、宮殿の財宝である。

桓玄は運べるだけの宝物を運び出していたが、それでも宮殿の宝物庫には名品珍品が所狭しと並んでいた。灯りを差しいれると、金銀宝石のきらめきで目がつぶれそうになったほどだ。絵画や書などの芸術品も多い。

劉裕に同行していた義弟の臧熹が感嘆の声をあげた。

「すごいな。いったいいくらになるんでしょう」

価値がわからないのは劉裕も同様である。

「どうだかな。ひとつ持っていくか」

劉裕は手近にあった胡弓《こきゅう》を手に取った。金と玉で飾られた、豪華な品である。

「とんでもない。これからいくらでも金は入り用でしょう。おれはみんなと同じ分け前で充分ですよ」

「感心な心がけだな」

劉裕は臧熹の背後に妻の教えを見た。これらの財宝を土産にしても、妻はおそらく喜ばないだろう。だが、それ以外に気持ちをあらわすすべを知らない劉裕は、瑠璃《るり》の首飾りをひとつふところに入れた。

「金銀は分けるが、そのほかはしばらくおいておくか。いっぺんに金に換えようとすると安くなっちまう」

檀憑之との会話が思い出される。劉裕は臧熹に財宝の分配と管理を命じて、宝物庫を後にした。

この日は兵を休ませ、翌日、劉裕軍は石頭城を接収した。桓玄は用意周到に見えて、その実、かなりあわてて逃げ出したようだ。手つかずだった武器や兵糧、軍船などが得られた。また、置き去りにされた兵士たちはおとなしく降伏して、劉裕の麾下に入った。

「すぐに桓玄を追いかけよう。時を与えれば、勢力が回復するぞ」

劉毅が主張し、何無忌も同調した。

「ここで満足してしまったら、また北府と西府の分立がつづくことになります。桓玄の息の根を止めないと、王朝は安定しません」

「よし、すぐに出発するか」

意気込む劉裕を何無忌があわてて止める。

「なりません。閣下がすぐに都を離れたら、秩序が維持できなくなります。ここは我々にお任せを」

「そうですぜ。兵も増えたから、おれたちだけでも戦えます」

「少しは手柄を分けてくれよな」

劉道規や劉毅も説得に加わった。

「おれが留守番かよ」

劉裕は不満であったが、しぶしぶ受け入れた。

京口からの増援と投降した兵をあわせて再編成し、劉毅、何無忌、劉道規らがひきいて桓玄追討軍は出発した。

さて、劉裕の義挙は情報がもれたため、予定と異なって、京口と広陵の二ヵ所ではじめられた。取り残されたかたちになった歴陽では、建康からの通報によって、同志の諸葛長民が捕らえられていた。

諸葛長民は激しく抵抗したため、殴られたり蹴られたりしてあざだらけになっている。

「ちょうど、都の主が替わってるころだな。私に危害を加えた奴らはただではおかないぞ。絶対に覚えているからな」

捕虜があまりに自信にあふれているので、城市の長官たちは気味悪く思った。殺してしまうつもりだったのだが、都に送って処理を押しつけることにした。

諸葛長民は檻車《かんしゃ》に乗せられて、都への道をたどった。劉裕軍が桓玄軍を破り、都を制圧したとの報が入ったのは、出発してまもなくである。護送の兵士たちが騒ぎはじめたので、諸葛長民はそれを知った。

「おい、今すぐに私を出せ。そうしたら、劉裕様にかけあって褒美をもらってやる」

兵士たちは顔を突きあわせて相談した。結論はすぐに出て、鍵《かぎ》が開けられた。解放された諸葛長民は兵士たちに礼を言って誘った。

「ついでに歴陽を手に入れてしまおう。長官を追い出して、政庁をのっとるんだ」

今度は兵士たちも迷ったが、諸葛長民は多額の褒美を約束して説得した。ほかの仲間たちはそれぞれ手柄を立てているだろう。自分だけ何も功がないのは耐えられなかった。

歴陽に戻ると、長官たちは逃げ出したあとだった。諸葛長民は城市の実権を握って、京口の劉裕に無事を知らせたのであった。

「これだけうまく行くとはなあ」

劉裕は他人事《ひとごと》のように感じていた。本当に、自分はこの国で一番偉くなったのだろうか。ただ大剣を振り回していただけなのに。

「今はたしかにうまく行っております。ですが、この成功は砂浜に砦を築いたようなもの。気を抜けばすぐに崩れ去ります」

劉穆之がさとすのを、劉裕はとりあえず神妙に聞いている。だが、実感はまるでない。

「この国を治めるには、貴族の対策が肝要です。おっしゃるように、見せしめは効果があるでしょう」

東晋の貴族のうち、もっとも有力なのは王氏、それに次ぐのが謝氏である。王氏は帝室である司馬氏に勝るとも劣らぬ影響力を持っていた。

劉穆之が目をつけたのは、王氏のうち、太原《たいげん》王氏という系統に属する王愉《おうゆ》であった。高位の役職についているが、傲慢《ごうまん》で尊大なふるまいで人々に嫌われていた。名門貴族でなければ人とみなさず、領地の民は牛馬のようにこき使っている。病気になっても労役を休むのは許さないし、税を納められない者は容赦なく奴隷として売り飛ばす。使用人の扱いも酷《ひど》いので、逃げ出す者が後を絶たない。また、王愉は桓玄とは姻戚《いんせき》関係にあって、仲が良かった。

「王愉の一族郎党を誅殺しましょう。貴族たちに打撃を与え、閣下が民の味方であると宣伝するのです」

劉穆之の提案に首肯したあと、劉裕は疑問をぶつけた。

「どういう罪になるんだ」

「叛逆の罪ですかな。桓玄と通じて叛乱を試みた、という罪状でよろしいかと」

根拠はないが、貴族の罪をでっちあげることに対して、ためらいがあるはずはない。今までさんざん、抑圧されてきたのだ。

王愉とその縁者は問答無用で捕らえられて処刑された。迅速かつ峻厳《しゅんげん》な処置に貴族たちは戦慄し、都を脱出する者が続出した。しかし、劉裕は貴族に対して鞭《むち》をふるうばかりではなかった。

王謐《おうひつ》という貴族がいる。桓玄とつながりが深く、朝廷の要職についていたため、次は自分の番だと思って、真っ先に逃げ出した。

ところが、劉裕の使者に追いつかれ、都に連れ戻されてしまう。死を覚悟した王謐に差し出されたのは、事実上の宰相位の内示であった。

「わ、私が宰相とは……どういうことでしょうか」

不思議がる王謐に、劉穆之が説明した。王謐は以前、劉裕が借金の返済に困って貸し主の貴族から責め立てられているときに、救いの手を差し伸べたことがあった。劉裕はその恩を忘れておらず、信頼できる人物だと考えて、地位を呈示《ていじ》したのである。

王謐は涙を流して喜び、宰相の地位を受けると、この経緯を宣伝してまわった。自分は劉裕が無名のころ、見所のある男だと思って、助けてやったことがある。そのおかげで命を救われ、高位につけたのだ、と。

劉穆之は言う。

「厳しいだけでは人はついてきません。功をあげれば正しく評価され、栄達を遂げられる。そのことがわかれば、人は動きます」

王謐の話が広まると、貴族たちは少なくとも表面上は協力するようになった。劉穆之の提言はつづく。

「国を円滑に統治するに必要なものは、公正な法と税制、それから強力な軍です。軍については問題ないでしょう。税制に手を着けるにはまだ時期尚早です。今やるべきは法の整備となります。司馬道子は法の目が粗《あら》すぎ、桓玄の法は細かすぎました。中庸をめざすべきでありましょう」

「ああ、そうだな。委細は任せるから、宰相と相談してやってくれ」

劉裕はやはり政治に興味をもてずにいた。仲間たちは桓玄を追って西征の任についており、劉穆之など居残りの者は、口を開けば政治や人事の話ばかりである。都での美食には三日で飽きた。家族の待つ京口に早く帰りたい。

「おれはいつになったら帰れるのだ」

「せめて晋の皇帝陛下をお迎えするまでは、都においでくださいませ」

東晋の安帝は桓玄の即位の際に幽閉されていた。今も桓玄の手中にあって、連れ回されている。皇帝を迎えるとは、すなわち桓玄軍団を討滅するということになろう。

「おれが出られれば、すぐに取り返してくるのに」

劉裕は歎いたが、討伐軍の劉毅や何無忌らは堅調な戦いをつづけて勝利を重ねていた。この年の五月になって桓玄は部下によって殺され、首は都に届けられた。しかし、一族の者はなお抵抗を継続しており、皇帝の還御には今少し時間がかかるとの報告である。

劉裕の忍耐力はあっさりと限界に達した。

「都は飽きた。いったん京口に帰るぞ」

皇族の者を代理の皇帝に立てて、劉裕は帰還した。四十二歳にして、朝廷随一の実力者となった劉裕には、徐州《じょしゅう》刺史をはじめとする多くの地位や将軍位が与えられている。その意味するところは、名実ともに北府軍の総帥たることであった。劉裕にはそれで充分であった。

二

元興四年（西暦四〇五年）三月、何無忌ら桓玄追討軍が、安帝をともなって都に戻ってきた。二年ぶりに東晋の皇帝が還御したのである。これを祝って、元号が義熙《ぎき》と改められた。

都の民で皇帝の姿を見たことがある者はほとんどいなかったが、それでもゆるやかな歓迎の雰囲気が城市に漂っていた。劉裕の功績が喧伝《けんでん》され、王朝と秩序の守護者として、その武名はいっそう高まった。

当の劉裕は重い腰をあげて、皇帝に謁見するために都に上ってきた。供として檀道済を連れている。檀憑之の一族で、武勇にすぐれた若者だ。

石頭城の軍港に船をつけて、歩いて建康に向かう。劉裕は軍を本拠地の京口に集めており、建康の周辺には最低限の兵しかおいていない。それでも、威令が行きとどいており、治安は保たれている。

「皇帝ねえ。閣下は皇帝になるつもりはないんですかい」

檀道済の問いは屈託がない。劉裕もさして考えることなく答える。

「なっていいことがあるとも思えないからなあ。おまえはどうだ」

「おれは政治とかに興味ないですから。でも、閣下にはなってほしいですよ」

理由を訊くと、檀道済は無邪気に笑った。

「だって、閣下が皇帝になって都に行ったら、おれが北府軍の総帥になれるじゃないですか」

「十年早いわ」

劉裕は生意気な供の頭を軽く叩いた。檀道済はたしかに素質があるが、若者らしく自信過剰なところが玉に瑕《きず》だ。

それはともかく、京口でも劉裕の登極を望む声は少なくない。桓玄軍を破って都から帰還した劉裕はまず、京口を支配していた貴族を追放して、その莫大《ばくだい》な財産を民に分け与えた。人気取りというよりは、貴族の横暴に対する意趣返しの意味合いが強かったが、以来、民は熱狂的に劉裕を支持している。また、下層の兵士たちにとっては、成り上がりの劉裕に頂点をきわめてほしい気持ちが強い。ただ、知恵袋の劉穆之が、帝位うんぬんを検討するのは早すぎると否定しており、面倒を避けたい劉裕としては助かっている。

都では、退屈な儀式をすませて、安帝に謁見した。

「無事に都にお戻りになられて、臣としても、これほど嬉しいことはありません」

平伏《へいふく》して劉裕なりの口上を述べたが、安帝は反応しない。うつろな目を斜め上に向けているだけである。もともと会話はできないが、以前は視線を合わせることはできていた。桓玄に軟禁されているあいだに、症状が悪化したという。

むなしい謁見を終えて、劉裕は帰途についた。

皇帝は何もしない。政治をおこなうのは大臣や官僚で、詔の内容すらわからない。ただ玉座にすわって、あらぬかたを見つめている。なのに、この国を統べているのは皇帝だという。権威という目に見えないものの存在が、劉裕には実感できなかった。あれなら、誰がやっても同じではないか。だが、同じでないことは、桓玄が帝位に即いたときの反発から明らかである。

「血だとか、家だとか、ばからしいことばかりだな」

感想をもらすと、意外にも檀道済が反論した。

「いや、家は大切ですよ。おれは檀氏一族を代表して戦ってます」

「ああ、それはそうだな」

檀氏一族の結束は劉裕もよく知っている。だが、それは皇帝やら貴族やらの話とは種類がちがいそうだ。晋の皇室が中国を支配していたのは、魏の時代から数えても、二百年に満たないという。しかも華北は異民族に奪われている。血筋が正統なら、無条件で国を支配できるというものではない。やはり力こそが重要ではないか。

帝位への野心はない劉裕だが、北伐には興味があった。国内を固めたら、敵は外にしかいない。機が熟すれば、戦いにおもむきたいと考えている。

皇帝の還御にともなって、劉裕には新たにいくつかの地位が加わった。決起に参加した同志たちにも高い地位が与えられた。孟昶は中央で要職につき、何無忌、劉毅、劉道規、諸葛長民らは、各州の刺史として派遣された。桓玄が支配していた荊州は、劉道規が治めることになった。

劉裕は政治権力の行使には関心がなかったが、劉穆之らに助けられて、第一人者としての権力の維持には努《つと》めていた。桓玄派の残党が叛逆を試みれば、芽のうちに摘んだ。叛乱の可能性がある者は、起ちあがる前に処罰した。

中央の政治は王謐が無難《ぶなん》に進めている。劉裕はとくに指示をしていないが、貴族たちは粛清を怖れておとなしくしていた。

東晋に束《つか》の間《ま》の安定が訪れていたが、劉裕の近辺は波立っていた。ある春の日、聞きたくない知らせが、従兄からもたらされた。従兄は劉裕より十数日早く生まれた乳兄弟である。

「まさか……」

言ったきり、劉裕は二の句が継げなかった。

「葬儀にはぜひご参列ください」

劉裕は生返事を繰り返すだけだった。

叔母の訃報《ふほう》は突然で、まったく心の準備ができていなかった。ついひと月前に会って、いつまで京口にいるんだ、とどやされたばかりである。そのときから、異状は感じていたらしい。なぜか、叔母が先に死ぬとは思っていなかった。自分より長生きするものだと、根拠もなく信じていた。年の差からすれば不自然であろうが、それが劉裕にとっては自然なことだった。

「あの人がいなければ、おれは赤ん坊のときに死んでいた」

「ええ、母はいつも自慢していました。あの子がこの国を救った。つまり、自分が救ったも同然だって」

劉裕は国を救ったとは思っていない。やりたいことをやったまでだ。それが親孝行になったのだろうか。

「それだけじゃないだろう。小言を残していったにちがいない」

劉裕の言葉に、従兄は泣きながら笑った。

「はい。弱い者にやさしくしろ、と。それが、強い者のつとめだと。そして最後に、あの子には好きなように生きてほしい、と言ってました。そうすれば、多くの人を救うことになるだろう、と」

劉裕は黙って、額に手を当てた。そうやって、こみあげてくるものと戦っていた。

「あなたは母の自慢の息子でした。おれなんかよりずっと……」

それを否定する気遣いもできず、劉裕は沈黙をつづけていた。耐えきれずに、従兄は暇を告げた。

「明日、また迎えにきます。いっしょに都に来てください」

「……葬式には行かん」

踵を返そうとしていた従兄が目を見開いた。

「それは困ります。閣下が来てくださらないと、格好がつきません」

「いや、そんなことにこだわる人じゃなかっただろう。おまえがいればいい」

「そんなわけには……」

説得しようとする従兄を、劉裕はむりやり送り出した。

振り返ると、妻の臧愛親が心配そうな顔でたたずんでいた。

「……聞いていたか」

絞り出すような問いに、妻がうなずく。

「おまえも仲がよかったよな。おれの代わりに行ってくるか」

妻は再び、無言でうなずいた。ともに行こうと言わないのは、やはり妻だからだろう。自分でもよくわからない心の動きを理解してくれているのかもしれない。

劉裕はそのときどきで二、三人の愛妾を抱《かか》えている。子供が生まれれば屋敷に入れて育てるが、貴族でも皇族でもない一介の将軍なので、後継ぎがどうとかは考えていない。臧愛親の子は女子ばかりで、本人は気にしているようだ。劉裕はそのことについて触れたことはなく、妻としているのは臧愛親だけである。

「おれは母を亡くすのは二度目だ。もちろん、一度目は覚えていないが」

臧愛親は口に出しては何も言わなかった。立ちつくしている劉裕の手をとって、椅子にいざなう。劉裕は無意識のうちに腰を下ろした。

「檀憑之が死んだときは悔しかった。悲しいとはちがう。おれは誰が死んでも悲しまないと思っていた」

劉裕の日に灼《や》けた頰を、冷たい涙がつたっていた。臧愛親が手巾を出してそっとぬぐう。劉裕の視線は、広げた手の上に落ちている。

「これから、どうすればいいのやら」

劉裕は暗闇《くらやみ》に取り残された子供のように、不安に苛《さいな》まれていた。行く先を指し示してくれたのは、いつも叔母だった。叔母の導きなしで、正しい道を選ぶことができるだろうか。それだけではない。死がもたらす悲しみを知ると、平静ではいられなくなる。この手で何百何千もの人を死に追いやってきた。個々の人生など、考えたこともなかった。

「……旦那様は、今のままでよいのだ、と思います」

ひかえめではあったが、きっぱりと臧愛親は言った。

「ご自分の歩幅で、ご自分の道を歩いていけば、人はついてきます。あまり思いつめるのは、旦那様らしくありません」

臧愛親が微笑《ほほえ》んだので、劉裕はつられたように笑った。

「頭が悪いから、考えても仕方がないな」

「そこまでは言っておりません」

臧愛親の口調はやわらかい。

「でも、得意な人に任せたほうがいいとは思います」

「賛成だ」

劉裕はゆっくりと立ちあがった。

「ちと汗をかいてくる」

中庭で大剣を振っていれば、よけいなことを考えずにすむ。変わらずにいるために、無心になりたかった。

しっかりした足どりで歩き出した劉裕を見送って、臧愛親は小さく息をついた。

三

義熙三年（西暦四〇七年）十二月、宰相の王謐が没した。もっとも劉裕に近い貴族が退場したのである。一報を聞いた劉穆之が顔をしかめた。

「少々早すぎますね」

劉裕派の貴族を増やし、また劉裕自身が政治に関わる気になるまで、王謐には頑張ってもらうつもりでいたのだ。

都に政治権力の空白が生じては困る。とくに民の間で、劉裕の上京を求める声が大きくなった。当の劉裕はいまだ煮え切らないが、願望が噂へと転じて、ついにはまるで確定したかのように語られるようになった。

これに反発した男がいる。みずからを劉裕と同格だとみなしている劉毅だ。劉毅は予州《よしゅう》刺史の地位を得て、桓玄が勢力を張っていた姑孰《こじゅく》の城市に駐屯している。

「どうしてあいつばかり、いい目を見るんだ。おれだって、手柄を立てているのは同じだ。誰のおかげで桓玄を倒せたと思っているのか」

都には、宰相の地位を狙う男がいた。

「これ以上、貴族に大きい顔をさせてたまるか。政治は、決起の同志でおこなうべきだ。おれだったら、もっとうまくできる」

そう広言するのは孟昶である。尚書僕射《しょうしょぼくや》という地位についている。この地位は唐以降は事実上の宰相を意味するが、東晋ではそこまでの権力はない。孟昶は事務処理の能力に長《た》けており、広陵でも京口でも重宝されていたが、良すぎる顔と女癖の悪さが災いして、いまひとつ信頼されていなかった。

劉毅と孟昶は広陵で決起した仲間である。ふたりは手を組んで、それぞれの目的のために劉裕に要求を出した。使者となったのは、皮沈《ひしん》という初老の男だ。

皮沈は京口にやってきて、応対に出た劉穆之に伝えた。

「王謐の後任には、謝氏の長たる謝混《しゃこん》がふさわしい。かれを揚州《ようしゅう》刺史に任命するべきでありましょう。あるいは、劉裕様が揚州刺史となってもけっこうです。ただ、その際は、劉裕様は今まで どおり京口でにらみをきかせ、中央の政治は孟昶を代理として任せるのがよろしいでしょう」

揚州は都の建康や京口を含む、東晋の中心である。揚州刺史は刺史のなかでもっとも重要で格が高く、これまでは王謐がその任についていた。東晋では、揚州刺史が事実上の宰相位となっている。

謝混は謝安の孫で、門閥貴族のなかでも大物だが、劉毅と親密な関係をもっている。謝混か孟昶が中央の実権を握れば、劉毅に広範な軍権を与えるだろう。劉裕らの政治姿勢からすると、大貴族の謝混を要職につけるわけにはいかない。劉毅らの真の狙いは、後者の選択肢にある。謝混は受け入れられないが、孟昶ならいいだろう、と誘導しようとしているのだ。

劉穆之はその狙いを察していた。

「劉毅殿のご意見は承知いたしました。私どもも謝混様にお願いしようかと考えていたところです」

とぼけて言うと、皮沈はうろたえた。それでは、孟昶の立場がなくなってしまう。想定外の返答に、すぐには対応ができない。

「あ、あの、劉裕様に直接申し上げたいのですが」

劉穆之は余裕たっぷりである。

「でしたら、お呼びしましょう。その前に、私は厠《かわや》へ……」

劉穆之は言いおいて部屋を出ると、劉裕に報告した。

「あの者の言葉に耳を貸してはなりません。まともに返事をしないようにしてください」

「わかった。理由は後で聞こう」

信頼の表現に、劉穆之は深く一礼する。

劉裕は皮沈の待つ部屋に入って、一対一で向かい合った。皇帝ではないから、謁見の儀礼などないし、左右を宦官や官僚に囲まれていることもない。

「劉毅から提案があるそうだな」

重々しく問いかけると、皮沈は圧力に負けたように、半歩ほど後ずさった。提案の内容は、劉穆之に話したものと同じである。前者の選択肢を選ばれては困るので、そこだけ早口になった。

「いかがでしょう。ご検討いただけますでしょうか」

「考えておこう」

「ここでお返事をいただくわけにはいきませんか」

食い下がる皮沈を、劉裕は軽くにらんだ。

「くどい。政治やら人事やらは、劉穆之たちに任せているのだ。どうしても返事がほしければ、かれらに言うがよい」

皮沈は肩を落として退出した。入れ替わりに姿を現した劉穆之に、劉裕は訊ねた。

「劉毅はいったい、どういうつもりなのだ」

「あの者は閣下を妬んで、その地位を奪おうと思っているのですよ」

「何だと」

劉裕は棘《とげ》のある視線をはるか上流の劉毅に向けた。劉穆之がその狙いをくわしく説明して、重大な問いを投げかける。

「閣下は今の地位で満足しておられますか」

「ああ、満足だ」

劉裕の返事にためらいはない。北府軍の総帥で充分なのだ。劉穆之はそれを予期していたようである。

「しかし、その地位を維持するには、中央の権力を掌握していなければなりません」

力ある者が政権を握れば、劉裕の地位も危うくなる。反対に、息のかかった者に政治を任せておけば、地位は安泰だ。

「私はいずれ、閣下が都で君臨するべきだと考えております」

「皇帝になれということか」

劉裕は二重の意味で眉をひそめた。劉穆之の手腕は信頼しているが、もったいぶった物言いは好きではない。むろん、皇帝になる気はない。

「実があれば、形式は問いません」

劉裕の心中を察して、劉穆之は言い添えた。

「ようするに、今のような状態では、私たちは仕事がやりづらいのです。皇帝というのはまだ先の話ですから、おいおい考えるとしましても、閣下には腹をくくって、まずは宰相の地位についてほしいのです」

「む……」

国を動かす力がありながら、京口に引っこんでいるのは迷惑だ、怠惰だ、無責任だ、と劉穆之は言いたいようだった。自分の都合で主君に皇帝になれとは、ずいぶん勝手な言《い》い種《ぐさ》だが、劉裕は腹を立てはしなかった。むしろ、配下のために意識を変えなければならない、と考えてしまう。

「人が部下思いだからって、言いたいことを言うのだな」

「そのほうがお気に召すかと思いまして」

ちがいない、と劉裕は笑った。劉穆之と弁舌を競うのもばからしいので、宰相や皇帝の話は後回しにして、当面の対応を訊ねた。

「あの情けない使者には何と答えればいい」

「都で直接話し合おう、と」

劉毅の小細工など考慮するに値しないが、使者や書簡のやりとりでは強気に出てくるだろうし、都に居座って既成事実をつくられるのもおもしろくない。劉裕を前にすれば、相手はおとなしくなる。

劉穆之は、劉裕が王謐の地位をすべて受け継いで事実上の宰相となったうえで、京口にとどまるのが、とりあえずの落としどころだと考えていた。実際の政治は孟昶ではなく、適当な人物に任せる。いずれ都に入って名実ともに劉裕政権をつくるための前段階だ。貴族たちや将兵の反応を見ながら、慎重に事を進める予定である。

「今回は名目だけで、現状は変わらないのだな」

劉裕が確認すると、劉穆之はうなずいてつづけた。

「ですが、閣下には北伐の準備にとりかかっていただきます」

ほう、と劉裕は身を乗り出した。戦なら望むところだ。

北伐によって実績と名声を積みあげ、最終的には帝位をめざす。これは桓温が成功の寸前までたどった道である。

「北には国がたくさんあるだろう。狙いはどこだ」

「南燕《なんえん》です。ここから近いため、遠征の負担も大きくありません」

劉穆之の回答は明快であった。

「うむ、いきなり洛陽や長安《ちょうあん》というわけにもいくまいからな。わかった。まずは間諜《かんちょう》を送りこんで、情報の収集からはじめよう」

皇帝になれ、と言われると面倒が先に立つが、北伐なら話は別である。劉裕は喜んで準備にとりかかった。

建康での劉裕と劉毅の話し合いは、おおむね劉穆之の思惑どおりに進んだ。劉穆之は前もって、謝混は貴族の復権を図っていると流言をまいていた。これを耳にした劉毅と謝混の間に、不信の種が芽を出したのであった。

「謝混に任せるか、地位だけおれによこすか、どっちがいい」

劉裕がそう言うと、劉毅は後者を選ばざるをえなかった。予州の掌握がまだ進まず、兵力で劉裕に劣っているという自覚がある。貴族が巻き返しを図れば、劉裕より先に劉毅がつぶされるだろう。それなら、面倒くさがりの劉裕のほうがまだましだ。

「ずっと京口にいるつもりなのか」

劉毅は探るように訊ねた。

「許されるかぎりはな」

答えると、劉毅は小さく頭を振った。劉裕の言葉を信じていいものか、判断しかねる様子だ。が、すぐに小狡そうな笑みを浮かべた。

「それならそれでいいがな、おれが思うに、あの劉穆之という男はあまり信用しないほうがいいぞ。どうも腹に一物ありそうだ」

信頼する幕僚を非難されて、劉裕はむっとした。元来、劉毅は好んでいなかったが、ますます嫌いになった。それが顔に出るのが劉裕である。劉毅はまずいと思ったか、そそくさと引きあげた。

交渉の結果、割を食ったのが、孟昶だ。劉毅と組んでも利は得られず、劉裕らの不興を買っただけに終わった。同情する男がいなかったのは、日頃のおこないによるものであろう。

揚州刺史の地位を得た劉裕は、そのまま北伐について話し合うつもりであった。だが、京口からの急報がその意図を阻んだ。

臧愛親が倒れたというのであった。

四

劉裕が駆けつけたとき、臧愛親は床についていた。顔色は真っ青で生気はないが、かすかに息はしていた。

「大丈夫か」

呼びかけても目を覚ます様子はない。劉裕はため息をついて、椅子に腰をおろした。

侍女によれば、このところ食欲が落ちており、心配していたのだが、本人は何ともないと言っていたという。それが、高熱を発して起きあがれなくなった。意識ははっきりしているときもあり、劉裕には知らせるなと戒められていたが、叱責を覚悟で連絡したそうだ。倒れてから四日になる。症状は改善するどころか、重くなっているようだ。

「ご苦労だった。医師は呼んだか」

京口の医師は熱病だと診断して、薬湯を調合してくれたが、臧愛親は飲むことができなかった。それで、都の医師を手配している最中だという。

劉裕は侍女を下がらせて、無言の妻に向き直った。叔母につづいて、今度は妻か。こうもつづけて大切な人を奪われると、天を呪いたくなる。それとも、大勢の人を斬った報いなのだろうか。いや、それはちがう。人は死ぬものだ。遅かれ早かれ、などという時代ではない。たいていが早死にする。継母は健在だが、生みの母も父も、育ての母も長生きはしていない。そういうものなのだ。

ふいに、臧愛親が身じろぎした。

劉裕はそっと手を握った。がさがさしていて、傷の多い手だった。料理も針仕事も、する必要はなくなっているはずなのに。

「……旦那様」

蒼白《そうはく》な唇から、ささやき声がもれた。

「気がついたか」

劉裕は安堵したが、臧愛親の目は閉じられたままだ。思わず、体を揺さぶった。臧愛親はしばらくうめいていたが、やがて呼吸が規則正しくなった。劉裕が手をおろしてしばらくすると、目が開いた。

焦点が合うと、臧愛親ははっとして起きあがろうとした。しかし、身体に力が入らないようで、布団をはぐこともできない。

「旦那様……申し訳ございません。お忙しいときに……」

「気にするな。面倒な仕事は終わった。しばらくここでのんびりするつもりだ」

そうですか、とつぶやいて、臧愛親は天井を見つめた。ときおり、苦しそうに眉をひそめるほかは、穏やかな顔であった。重病人にはつきものの、不安や焦燥が感じられない。

「何かほしいものはないか。水とか、粥《かゆ》とか」

訊ねると、臧愛親は懸命に微笑もうとした。劉裕は額に手を触れて言った。

「しゃべれなければ、無理をするな」

それでも、臧愛親は途切れ途切れに言葉をつむいだ。その内容は、劉裕を愕然《がくぜん》とさせた。

大げさな葬式も立派な墓もいらない。けれど、遠い将来、あなたと同じお墓に入れてほしい
――。

「弱気になるな。こんな病気、すぐに治る」

励ましがむなしく響く。

多くの死を見てきた劉裕には、妻がもう長くないことはわかっていた。臧愛親も、命の火が燃えつきようとしているのに気づいている。

劉裕はしばしの葛藤《かっとう》の末に、純粋な感謝を口にした。

「おまえのおかげで、いろいろ助かった。ありがとう」

臧愛親の瞳がかすかにうるんだ。やがて、目が閉じられる。

それから二日のあと、意識を取り戻さぬまま、臧愛親は旅立った。義熙四年（西暦四〇八年）正月のことである。劉裕よりふたつ年上で、享年は四十八であった。

劉裕もさすがに今度は逃げるわけにいかない。故人の希望もあって、簡素な葬礼を淡々といとなんだ。別に連絡はしなかったのだが、各地から仲間や部下たちが駆けつけて、参列者は多かっ

た。

　埋葬を終えても、劉裕が沈んだ様子だったので、周りの者は近づきかねていた。通り一遍のお悔やみを述べただけで、任地なり都なりへ帰ってしまう。

「しばらく喪に服しましょう」

　劉穆之は言った。北伐の計画は延期ということだ。父母が死んだときは、年単位で喪に服し、その間は官職も辞するのが中国の伝統である。配偶者の場合は、そこまで服喪期間は長くないが、祝い事はもちろん、積極的に他者と交わるのは避けることになる。

　そもそも、劉裕は気力を喪《うしな》っていた。はなはだ不本意ではある。女の死にこうも動揺する自分が情けない。

　臧愛親は、今のままでいい、と言っていた。意気消沈している劉裕を見たら、幻滅するだろう。敵がいれば大剣でなぎ倒していく劉裕であらねばならない。そう思っても、身体が動かないのだった。

　狩りに出かけることもなくなった。訓練を指揮することも、中庭で大剣を振ることもなくなった。

　もっとも、劉裕が働かなくても、北府軍は配下の将軍たちが鍛えている。政治にはもともと関わっていない。対外的には、劉裕の不在は服喪で説明がつく。ただ、それはそれで自分がいなくてもよいのではないか、と思われてしまう。

　劉裕を支える劉穆之は内心を表に出さなかったが、実際は気をもんでいた。かれも愛妻家だから、気持ちはわかる。しかし、このまま劉裕が落ちこんだままなら、新しい秩序を構築することはできない。また内乱になるか、王氏や謝氏といった貴族の支配が復活するか。どちらにしても、明るい未来とはいえない。時が解決する問題だとは思うが、それを早める策はないものか。

思い悩みながら、劉穆之は日々、体重を増していった。貧しかったころから、とにかく食べることが好きで、借金してでも食べまくっていた劉穆之である。劉裕に仕えて裕福になると、財を投じて美食にふけった。いくら悩んでいても、人の三倍は優に食べるから、胴回りが太くなるのも道理だ。これでは、桓玄を笑えない。

「いっそ、どこか攻めてこないものか」

ぶっそうなことを考えるようになった。あるいは、誰かを叛乱に追いこむか。この機に、潜在的な敵を始末してしまうのもよいかもしれない。もっとも、それで劉裕が目ざめなければ、墓穴を掘ることになってしまう。

結局、劉穆之が策を弄《ろう》する必要はなかった。

翌義熙五年（西暦四〇九年）二月、北の国境から急報が入る。南燕軍が侵攻し、村を破壊して民を連れ去ったという。

劉穆之は憤りつつも、喜びをもって受けとめた。南燕を攻める大義名分ができた。あとは、劉裕がどう反応するかであった。

爛々《らんらん》と光る目が、まだ見ぬ南燕の都をにらみつけた。

「遠征の準備はできているか」

鋭い問いに、劉穆之は微笑して答えた。

「軍のほうはいつでも。あとは都に行って勅命をもらえば、出立できます。高官たちを説得しなければなりませんが、根回しもしておりますから、それほど難しくはないでしょう」

「わかった。ご苦労だったな」

劉裕は完全に自分を取り戻していた。すでに精神的な再建は果たしており、あとはきっかけを求めていただけだったのだ。久しぶりに持つ大剣の重さも、気にならない。

「売られた喧嘩を買わなければ男がすたる。全力で南燕を討つぞ」

それは劉裕の性格であり、生き方であった。死んだ者は関係ない。自分のために前を向くのだ。

一年の停滞を恥じるかのように、劉裕は精力的に動き出した。劉毅や何無忌ら地方に赴任する将軍を呼び寄せるとともに、劉穆之らを引き連れて都におもむく。船の上では、北方の情勢に関するくわしい報告を聞いて、戦略構想を練った。

都に着いたのは早かったが、劉穆之の助言により、改修中の石頭城を視察に行った。わざと遅れて、朝議に参加する。

劉裕が姿を現すと、一同がざわめいた。会うのは一年ぶりという者も少なくない。覇気を失ったという噂も流れている。しかし、背を伸ばした堂々たる態度は、みなを安心させるに充分であった。ただ、劉毅だけは、舌打ちを禁じ得ないようである。

劉裕はさっそく、南燕遠征について切り出した。

「国土を侵されて、黙っているわけにはいかぬ。蛮族どもに思い知らせるため、出兵しようと思うが、みなの意見はどうか」

その言葉が終わらぬうちに、劉毅が手をあげた。

「出兵じたいには賛成だ。おれが指揮をとってもいいぞ」

「ならん。目標は南燕の完全な征服だ。今回はおれが行く」

つまり、劉毅では征服は無理だと言っている。ややあって、その意味を呑みこむと、劉毅は顔を赤くして声を荒らげた。

「ばかにするな。おれだって……」

言いかけて、劉毅はふいに黙りこんだ。自信がなくなったのだろうか。自分が指揮して成功する、失敗する。劉裕が指揮して成功する、失敗する。それぞれの損得を計算して、めまぐるしく頭を回転させているようだ。

貴族のひとりが発言した。

「劉裕殿に国を留守にされるのは困る。淝水の戦いにおいて、謝安は前線に出ることなく、後方で国を守っていた。それが宰相たる者の務めだ。軽々しく遠征に出かけて、もしものことがあったらどうするのだ」

同意の声が次々とあがった。大きな野心を持たぬ者は、劉裕の出征によって、政治的な空白が生じるのを怖れている。

劉穆之が反論した。

「国を守るために攻めるのです。彼我の兵力と国力を分析すると、劉裕様が先頭に立って攻めこめば、一気呵成《いっきかせい》に滅ぼすことができます。それがもっとも出費と犠牲を少なくして、北方の脅威をとりのぞく道でありましょう」

臧熹がつづく。

「北の民のことも考えましょう。蛮族に支配されて苦しんでいる民を救うのは帝王の義務です。まず南燕を平らげれば、その先も見えてきます」

貴族のなかにも、劉裕を支持する者はいた。謝安の孫の謝景仁《しゃけいじん》は、大貴族ながら変革を求めて劉裕に期待している。

「燕《えん》を滅ぼして武威を輝かせ、しかるのちに兵を西に向けるのです。洛陽を奪還できるのは、劉裕殿をおいてはほかにはありません」

「だめだ、だめだ」

劉毅が叫んだ。

「洛陽にまで兵を送るなど、無謀の極致だ。無理をすれば、江南を保つのも難しくなるぞ。今まで、何度失敗したと思っているんだ」

劉毅としては、劉裕に手柄を立ててもらっては困るのである。その意見にうなずく貴族も多かった。劉裕の簒奪を警戒する者たちだ。

ひとしきり意見を聞いたあと、劉裕は立ちあがって、みなを睥睨《へいげい》した。

「おまえたちの考えはわかった。だが、どれだけ反対されようと、おれは行く。そして南燕を征服して帰ってくる」

迫力のある言葉と、射すくめるような眼光に、一同は圧倒された。賛成する者は手を叩き、反対する者はうつむいた。劉毅ももはや、目を合わせられない。劉裕の意思に逆らうことはできないと、改めて確認されたのだった。

五

義熙五年（西暦四〇九年）四月、劉裕は五万の兵をひきいて出立した。全軍を船に乗せて長江を下り、いったん海に出る。それから北上して、今度は淮河と泗水《しすい》をさかのぼり、下邳《かひ》にいたった。ここまでが東晋の領土で、下邳の北は南燕の領土になる。東晋軍はここで船を下り、徒歩で北上をはじめた。

南燕は、鮮卑族の慕容徳《ぼようとく》が東晋の隆安二年（西暦三九八年）に山東半島《さんとうはんとう》に建てた国である。五胡《ご》十六国時代に、鮮卑族慕容部《ぼようぶ》が建てた「燕」という王朝の四つめにあたる。初代の前燕《ぜんえん》は、中国東北部から中原をうかがって強勢を誇ったが、前秦の苻堅に滅ぼされた。その皇族が逃れて建てたのが西燕《せいえん》だが、これは弱小の王朝であった。淝水の戦いで前秦が敗れると、苻堅に仕えていた名将であり、前燕の皇族でもあった慕容垂《ぼようすい》が後燕《こうえん》を建てる。後燕は西燕を滅ぼし、前燕をしのぐほどの強国となったが、慕容垂の死後は内紛によって瓦解した。南燕を建てた慕容徳は慕容垂の弟である。後燕の重鎮でありながら、王朝の将来に見切りをつけて、独立したのだ。

慕容徳は冷徹な為政者であり、小国である南燕の維持拡大に努めた。孫恩の乱から桓玄の簒奪へとつづく東晋の混乱で、逃げ出した民がまず頼ったのが南燕だ。人口増は国力の増加につながるから、慕容徳はこれらの流民を積極的に受け入れた。

だが、その慕容徳も四年前に没している。遊牧や狩猟を生業《なりわい》とする北方の異民族が建てた王朝は、皇帝個人の力量に依存していることが多い。英雄が現れればそのもとに人々が集って国ができ、死ねば雲散する。南燕も例外ではなかった。慕容徳の後を継いだ甥の慕容超《ぼようちょう》は国を統べる器ではないとされている。

東晋軍の侵攻を知った慕容超は、都の広固《こうこ》に群臣を集めて意見を聞いた。公孫五楼《こうそんごろう》という重臣が進言する。

「晋の総大将は劉裕です。古今無双の剛勇との評判であり、まともに戦えば大きな犠牲が出るにちがいありません。大峴山《だいけんざん》の難所で敵を食いとめる間に、別働隊を背後に回して、敵の糧道を断ちましょう」

公孫五楼は必勝の策を献じたつもりであった。ところが、すぐに続報が入った。劉裕は南燕領内の進軍路に砦をつくり、兵をおいて、糧道を確保しながら進軍しているという。背後への警戒を怠っていないということだ。

別働隊の編成に着手していた慕容超は、これを聞いてその策を断念した。

「敵はこちらの考えを読んでいるのだな。危ないところであった。別働隊を派遣すれば、各個に撃破されてしまうだろう。大峴山を防衛線とするのはあきらめ、引きつけて迎撃したほうがよい」

「大峴山を抜かれると、あとは広固まで平野が広がっています。迎撃が困難になりますから、別働隊はともかくとして、大峴山を守るべきです」

「いや、迂回されれば終わりだ。劉裕は変幻自在の策を用いるらしいぞ」

「そのときはそのときで打つ手はありますが……」

公孫五楼は不満であったが、慕容超が聞き入れないので、次善の策を立てた。

「では、敵が来る前に、作物をすべて刈り取ってしまいましょう。いわゆる堅壁清野《けんぺきせいや》の策でございます。兵糧をすべて本国から輸送していては、長くは戦えませんから、やがては撃退できると考えます」

「何を迂遠《うえん》な」

慕容超はばかにしたように笑った。

「この前、晋に攻めこんだときはろくに応戦してこなかったと聞くぞ。自国も守れぬ者どもが、他国を攻めて勝てるはずがない。実りつつある作物を刈り取るなど、もってのほかだ。正面から迎撃して打ち破ってくれる」

公孫五楼はぎょっとして、主君の顔を仰ぎ見た。先ほどと言っていることが全然ちがう。支離滅裂ではないか。

「……とにかく、敵を甘く見てはなりませぬ」

「くどい」

愚昧《ぐまい》な皇帝は忠臣を一言でしりぞけた。慕容超はもともと公孫五楼を気に入っており、かれに政治を任せるために、ほかの功臣を次々と粛清したくらいである。その公孫五楼が言って聞かないのだからと、それ以上、進言する者はいなかった。

鮮血にいろどられた大剣が、天を差して掲げられた。

「突き進め」

劉裕の指示は端的だ。熱狂した将兵が、敵軍を圧倒して城に迫る。広固の城市は、民の住む大城のほかに、要塞化された小城があるが、東晋軍は野戦に勝利した勢いで、大城を落とそうとしていた。

慕容超が劉裕に野戦を挑んだのは、まったく無謀であった。たしかに、鮮卑族の鉄騎隊は野戦で威力を発揮する。しかし、それもひきいる将がいて、生かす戦術があってのことだ。馬蹄陣《ばていじん》をしく東晋軍に対して、慕容超は正面からの突撃を命じ、三方から攻撃を集中されて惨敗を喫した。

劉裕は相変わらず先頭に立って戦い、甲冑を血に染めて奮闘して、久しぶりの戦を堪能《たんのう》した。檀氏一族をひきいる檀道済や、劉牢之の息子の劉敬宣も功をあげた。檀道済の戦いぶりは、檀憑之を彷彿《ほうふつ》とさせた。得物を短槍に持ちかえたので、よけいにそう感じるのだろう。受け継がれている血がまぶしく見える。

劉敬宣は父の死後、華北に逃れていたが、帰参して劉裕に仕えている。父の部下の下についたわけだが、劉裕が公平に扱うので、劉敬宣もわだかまりなく働いている。劉敬宣は一時、南燕にも滞在していたので、このあたりの地理にくわしい。その知識はこの遠征に生かされていた。

「大峴山を無事に通り抜けた時点で、勝負はついていたな」

つぶやいた劉裕のもとに、檀道済が戻ってきた。広固大城を落としたが、皇帝の慕容超や高官たち、それに少なくない民が小城に避難しているという。兵もまだ三万近くは擁している。

「今の勢いなら、たやすく落とせます。攻撃のご許可を」

「まあ、そう焦るな」

劉裕ははやる若者を制止した。

「遠路の行軍をこなして野戦を戦い、それに城をひとつ落としたのだ。兵の体力もそろそろ限界だろう。広固小城は城壁が高く、濠《ほり》も深い。この状態で無理に攻めれば、逆撃を喰らうぞ」

「しかし、戦には勢いというものが……」

「兵士たちの顔を見てみろ」

劉裕に言われて、檀道済は振り返った。兵士たちは肩を上下させながら、互いを讃え合っている。どの顔にも、疲労と満足感があふれていた。この状態では、もう一戦しろと命じても、身体も精神も動かないだろう。

「誰もがおまえのように、底なしの体力と勇気を持っているわけではない」

劉裕は檀道済に言い聞かせると、小城の包囲を指示した。さらに、豊かに実った作物を刈り取るように命じる。

「敵が兵糧を贈ってくれたのだ。これで持久戦といこうじゃないか」

劉裕にとって、本格的な攻城戦ははじめてである。腕力だけでは落とせない城に対して、劉裕は慎重な策で挑んだ。城の周りに壕《ごう》をめぐらし、掘った土を土塁にして壁をつくる。それを三重にして、水をもらさぬ包囲網を築いた。兵糧はたっぷりと得ており、さらに本国からの輸送路も確立されているから、何ヵ月でも包囲をつづけられる。

守備側には絶望が広がりつつあった。討って出ることはできないから、援軍に期待するしかない。慕容超は同盟国の後秦《こうしん》に救援を求める使者を送った。

使者は韓範《かんはん》という男である。夜陰にまぎれようとしたものの、包囲網を抜けられず、あっさりと捕らえられたが、報告を受けた劉裕は言った。

「逃がせ。どうせ援軍は来ない」

指示を受けて、わざと縄目がゆるめられた。そうとは知らない韓範は、幸運を喜んで脱出し、後秦へと向かった。

しばらくすると、後秦からの使者が、東晋の軍営を訪れた。

後秦は、淝水の戦いで前秦が敗れたあと、その支配を脱した羌族の姚萇《ようちょう》が、関中《かんちゅう》に建てた国である。二代目の姚興《ようこう》は前秦を滅ぼして勢力を広げ、最盛期をもたらした。ただ、東晋とは積極的に事をかまえようとはしていない。桓玄と劉裕が戦っているとき、淮河より北の一部の城市が混乱を避けて後秦に帰順したことがあった。戦後、東晋の朝廷が劉裕の名でその領土の返還を求めると、姚興はあっさりと応じている。姚興は劉裕を怖れているのだ。後秦は南燕の兄貴分だが、救援には来ないであろう。劉裕はそう見ている。

後秦の使者は、劉裕の前に通されると、居丈高《いたけだか》に言った。

「我が国と燕は同盟の固い絆《きずな》で結ばれている。ゆえに、このたびの燕からの救援要請を受けて、偉大なる皇帝陛下は十万の鉄騎隊を派遣なさった。きさまらが兵を退かなければ、一戦して粉砕するが、それでよいかな」

「ばかか」

言葉より視線で、劉裕は使者をたじろがせた。

「そんな脅しが通用すると思ったか。どうせ南燕を滅ぼしたあとは、長安に兵を向けるつもりだったのだ。戦う気があるなら、かかってこい」

使者は一言もなく引き下がった。失意の態で、関中への帰途につく。

入れ替わりに劉穆之がやってきた。当初は従軍していなかったが、持久戦に入ったため、今後の補給の相談に出向いてきたのだ。劉穆之はいきなり苦情を言った。

「後秦の使者を追い返したとうかがいました。どうして私に相談していただけなかったのですか。必要もないのに姚興を刺激して、もし本当に援軍が来たらどうするのです。前後に敵を引き受けたら、さすがの閣下も苦戦は免れないでしょう」

「こと戦に関しては、おまえに相談しても仕方がないな」

劉裕は悪気のない笑いを浮かべた。

「救援に来るつもりなら、使者などよこさず、いきなり攻撃してくるはずだ。わざわざ予告したら、迎え撃つ準備をされて不利になるだけだからな。姚興はおれを怖がっている。だからあんなはったりをかましてきたんだ」

劉穆之は後方支援は得意だが、戦の駆け引きには疎い。ここは劉裕の判断が正しかった。

「政治のことは任せるから」

劉裕は腹心の能吏をなだめて帰らせた。

結局、後秦からの援軍は来なかった。南燕の使者だった韓範は絶望して、東晋軍に降伏した。劉裕は降伏を受け入れると、韓範を連れて広固小城の周りをゆっくりとまわった。城内の守備兵に韓範の姿を見せ、救援要請が失敗したことを知らしめるためだ。

これによって、南燕軍の士気は潰《つい》えた。兵も民も、隙を見ては脱出し、投降するようになった。

義熙六年（西暦四一〇年）二月、劉裕は満を持して突入を命じた。飢えに苦しみ、疫病《えきびょう》が蔓《まん》延《えん》している城内で、武器をとる者はほとんどいなかった。皇帝慕容超は逃亡しようとしたが、見つかって捕らえられた。

劉裕はらしくもなく慎重に進めた戦が終わって、解放的な気分である。

「この城市はおまえたちにくれてやる。金目の物が残っているかわからんが、残らず奪え。捕虜は売り払うか、生き埋めにしろ。女は好きにしていいぞ」

乱暴な命令を聞いて、側にいた韓範があわてて止めた。

「どうかご寛恕《かんじょ》を。私もそうですが、かれらはもともと晋の民でございます。それが蛮族に征服されたために、やむなくしたがっているだけなのです。今の主君に忠を尽くしたことを、どうして責められましょう。かれらを酷い目にあわせたら、秦の民はどう思うでしょうか。これから秦を攻めるなら、なおさら民のことを考えないといけませんぞ」

「むむ……」

劉穆之がいれば、同じ進言をしただろう。劉裕はすぐに命令を改めた。過ちを認めるのにためらいはない。

慕容超は建康に送られて首を斬られた。南燕を平らげた劉裕の次なる目標は後秦である。

「京口まで戻るのも面倒だな。下邳で軍を編成して、そのまま西に向かうか」

劉裕は意気盛《さか》んであったが、建康から来た早馬がその足を止めた。

「すぐにご帰還ください。危機が迫っております」

使者は息も絶え絶えに伝えた。南方で大規模な叛乱が起こったとのことであった。

六

劉裕の活躍で孫恩の乱が鎮圧されたのは、八年前のことである。追いつめられた孫恩は海に身を投げた。しかし、それで五斗米道の勢力が完全に消滅したわけではない。残った叛徒たちは、孫恩の妹婿《いもうとむこ》の盧循《ろじゅん》を後継者として、命脈を保った。

盧循は三十代後半の優男である。額が広くて知性を感じさせる面立ちだが、線の細さは否めない。慎重な性格で、堅実な策ばかり進言し、凶行をとめようとするので、孫恩には煙たがられていた。孫恩の死後、後継ぎに推されると、しぶしぶ引き受けたが、抵抗をつづける意思には乏《とぼ》しかった。

朝廷にとって、話のわかる盧循が指導者となったのは、ありがたいことだった。地方の役人にも、盧循のとりなしで命を救われた者が少なくない。五斗米道を根絶するより、盧循を政権に取りこんで叛乱を防いだほうがいい、という意見でまとまった。桓玄のもとで、盧循はいったん永《えい》嘉《か》太守に任じられる。

だが、この策は結果的に失敗に終わった。盧循は叛乱を鎮圧する役割を期待されていたのだが、信者かそうでないかを問わず、朝廷に反抗する動きを抑えようとしなかった。それどころか、陰で援助しているという報告があったので、桓玄は劉裕を派遣して盧循を討とうとした。劉裕は戦えば必ず勝ったが、盧循は逃亡を繰り返して捕らえられない。さすがの劉裕も南の海上までは追っていけず、放置して帰った。

その後、劉裕は桓玄を逐って東晋を復興させたが、南方に手を伸ばすほどの余裕はなかった。盧循はいつのまにか、中国南端の広州《こうしゅう》を支配下に収めていた。このあたりの地方は、東晋への帰属意識が薄く、海上商人や水上労働者は独立心が旺盛《おうせい》であるから、少しの混乱ですぐに支配の軛《くびき》から離れるのだ。

　このとき、対応を問われた劉裕は苦笑して言った。

「放っておけばよい。おれは地の果てまで領土にしようとは思わん」

　そこで朝廷は、盧循に広州刺史の地位を与えて、慰撫《いぶ》に努めた。盧循であれば、叛乱勢力を糾合して攻めてくることはないと考えていた。

　しかし、劉裕が南燕遠征で長く留守にすると、野心を刺激された者がいた。盧循の配下の徐道《じょどう》覆《ふく》という男である。

「千載一遇の好機だぜ」

　徐道覆は盧循を焚きつけた。

「劉裕の野郎は都を留守にしているんだ。あいつには勝てなくても、劉毅相手なら楽勝だろう。都を落としてしまえば、たとえ劉裕が戻ってきたところで、手出しはできない。先代の恨みを晴らすため、北へ向かって進軍だ」

「簡単に言うなよ」

　盧循は眉をひそめたが、徐道覆は強引だった。山村の民をだまして材木を安く手に入れ、多くの船を建造したのである。

「都を襲って財宝を手に入れるぞ。勇気のある者は天師道の旗のもとに集え」

徐道覆は盧循の名で触れを出し、やってきたお調子者を船に乗せた。あっというまに、一万人を超える叛乱軍ができあがった。やむなく、盧循も船に乗りこんで、進路を北へ向けた。広州から河をさかのぼって北へ向かい、巴陵《はりょう》や尋陽といった長江沿いの城市をめざす。

叛乱軍の矢面に立ったのは、江州刺史で鎮南将軍《ちんなんしょうぐん》の何無忌である。

「劉裕様のお留守を狙って兵をあげるとは卑劣な奴らめ。その賤《いや》しい心根にふさわしい罰を与えてやる」

何無忌は叛乱軍との戦いに慣れていた。相手は見かけの数は多くても、しょせんは訓練もしたことがない烏合の衆である。組織だった戦いをすれば、負けはしない。籠城を勧める意見を退けて、何無忌は水戦を挑んだ。

ところが、である。

両軍が向かい合い、互いに攻撃を命じる太鼓を打ち鳴らしたとき、にわかに空がかき曇って、突風が吹いた。

何無忌の乗った船は、横っ面にまともに風を受けて、転覆してしまった。叛乱軍の船団は船が大きかったこともあって、風の影響をほとんど受けなかった。官軍が動揺しているところへ、勢いに乗って突入する。何無忌の船は沈まずに岸に打ち寄せられたが、すでに勝敗は決していた。

「こんな負け方をしては、劉裕様に申し訳が立たない」

何無忌はずぶ濡れになりながらも采配をふるって、劣勢をくつがえそうとしたが、もはやどうしようもなかった。叛徒たちに囲まれ、ずたずたに斬り伏せられる。最後まで采配は握ったままであった。

劉裕の奪権を助けた同志のひとりを打ち破ったのである。盧循軍の士気は最高潮に達した。

「おれたちには天の加護がついてるぞ。劉裕など怖れるものか」

徐道覆に乗せられて、盧循もその気になった。叛乱に加わる者も日に日に増えて、軍勢は五万に達した。叛乱軍の船団は都をめがけて突き進む。

そこで、劉裕へ悲鳴を届ける早馬が走ったのであった。


「まさか、何無忌が敗れるとは」

劉裕は沈痛な表情で訃報を受けとめた。何無忌の熱意がなければ、劉裕は挙兵しようとは思わず、いまだに桓玄の世がつづいていたかもしれない。富貴をともにするものだと思っていた仲間たちが、歯が抜けるように減っていく。だが、感傷にふけっている暇はなかった。劉裕はただちに乗船して、都をめざした。

あいにくと天候が悪く、海は荒れていた。大粒の雨と強風が船団に襲いかかってくる。黒い波濤が押しよせ、水面を大きく盛りあげた。船が大きく浮いて、次の瞬間には急降下する。大量の水が甲板に打ちつけ、弾けて広がる。

追い風であるため、かろうじて航行できているが、かなり危険な状況である。船酔いでうずくまっている兵士も多い。

「いったんどこかの港に避難して、天候の回復を待ちましょう」

進言する声もあったが、劉裕は舳先《へさき》に立って、まっすぐに南を見つめていた。

「ぐずぐずしていたら、都を奪われてしまう。これしきの嵐に屈していられるか」

劉裕の怒りは頂点に達していた。都はおれのものだ。盧循ごときに奪われてたまるか。そういう思いに突き動かされて、劉裕はさらに急ぐよう命じる。

もし、何無忌や檀憑之がこの場にいたら、劉裕も変わったと指摘しただろう。「奪われてはいけないもの」のなかに、都や政権がはっきり加わっている。以前の劉裕であったら、京口に戻ればいいと、のんびりかまえていたかもしれない。

劉裕自身はとくに意識していない。とにかく、守るべきものを守ろうと必死であった。その甲斐《かい》あって、船団は遭難することなく、建康にたどりついた。叛乱軍に先んじての到着である。

「親分にはかなわないな。嵐も逃げていきました」

檀道済が豪快に笑った。

「さて、嵐と叛乱軍はどちらが強いかな」

劉裕も余裕の表情である。自分が戻ってきた以上、叛乱軍に勝ち目はない。留守をまもっていた人々も同じ気持ちであった。劉裕が帰ってくるまでは、皇帝を連れて下邳まで逃げようか、と真剣に相談していたのだが、もう脅威は去ったように感じている。

劉裕はすぐにでも叛乱軍の討伐に出向きたかったが、またしても劉毅が反対した。駐屯する姑孰からやってきた使者が書状を読みあげる。

「北伐から帰ったばかりで、兵士たちは疲れているだろう。久しぶりに故郷を目にしたかれらを、すぐに出撃させるのは酷である。賊の討伐はおれに任せて、兵士たちを休ませてやってほしい」

兵士を気遣う内容だが、劉裕に手柄を立てさせたくないという本心は見え透いている。劉裕は返書を送った。

「油断すると、何無忌の二の舞になるぞ。叛徒どもの戦い方には、おれが一番くわしい。どうしても戦いたければ、軍に加えるから、おれが行くまで待っていろ」

敵は長江を下ってやってくるので、劉毅の軍が先に遭遇することになる。劉毅単独では食いとめられないだろう。劉裕はそう判断している。

しかし、劉毅の考えはちがった。

「いつもいつもおいしいところを持っていきやがって。今度こそ、おれの力を見せつけてやる」

劉毅は無断で出陣の準備をはじめているという。使者からの報告を聞いて、劉裕はあきれた。

「どこまでも自分勝手な奴だな。もう軍権をとりあげるしかないか」

「朝廷の命令を無視して軍を動かせば、むろん処罰の対象となります。一隊を向かわせて、捕縛しましょうか」

劉裕と劉穆之が相談していると、孟昶がやってきて弁護した。

「どうか劉毅殿に機会を与えてやってください。周りが見えないところはありますが、根が悪い人ではないのです。実力も、閣下には及ばないにしても、賊徒に引けをとるものではないでしょう。桓玄の討伐戦では、見事に任務を果たしたではありませんか」

孟昶は劉毅と仲がよかったが、王謐の死にはじまるやりとりが示すように、見返りのある関係ではない。女にはもてる孟昶だが、男には遠ざけられている。劉毅との間には、損得ではない純粋な友情があるのだろうか。

「あいつが失敗したら、私が責任をとります。もちろん、そんなことはないと信じています」

孟昶がそこまで言うので、劉裕もほだされた。

「それなら、おまえに免じて、罪は問わないことにしよう」

出撃を黙認した劉裕だったが、孟昶と異なって劉毅を信頼してはいない。軍を再編成し、防備を調えて、戦況の報告を待った。

劉毅が惨敗したという知らせが届くまでに、時間はかからなかった。

七

五月になって、劉毅の敗報がもたらされると、都に動揺が広がった。劉裕は情報統制をしなかったから、不吉な噂は風より早く伝わる。

「叛乱軍は五十万もいるらしいぞ」

「五斗米道に帰依しない者は、赤子でも殺すんだと」

「女は慰みものになったあげく、異国に売られるそうだ」

人々は身を震わせたあと、軍が詰めている石頭城に目をやる。

「でも、劉裕様なら何とかしてくれる。あの御方がいれば安心だ」

しかし、朝廷には、先日の余裕がなくなっていた。叛乱軍の兵力は、五十万は明らかに過大だが、十万を超えてさらに膨れあがっている。民衆の叛乱は、勝っているうちは爆発的に増えていくものだ。そして、数だけならまだしも、劉毅が大量の兵糧と軍船を奪われている。船ごと寝返った者たちもいるらしく、水軍力は軽視できない。

さらに、官軍の再編成はうまくいっていなかった。やはり一年もの間、遠征に出ていた軍だから、傷病者がかなり出ていて、つづけて戦える兵は多くない。軍船の修理も必要になってくる。兵糧と武具は劉穆之の手配でそろっているが、編成できる軍は三万がいいところであった。劉毅の軍と合わせれば、充分に戦えるはずだったが、もうその策は使えない。劉裕はやむなく、新たに兵士を募った。ところが、敗残の兵が叛乱軍の怖ろしさを触れてまわるので、なかなか兵が集まらない。都から脱出する者もあらわれる始末だ。

「劉毅のせいで、ずいぶんと計算が狂ったな」

劉裕は不機嫌ではあったが、それほど事態が深刻だとは思っていなかった。兵が充分にそろわなくても、石頭城で敵を待ち受ければ、まず撃退できるだろう。積極的な戦術がとれないのが不満なだけである。

任地から逃げ帰ってきた劉毅も悪びれない。

「勝負ごとには運不運がつきものだ。おれだって負けることはある。だが、敵の手の内はわかった。もう負けないぞ」

さすがに、劉裕の指揮下に入ることは承知した劉毅である。劉裕は厳しく罰することも考えたが、これ以上、人心を萎縮《いしゆく》させるのは得策ではない。劉穆之らがそう主張したので、今のところは不問にしている。

劉毅は平然としていても、孟昶のほうは耐えられなかった。劉裕はひとことも責めなかったのだが、自責の念に押しつぶされて毒を飲んだのだった。思うように出世できない不満や、叛乱軍への恐怖もあったかもしれない。この時代ではよくあることとはいえ、何とも後味の悪い自死であった。

「自殺するくらいなら、ひとりで逃げればよかったのだ。それほど弱い奴だったとはなあ」

劉裕は憮然《ぶぜん》としたが、考えても益はない。それきり孟昶のことは頭から追いやって、迎撃の準備に専念した。

やがて、叛乱軍の船団が長江の上流に見えてきた。劉裕は河に面した石頭城の城壁に陣取って指揮をとる。石頭城を中心に、北の白石、南の査浦《さほ》などの上陸地点を守って、敵を陸にあげないのが基本戦術である。

「南北の砦は死守せよ。命にかえてでも、上陸を許すな」

劉裕は全軍に命令を伝えた。

叛乱軍は、すぐには攻めてこなかった。長江の北岸に集結して、戦機を探っている様子である。これは、積極策を推す徐道覆と、慎重な盧循が対立した結果であった。官軍としては、砦の柵や濠を補強できるので、時間がかかったほうがありがたい。

叛乱軍は巨大な楼船を中心に、数百隻の軍船や小舟を並べている。どれだけの兵を積んでいるのか、にわかにはわからない。

三日経ってから、船団が動き出した。官軍も準備は万端である。城壁の上に並べられた投石機や弩弓はいつでも発射できる態勢だ。劉裕は敵が近づいてくるのをじっと待っていた。射程に入っても、すぐには命令を出さない。

二列目まで射程に入ったとき、劉裕は高らかに叫んだ。

「よし、今だ」

太鼓の音が鳴るのを合図に、無数の石と鉄箭《てっせん》が放たれた。風を切る音が響きわたる。石が大きな弧を描いて、鉄箭が直線的に、敵船を狙う。

強力な鉄箭が、敵兵の胸をつらぬいた。石は甲板に落ちて大きな穴を開ける。たちまち、船上は混乱におちいる。

だが、一列目の船団は投石の影響を受けずに、城壁に肉迫していた。閉じられた水門に向かって突進してくる。何度も船にぶつけられれば、水門は粉砕されてしまうだろう。しかし、先頭の船の舳先が、急に角度を変えた。斜めになった船体が、隣の僚船に当たりそうになる。怒号が飛《と》び交《か》う船を、城壁からの弓矢の攻撃が襲う。

「ばかめ、簡単に近づけると思ったか」

劉裕が哄笑する。水中に柵をしかけておいたのだ。濁《にご》った水のなかに、深く杭《くい》を打ちこんでいるので、容易には見つからないし、破壊もできない。

一方的にやられて、叛乱軍は石頭城への接近を早々にあきらめた。北へ転進して、白石方面から上陸をめざすようだ。ここは、劉裕が桓玄を破ったときに、上陸した場所である。

「よし、おれも行こう」

劉裕は檀道済をともない、馬にまたがって白石に向かった。石頭城は誰でも守れる。小さな砦の攻防のほうがおもしろいだろう。

全速力で駆けて、白石にたどりついた。劉裕が姿を見せると、守備隊が歓声をあげて迎えた。

劉裕がいるだけで、兵士たちは勝った気になるのだ。歓呼に手を振って応えた劉裕だが、ふと不安をおぼえた。この者たちは、自分がいなくても戦えるだろうか。

夕日をさえぎるようにして、敵の船団が現れた。黒々とした塊を目にして、嫌な予感が増してきた。

「少なくないか」

劉裕が問うと、檀道済がうなずいた。

「たしかに、先ほどはもっと数がいたような気がします」

ふたりの視線の先で、叛乱軍は次々と小舟を下ろし、上陸を試みるかまえだ。

「してやられたか」

劉裕はふいに身をひるがえした。

「ここは任せた」

檀道済に言いおいて、馬に飛び乗る。白石はおそらく陽動だ。敵の本隊は、南のほうから上陸をめざすにちがいない。

夕闇が落ちかかってくるなかを、劉裕は懸命に駆ける。若いころに比べると、乗馬姿もさまになっている。背後にしたがう蹄音は、鮮卑族の騎兵隊だ。南燕征服の際に捕虜となって、そのまま劉裕に仕えることを選んだ者たちである。とくに指示はしていなかったが、劉裕の様子から急を悟って追ってきたのだった。馬をあやつるのに長けたかれらは、劉裕に追いついて、さらに追い越しそうである。

「先に行ってもいいぞ」

声をかけると、鮮卑族の部隊長は笑って拒否した。

「いや、閣下の指揮のもとで戦いたい」

活躍ぶりを見てほしいということか。自由に戦わせると、味方が混乱するかもしれない。劉裕は受け入れて、可能なかぎりの速度で馳駆《ちく》する。

建康の灯りが見えてきた。

劉裕は城壁に沿って南へまわった。弓弦《ゆんづる》の鳴る音や剣戟の響きが聞こえてくる。すでに南門では戦闘がはじまっているようだ。南の査浦にもかなりの守備兵をおいていたが、あっさりと上陸を許してしまうとは。

途中で、味方の一隊と行き会った。査浦を守っていたはずの部隊だ。

「どこへ行くのだ」

訊ねたのが劉裕だとわかると、部隊長は青ざめてしどろもどろになった。

「は、あの、必死で戦ったのですが、敵が多くて支えきれなくなったので、石頭城へと……」

「ほう、必死でなあ」

部隊に負傷した兵はおらず、甲冑も武器も傷ひとつないままだ。戦わずに逃げたことは明白であった。

「嘘つきや臆病者は我が軍にはいらん」

冷たい怒りが、大剣に宿った。馬上から振り下ろした大剣は、部隊長の肩口から入って腰に抜けた。両断された胴体が血の海に転がった。

「おまえたちはついてこい」

残りの兵士に命じる。怒りを解くには、戦って功をあげるしかない。兵士たちは徒歩で騎兵のあとにしたがった。

南門では、早くも激戦が展開されていた。叛乱軍の大軍が押しよせて、槌《つち》を打ちつけたり棍棒で殴ったり体当たりしたりして、強引に城門を破ろうとしている。城壁からは火矢を放ち、石を落として応戦していた。城壁の守備隊をひきいている劉毅の怒声が聞こえてきて、劉裕は苦笑した。叛乱軍有利というところだが、それもここまでだ。

「劉裕、参上」

雄叫びをあげて斬りこんだ。敵の軍列の横合いから突撃して、大剣をふるいながら駆け抜ける。血風が、劉裕の背後で舞った。首や腕が飛び、叫喚が満ちる。大剣が閃くたびに敵が倒れ、道が拓ける。たちまち、叛乱軍は大混乱におちいった。

城壁の味方は、手をとめて、劉裕の武勇に酔いしれた。劉裕につづく鮮卑族の騎兵も奮闘していた。馬上で長大な戟を振り回して、次々と敵を屠《ほふ》っていく。騎乗しての戦いぶりは、さすがに騎馬の民である。縦横斜めに駆け抜け、敵陣をずたずたに切り裂く。戟は一閃ごとに血を吸って、妖《あや》しく輝いた。叛乱軍は騎兵を相手にするのははじめてであった。馬上で長柄の武器をふるう相手に対して、なすすべがない。

音を立てて城門が開いた。

「突撃せよ、敵を殲滅するのだ」

劉毅が守備隊を引き連れて打って出てきたのだ。

「また勝手なまねを」

劉裕はつぶやいたが、これは戦機をとらえた好判断であった。叛乱軍は総崩れとなり、闇のなかを長江に向けて潰走していった。

「追え、敵を生きて帰すな」

劉裕が命じる前から、劉毅は追撃にかかっている。逃げまどう敵を大いに倒して、溜飲《りゅういん》を下げたのであった。

翌日、叛乱軍の船団は、建康の近郊から姿を消した。とりあえず、都の危機は去ったが、いまだ鎮圧には遠い状況であった。


都を守り抜いた劉裕が、次に気にしたのは、荊州方面の情勢であった。江陵《こうりょう》が攻撃を受けて叛乱軍に占領されたという噂が流れている。江陵には荊州刺史の劉道規が駐屯している。劉裕は心配であったが、噂を裏付ける情報はなかった。長江が叛乱軍によって分断されているため、連絡がつかないのだ。

だが、防衛戦の勝利と時を同じくして、使者がたどりついた。江陵は陥ちておらず、劉道規は健在である。

劉裕は胸をなでおろした。これで、挟撃の策が使える。もっとも、こちらから攻めていくには、準備期間が必要になる。都の秩序を回復し、軍を再編成し、物資を調達し、正しい情報を収集し……。

「半年はほしいところですな」

劉穆之が言った。かれがそう言うときは、三、四ヵ月でできる。劉裕はさらに、水戦を見すえて大量の小舟や闘艦の建造を命じた。叛乱軍は多くの楼船を所有しているから、逆に機動力を重視しようと考えたのだ。

他方、叛乱軍は都の攻略をあきらめ、荊州に矛先を向けていた。都に流れる噂を事実に変えるつもりである。

徐道覆は都はすでに叛乱軍が占領したという噂をばらまいた。盧循は荊州に残る桓玄派の兵や民に、蜂起をそそのかしていた。

「劉裕にはかなわなかったが、それ以外の有象無象には勝てる。荊州に五斗米道の独立国を建てようぞ」

「戦で死ねば天界に行ける。勝って生き残れば、この世の天国を見られる。者ども、天師のために戦うのだ」

徐道覆と盧循は兵を励まして、江陵に攻めこんだ。

江陵を守る劉道規は、防戦に追われつつ、都と連絡を取ることに必死だった。兄が負けたとは思えないが、都から逃げてきたという民も大勢いて、何を信じてよいかわからない。また、配下の将軍のなかに、桓玄派と通じている者がいるとの密告もあった。実際に密書も見つかっている。しかし、密告は敵の策略で、密書は偽物かもしれない。

「ええい、面倒だ。北府出身の者だけで戦おう。出て行きたい者は出て行くがよい」

劉道規は部下を集めて告げたが、動く者はいない。

「みな、忠誠を誓うか」

大声で問うと、全員が勢いに呑まれてうなずいた。

「よし、それならいい」

劉道規は密書を焼き捨て、部下たちを信じる意思をあらわした。これによって人心の掌握に成功し、士気の高まった将兵は力を合わせて防戦に努めた。

秋になって、ようやく都からの使者がたどりついた。劉裕も建康も無事だという情報が得られて、一同は安堵した。

「よし、まもなく援軍が来る。逆襲の時は近いぞ」

劉道規の言葉に、将兵は歓呼で応える。

そのころ、建康では討伐軍派遣の準備が着々と進んでいた。劉裕はもちろん、自分で指揮をとるつもりだが、またしても劉毅が異を唱えた。

「おれに汚名を雪《すす》ぐ機会を与えてくれ。二度は負けないから。頼むよ」

いつになく低姿勢で懇願《こんがん》されて、劉裕は迷った。だが、これは負けるわけにはいかない戦いだ。

「いや、おれが行く。叛乱はここで根絶やしにしてしまわないといかん」

劉毅は暗い視線を向けて不満をあらわしたが、それ以上、主張はしなかった。その様子を見て、劉穆之がささやく。

「警戒しておいたほうがいいでしょうな。あの御仁は分不相応な野心を抱いているようです」

劉裕はそれほど危機感はおぼえておらず、軽く応じた。

「まあ、帰ってから考えよう」

冬がはじまるとともに、劉裕は五万の水軍をひきいて長江をさかのぼった。このとき、海に出て広州をめざす別働隊も出撃している。五斗米道の本拠地を叩いて、帰る場所をなくしてしまおうという戦略である。兵を分けるのは危険だ、とか、南方の海上には慣れていないから厳しい、という反対意見が出たが、劉裕は押し通した。

十二月になって、劉裕は叛乱軍の船団が雷池《らいち》という地で待ち受けているのを知った。

「敵は大軍です。軍船がどこまでも連なって、河面が見えないほどです」

斥候の報告を、劉裕は笑い飛ばした。

「長江も狭くなったものだな。数だけいても仕方がないということを見せてやろう」

叛乱軍は江陵攻めに何度も失敗して、兵を減らしている。すでに都に迫ったときの勢いはない。

劉裕は騎兵と歩兵を船から下ろし、長江の両岸に配置した。叛乱軍は広州の海や川で働く者が主体であり、陸戦には弱い。騎兵がいれば、こちらが少数であっても、圧倒できる。まず陸で主導権を握るのが今回の策である。

敵の船団が見えてくると、劉裕は小振りの闘艦群を前線に出した。二十人ほどが乗りこむ軍船で、矢を避けるための盾が備えつけてある。敵の攻撃をかいくぐって接近し、乗り移るための船だ。

「さあ、おれたちの強さを叛徒たちに見せつけてやろうぜ」

劉裕は余裕たっぷりに兵士たちに呼びかけて、太鼓を打ち鳴らさせた。

叛乱軍の船団も動き出す。大型船が多いため、鈍重な動きになるが、威圧感はすさまじい。まるでひとつの城市が迫ってくるようだ。

しかし、官軍の闘艦たちはひるまない。大型船に果敢に突っこみ、鼻先をかすめて通りすぎる。水面を滑るように移動して、船と船の間をすり抜ける。まるで牛を襲う蜂《はち》の群れのように、まとわりついては離れ、離れては近づく。まだ乗り移ろうとはせず、ただ敵をいらつかせ、混乱させることだけを目的としていた。敵船からは矢が放たれているが、ふところに入りこんでいるので、角度がなくて狙いがつけられない。

しだいに、叛乱軍の船列が乱れてきた。闘艦を追いかけて方向を変えようとする船が一隻出ると、前後左右の船がそれを避けなければならず、乱れは拡大していく。味方同士ぶつかる船が出始めた。船上には怒号があふれ、板の割ける音が混じる。漕ぎ手も舵取りも懸命に働いているが、大型の船はどうしても小回りがきかない。

しだいに風が強くなってきた。両軍の船は風の影響を受けて、岸のほうへ流されていく。

風下になる南岸の崖では、檀道済が弓隊に矢の準備を命じていた。

「ようし、獲物が近づいてきたぞ。向かい風だから、引きつけてから射ろよ」

弓兵が矢をつがえて待つ。檀道済が号令をかける。

鳥のはばたきに似た弦音が響きわたった。河面に影を映して、無数の矢が叛乱軍の船を襲う。

胸に矢を受けた兵士が、ぎゃっと叫んで河に落ちた。

二射目からは火矢である。黒い煙の尾を引いて、赤い矢が宙を駆ける。甲板や船体に咲いた赤い花は、たいていすぐに消えるが、咲き誇って広がるものもある。いったん燃え移った炎は、船体を舐めるように占領地を拡大していく。一隻を呑みこむと、炎は隣の船に遠征する。叛徒たちは河に飛びこんで逃れるしかない。

「いいぞ、どんどん燃やせ」

檀道済が哄笑しつつ、弓を引く。通常の二倍はあろうかという強弓だ。ぎりぎりと引きしぼり、ひょうと放つ。放たれた矢は弩もかくやという速度で飛んで、楼船の上の太鼓に突き立った。

次々と燃えあがる楼船が、河面を赤くいろどる。延焼を逃れた船には、闘艦から兵士たちが乗り移った。短槍や曲刀をふるって、叛徒たちを血祭りにあげていく。

叛乱軍が抵抗を試みたのは、わずかな間だけであった。後方の船が敵に背を向け、味方を見捨てて、戦場を離れようとする。盧循らが乗る指揮船もつづいた。劉裕はすかさず、全軍に追撃を命じる。

「ひとりも生かして帰すな」

陸上でも檀道済が叫んでいる。

「敵の本拠に先回りだ。急げ」

叛乱軍は尋陽に拠点をおいている。官軍は夜通し追撃をつづけ、そのままの勢いで、尋陽に攻めこんだ。

このとき、劉裕の船の旗が折れてしまった。不安そうに部下が進言する。

「凶兆です。撤退したほうがいいかもしれません」

「くだらぬ。桓玄と戦ったときも旗が折れたが、楽勝だったぞ」

劉裕はかまわずに総攻撃を命じた。大胆な作戦は実績に裏付けられている。劉裕に指揮されて、ひるむ兵はいない。勝利の確信を胸に、船を漕ぎ、馬を駆る。雄叫びをあげて、敵に襲いかかる。

一方の叛徒たちはすでに戦意を喪っていた。尋陽の守りはたやすく突破され、叛徒の群れは広州めざして落ちていった。

「ばかめ、もう帰る家はないわ」

劉裕はそこで満足し、本隊は建康にとって返した。

そのころすでに、別働隊によって広州は陥落していたのである。盧循と徐道覆はそれぞれ逃げながら戦ったが、追撃部隊の手にかかっていずれも敗死した。孫恩・盧循の乱と呼ばれる叛乱は、完全に潰えたのであった。

五章　粛清と北伐と

一

　義熙七年（西暦四一一年）、劉裕は都に腰を落ちつかせていた。妻を喪って、京口の屋敷で暮らしたいという気持ちがなくなっていたところ、劉穆之らに説得され、帰るのも面倒だからととどまっている。

　子供たちの教育にも、質のいい教師がそろっている都のほうがよかった。六歳になる長男は、すでに文字が読める。

「文字なんか読めなくても困らない。剣の腕さえあればな」

　日頃から放言している劉裕だったが、息子にはやはり教育を与えたいと思うのである。文字が読めないせいで苦労したとは思わないが、読めるにこしたことはない。もしかしたら、文官や詩人に向いているかもしれないではないか。

　やたらと反抗的な態度をとってくる劉毅は、武人のくせに読み書きができる。詩を詠んだり、芸術を語ったりもするという。そのおかげか、貴族の一部は劉毅に心を寄せている、と、劉穆之が憂《うれ》えていた。

「あの者はいずれ必ず叛きます。早いうちに処断したほうがよろしいかと」

繰り返し進言されているが、劉裕はのんびりと受け流している。劉毅が脅威になるとは思えないのだ。

「南燕遠征と叛乱の討伐で軍は疲弊しております。一年ほどは休養が必要でしょう。今、叛乱を起こされたら、苦戦を免れませんぞ」

脅されても、劉裕はびくともしない。

「あいつの部隊だって、疲れてるだろ。それに、予州の兵力では叛乱なぞ起こせない」

「桓玄派の残党がまだいます。協力されたら厄介でしょう」

「そうなったほうが、おもしろいかもな」

処置なし、といった表情で、劉穆之がため息をつく。劉穆之は戦の采配がわからないので、慎重に事を進めたがる傾向があった。おそらく、為政者の態度としては、それが正しい。劉裕のように、戦えば必ず勝つ、と考えて政治を進めてはならない。

先の盧循の乱では、蜀に逃れていた桓玄の一族が呼応して荊州に攻めこんできた。劉道規が撃退したが、荊州はもともと桓玄の本拠であったから、一歩まちがえば、奪われてしまったかもしれない。北府出身の劉裕たちにとって、荊州は難治の地である。

翌年の春、劉道規が病に倒れた。

「すまん、兄貴、荊州刺史はもう務まりそうにない」

使者を介して、そう伝えられると、劉裕の周りに緊張が走った。すぐに交代させなければならないが、はたして誰を当てればよいのか。

「劉毅を送りこむか」

劉裕が軽い口調で提案すると、群臣が血相を変えた。劉穆之が唾を飛ばす勢いで反論する。

「反対です。叛くに決まってます」

この能吏には珍しい、直截的《ちょくせつてき》な物言いであった。劉穆之はいったん言葉を切り、太い腹からずり落ちた帯の位置を戻した。唇を湿してから言い直す。

「飢えた虎を羊の群れに放つようなものです。弟君の苦労が水の泡《あわ》と消えてしまいますぞ。ご再考ください」

「叛かれて、困ることがあるか」

「な……」

絶句した劉穆之を尻目に、檀道済が援護にまわった。

「そうそう、叛いたら討伐すればいい。叛く前に処罰するのは気が引けるが、叛いたなら心おきなく叩きのめせるじゃないか」

「しかし、荊州には潜在的な敵対勢力がおりまして……」

「それもいっしょにつぶせばいい」

檀道済は自信たっぷりに言う。劉穆之はすぐに反論しかけたが、口をつぐんで考えをめぐらせた。劉裕や檀道済は単に戦いたいだけだろうが、内部の敵を叛乱に追いこんで滅ぼすという策略は古くからある。検討する余地はありそうだ。

「そろそろ軍も動かせるだろう」

劉裕はすっかりその気になっている。

「動かせますが、食糧や武具は湧いて出てくるわけではありません。今後、北伐を考えるなら、無駄遣いは避けたいところです」

「北伐に行くならなおさら、国内をまとめる必要があろう」

「……おっしゃるとおりです」

劉穆之は敗北を認めた。劉裕は学はないが、戦略の要諦《ようてい》は心得ている。最近は兵書を読みあげさせて学んでもいるのだ。

「まじめに刺史を務めるなら、北伐の先兵としてやってもよい。相手の実力を測るには、ちょうどよいであろう」

劉裕としては、劉毅は部下のひとりだと思っている。ただ、生意気な言動をされても、腹は立たなかった。無頼の徒をひきいているときも、そういう態度をとる手下はいた。口でしたがえ、と言っても、なかなかわからないものである。まともに相手にせず、力を見せていれば、いつか納得するものだ。納得できず、戦いを挑んでくるなら、それでもよい。地位があがるにつれて、劉裕は視野を広げ、力量をあげている。第一人者でありつづけることは、まだ負担になっていなかった。

客観的には、実力でも実績でも、劉毅は劉裕に遠く及ばない。劉毅の強みといえば、学があって、貴族受けがいいことだけだ。それを恃《たの》みに叛いて、桓玄派を味方につけたとしても、怖くはない。最終的に、劉穆之もこの案を認めた。

劉道規を予州刺史とし、代わって劉毅を荊州刺史とする。

その人事が伝えられると、劉毅は躍りあがって喜んだ。もっとも、この男は劉裕に感謝などはしない。

「あいつもようやく、おれの価値に気づいたか」

褒めてつかわす、と言いたげな劉毅である。都におもむいて勅書を受けとったかれは、皇帝に謁見し、先祖の墓参りをし、そのまま任地に向かおうとした。劉裕を無視しようとしたのである。

「けしからん。すぐに呼びつけよう」

檀道済が怒ったが、劉裕は鷹揚《おうよう》である。

「久しぶりだから、こちらから顔を見に行ってやろう」

都の郊外まで、劉裕は劉毅を見送りに出かけた。

「おお、わざわざ来たのか。殊勝《しゅしょう》なことだな」

劉毅はご機嫌で酒杯を傾けた。劉裕は白湯を飲んでいるのだが、気にせずに酒を飲みつづける。

「そうだ、久しぶりに双六でもやるか」

劉毅が言い出して、劉裕も応じた。

「いいぜ。ならば、おれは揚州刺史の位でも賭けようか」

劉毅が目の色を変えた。

「二言はないだろうな。じゃあ、おれは荊州刺史だ」

劉裕にしたがってきた劉穆之は眉をひそめ、檀道済はにやにやと笑っている。ほかの随伴者がはやしたてるなか、ふたりは骰子を手にとった。

この日の運は劉毅に味方していた。次々といい目が出て、劉毅は笑いがとまらない。酒も進んで、顔は真っ赤である。

「もうおれの勝ちはまちがいないぞ。どうする。謝れば許してやらんこともないぞ。それとも、約束どおり、揚州刺史の位を差し出すか」

「勝負は最後までわからんぞ」

劉裕は落ちついたものだ。賭け事は熱くなったほうが負けなのである。

「ほうら、また来たぞ」

劉毅はついに踊りはじめた。もう勝利は目前である。劉裕が逆転するには、骰子を三回振って、すべて六の目を出さなくてはならない。

「さすがにまずいですな」

劉穆之はそわそわと左右に視線を送りながらも、右手に持った餅《もち》をかじっている。檀道済は酒を甕から直接飲んでいる。

「まあ、見てろって」

劉裕は三個の骰子をまとめて振った。すぐに、二個が六を上にして止まった。あと一個はまだ回りつづけている。

「六、六、六出ろ」

叫んだのは檀道済である。劉毅は余裕と言葉を失って、骰子を見つめている。

視線を集めた骰子は、もったいぶるように回転を繰り返した末に、ようやく静止した。出目は六であった。

「逆転だ」

一瞬の静寂のあと、大歓声があがる。劉穆之はほっと息をついて残りの餅を口に入れ、檀道済は興奮のあまり甕を放り投げた。

劉裕は軽くこぶしを握って、喜びを表現した。この運の強さが劉裕だ。下手な細工をしなくとも、勝つべきときは勝つ。

「いんちきだ」

劉毅が怒鳴って、卓を蹴倒した。そのままずかずかと歩いて去って行く。

「あいつらしいな」

劉裕は苦笑して見送った。檀道済の嘲笑が、劉毅の背を叩いた。

二

荊州に赴任した劉毅は、人目をはばかることなく、独立に向けて動き出した。軍備を増強し、兵糧を買い集め、古くからの仲間を呼び寄せている。見かねた部下がおそるおそる進言した。

「あまり朝廷を刺激しないほうがいいのではありませんか」

「心配はいらぬ。劉裕はおれに遠慮しているのだ。実際に兵をあげないかぎり、咎められることはない。そして、そのときにはもう手遅れだ。都には、おれに味方する貴族が大勢いる」

劉毅はさすがに声をひそめた。

「たとえば、挙兵にあわせて、劉裕に毒を盛ることもできるのだ」

劉毅の陰謀を知ってか知らずか、都の劉裕は泰然とかまえている。その表情が一変したのは、劉毅が兗州《えんしゅう》刺史の劉藩《りゅうはん》を配置転換させたいと言ってきたときだった。劉藩は劉毅のいとこだから、荊州に呼び寄せて配下に入れたいという。

「頃合いだな」

劉裕は目を細めた。これ以上、放置しておくと、討伐が面倒になる。

劉穆之が勅書を餌にして、劉藩を都に呼んだ。劉毅に対しては、要求を承諾する文書を送付する。

劉裕はまず、求めに応じて現れた劉藩を捕らえて斬った。同時に、謝混ら劉毅に心を寄せる貴族も理由をつくって処刑する。

「よし、遠征の準備だ」

命じられた劉穆之が胸を張る。

「準備は終わっております。いつでも出発できます」

劉藩を呼んだ時点で、劉穆之は糧食を船に積みこむよう指示していた。劉毅が気づかないうちに先手を打つのが劉裕の意思である。そこまで察していたのだ。

「さすがだな」

劉裕は劉穆之を称揚して、船に乗りこんだ。劉毅が拠《よ》る江陵に向けて、五万の兵を乗せた船団が出発する。先鋒に任じられたのは、王鎮悪《おうちんあく》という大仰な名をもった将だ。

王鎮悪はこの年四十歳、体格にさしたる特徴はなく、容貌《ようぼう》も平凡で、冴えない中年男という印象である。剣や弓の腕がすぐれているわけではない。学問は備えているが、劉穆之のように才能あふれるほどではなかった。最大の長所は血統である、と称されている。王鎮悪は、前秦の苻堅に仕えて稀代の名宰相と讃えられた、かの王猛の孫なのであった。

東晋の文武の官で、王猛の名を知らぬ者はいないであろう。前秦に仕官する前から、その令名は鳴りひびいており、桓温はかれを配下に迎えたいと熱望してかなわなかった。漢人である王猛が、主君として氐族の苻堅を選んだことは、東晋の人々に衝撃を与えた。どうしてよりによって蛮族の王に仕えるのか。噂によれば、王猛は苻堅の人柄と理想に惚れこんだのだという。王猛を得た苻堅は前秦の勢力を広げ、華北を統一した。淝水の戦いで苻堅が敗れたのは、王猛の死後の出来事である。

王鎮悪は前秦が滅びたあと、荊州に移り住んでいた。推挙を受けて劉裕に仕えるようになったのは、南燕遠征のときである。

「王猛の孫なあ。戦になったら、祖父さんの名前は通用しないぞ」

あまりいい印象を抱かなかった劉裕だが、物は試しと、小さな部隊をひきいさせた。すると、意外に活躍して手柄を立てる。盧循の乱では、建康の防衛戦でも、長江をさかのぼった討伐戦でも、指揮ぶりが目立っていた。自身の武勇は大したことはないが、敵陣の弱点を見極めるのが得意で、兵をうまく使う。

こうなると、劉裕は引き立てるのが早い。将軍位を与えて、いきなり先鋒に抜擢したのである。

王鎮悪は感激して命令を受けた。劉裕が、王猛の孫としてではなく、ひとりの武将として見て評価してくれたことが嬉しかった。

「必ずや、功を立てて、閣下の御恩に報います」

「あまり気負うな。相手は劉毅だ。いつものようにやれば勝てる」

劉裕は本人以上に自信をもって送り出した。

王鎮悪は百隻の闘艦をひきいて江陵に向かったが、途中で船をおり、陸路で江陵に近づいた。江陵を官軍が攻める場合、通常は船で長江をさかのぼっていくことになるから、陸路の警戒はゆるいと考えたのである。

劉毅は実際には、陸路どころか、長江の警戒も怠っていた。いまだ劉藩が斬られたことも知らず、歓迎の宴を準備していた。挙兵するより早く、劉裕が討伐軍を派遣するとはまったく考えていなかったのだ。

それでも、郊外には見張りをおいた砦がある。軍列の接近に気づいた兵士が声をかけてきた。

「何者だ。軍が通るなど、聞いていないぞ」

「軍ではありません。江陵に赴任する劉藩様の行列ですよ」

「あ、それは失礼いたしました」

見張りの兵士はあわてて礼をして、軍列を見送ったが、途中で異状に気づいた。三千人もの兵が行軍しているし、劉藩らしき貴人の姿もない。

「やはり怪しい。劉毅様に知らせなければ」

見張りの兵士は馬に跳び乗って駆け出した。それを見て、王鎮悪も命じる。

「急げ、あの者を追うのだ」

数本の矢が放たれ、一本が馬の尻に突き立った。速度ががくんと落ちたが、馬は止まらない。追いつ追われつの末、見張りの兵士は追撃を振り切って、江陵の城市に駆けこんだ。

「門を閉めろ。敵襲だ」

叫んだが、門はすぐには閉まらなかった。敵とはどこのことか。誰の命令で閉めるのか。門を守る兵士たちは顔を見あわせるばかりである。ややあって、王鎮悪の軍勢が迫ってきた。そこでようやく鎖に手をかけたが、すでに遅かった。

「どけどけ、どかぬと命はないぞ」

雄叫びをあげながら、官軍の歩兵隊が突っこんでくる。

「官軍が裏切り者を討伐に来たぞ。抵抗する者は一味とみなして斬る」

王鎮悪が声を張りあげると、守備兵たちはとまどった。裏切り者とは、誰のことだろうか。いずれにしても、たまたま劉毅の軍に配属されただけの兵は、官軍を相手に戦う気にはならなかった。はっきりした命令も出なかったので、黙って見送ることになった。

王鎮悪は一隊を港に派して、船団に火をつけさせた。本隊は劉毅のいる内城に攻めこむ。こちらはさすがに門は閉じられており、守備兵も戦意は旺盛だった。官軍は、矢倉から射られる矢を盾で防ぎながら、壁を崩そうとする。

「謀叛者の劉毅を差し出せば、他の者の罪は問わない。降伏せよ」

王鎮悪は呼びかけたが、返ってきたのは矢だけであった。

「仕方ない。総攻撃だ。劉裕様がおいでになる前に片をつけるぞ」

官軍は杭で城壁を突き崩しにかかった。内城の城壁は、それほど堅固にはつくられていない。最初の一撃で、煉瓦《れんが》の一部が欠けてぼろぼろと崩れた。つづければ穴が開きそうだ。

日が暮れつつあるなか、港の方角に黒い煙があがっているのが確認できた。風がこちらに向いており、焦《こ》げくさいにおいが漂ってくる。船を焼くのに成功したようだ。実は、この段階でほぼ勝負はついていた。艦隊なくしては、劉毅は官軍の水軍に対して、なすすべがない。要害とはいえない江陵にこもったとしても、長くは保たないだろう。それでも、王鎮悪としては一気に劉毅の首を獲ってしまいたい。

杭が城壁を貫通した。勇敢な兵士が体当たりをしかけると、穴が広がって、兵士は中に転がりこんだ。すかさず、別の兵士がつづいて、敵の剣から仲間を救う。

「いいぞ。中に入った順に褒美をとらせる」

指揮官の言葉に励まされて、官軍の兵士は続々と内城に侵入した。守備兵とのあいだで、剣が打ちかわされ、金属音が鳴りひびく。

しかし、白兵戦は激しくはならなかった。劉毅の配下の兵も、もともとは北府軍にいた者が多い。剣をあわせても、知り合いだとわかると力が入らない。互いに降伏を呼びかけ合うどころか、戦闘の中心を離れて世間話をはじめる者もいる。

「あとひと息だ。気合いを入れろ」

王鎮悪が兵を鼓舞したとき、伝令がやってきた。

「城市に火が燃え移っております。いかがしましょう」

王鎮悪は眉をひそめた。すでにあたりは暗くなってきている。そのなかで、官軍の軍勢と、指示がなくて右往左往している江陵駐屯の軍勢、内城にこもる劉毅直属の部隊が入り乱れており、さらに火を消そうとする兵や民が走り回っていて、収拾がつかない。このままでは、同士討ちや事故で思わぬ被害が出そうだ。

「仕方ない。いったん城外に退け」

王鎮悪は命じた。劉毅は一度も姿を見せていない。もう逃亡したのかもしれない。そうでなくても、混乱を収めることはできまい。

官軍は城市を出て野営した。門は開いたままにして、交代で警備にあたる。城市の守備兵は消火に走り回っており、内城では混乱がつづいているようだ。王鎮悪は横になることなく、城内の様子を注視していた。

喧騒が収まったのは明け方であった。ひとりの将軍が官軍の陣を訪れて、降伏することを告げた。

「劉毅はどうした」

「行方が知れませぬ」

疲れ果てた将に同情しつつ、王鎮悪は江陵を接収して、劉裕に捷報《しょうほう》を送った。

まもなく、劉毅の死体が発見されたという報がもたらされた。劉毅は城を抜け出して逃げる途中、寺にかくまってもらおうとしたが、その寺はかつて桓玄に与《くみ》したとして、劉毅自身がさんざんに弾圧したところであった。けんもほろろに断られ、部下には捨てられて、絶望した劉毅は首をくくったのだった。

報告を受けた劉裕は、ふっと息をついた。

「あいつらしくない、あっけない終わり方だったな」

その死は、劉牢之の死を思い起こさせた。不義理を重ねたあげく、自死に追いこまれる。行状にふさわしい末路といえよう。

もっとも、関係はよくなかったが、劉毅は挙兵当時からの仲間である。せめて、最後は自分が相手をしてやるべきだったかもしれない。劉裕はそのつもりだったのだが、王鎮悪が予想以上にやってくれた。

劉裕は途中の城市に立ち寄り、民を慰撫しながら、ゆっくりと江陵に至った。民に姿を見せるのも重要だと、劉穆之に助言されていたのだ。

江陵はいわば叛乱分子の巣窟《そうくつ》である。暗殺を危惧《きぐ》する声もあったが、劉裕は気にせず、周辺の地域を安定させるため、しばらく滞在することにした。

三

義熙八年（西暦四一二年）冬、劉毅を討伐した劉裕は、ほぼ無傷の軍勢を、そのまま四川《しせん》地方つまり蜀の平定に向かわせた。

このころ、蜀には後蜀《こうしょく》と呼ばれる独立した政権が存在している。義熙元年（西暦四〇五年）に東晋から独立して建てられた漢人の国だ。当時、劉裕は桓玄を倒したばかりで、遠く四川のことにかまっている余裕はなかった。その後、義熙三年（西暦四〇七年）に一度、劉敬宣を総大将として遠征軍を派遣したが、撃退されている。かの地はもともと桓温が征服して東晋の版図に加えたところであり、桓氏の勢力がいまだに強い。東晋と敵対するかれらは、後秦の援助を受けていた。

蜀を平定すれば、その後の北伐に憂いがなくなる。荊州の争乱を防ぐ意味でも、上流を抑えることは重要である。本来なら劉裕自身が指揮をとりたいところだが、さすがに自重せざるをえなかった。蜀の地は都から遠すぎる。

それに、気になる噂があった。劉毅と同じく挙兵当時からの仲間である諸葛長民が謀叛を計画しているのだという。諸葛長民は気宇は壮大だが、思慮にはやや欠ける。

「あいつに謀叛を起こす度胸があるとは思えんな」

劉裕は噂を歯牙《しが》にもかけず、諸葛長民に都の留守を任せて出立してきている。その前には、病死した劉道規にかわる予州刺史の地位も与えていた。

ただ、問題なのは諸葛長民の素行であった。刺史になって調子に乗り、王侯のような贅沢三昧《ぜいたくざんまい》をしているという。美女に美食に美術にと、惜しげもなく金を使っているらしいが、その金の出所が怪しい。商人から賄賂《わいろ》をとったり、民に臨時の税を課したりしているという密告があった。

それが事実であれば、処断するべきだろう。劉裕は貴族が嫌いだし、貴族のような生活をしたがる奴も嫌いだ。民を搾取する輩を処断すれば、民は喜ぶ。劉裕に確たる政治理念はないが、弱き者に喜びを与えたいとは思う。叔母の影響かもしれない。

都で実質的に政治をおこなっているのは劉穆之である。かれは諸葛長民の監視役を兼ねている。その使者が報告にやってきた。

「諸葛長民は閣下の怒りを買ったのではないかと怖れています。自分も劉毅のように滅ぼされるかもしれない、と周りの者に語っていました。にもかかわらず、身を改める様子はありません。相変わらず、奢侈《しゃし》におぼれております」

ちなみに、劉穆之も食には金をかけるが、他の欲は薄い。貧乏なころから借金してでも食っていたので、成り上がったがゆえの美食でもない。劉穆之を笑う者はいても、非難する者はいないゆえんだ。

監視をつづけるよう、劉裕は命じた。同志をつづけて殺すのはさすがにためらわれる。外聞よりも、内心の問題だ。しかし、はっきりした理由があるなら容赦はできない。

そのころ、当の諸葛長民は劉穆之に相談していた。

「閣下はおれのことをどう思っているのだろう。粛清するつもりだとかいう、よからぬ噂が流れているので、心配しているのだ」

「何をおっしゃいますか。あなたに都を任せて遠征に出かけられている意味をお考えください。信頼の証拠ではありませんか」

諸葛長民はなるほど、と安堵したが、ひと晩たつと、また不安になった。劉裕の腹心たる劉穆之が本音で話すわけがない。劉裕はやはり粛清を考えているのではないか。

諸葛長民は不安を忘れようと、夜ごとに女を集めて宴会を開いたが、気は晴れなかった。その場は楽しくても、ひとりになると怖くて仕方がなくなる。劉裕がいるかぎり、恐怖は消えない。

諸葛長民は思いあまって、劉敬宣に手紙を書いた。

「今は劉裕が大手を振って歩いていますが、本来ならば、劉牢之様の息子であるあなたこそが、北府軍を束ね、朝廷を差配するべきであります。もし、現実を道理にあわせるおつもりなら、私は喜んで協力いたします」

劉裕を慕《した》っている劉敬宣は腹を立てたが、返事は丁寧にしたためた。

「劉裕様は父の仇を討ち、行くところのない私を取りたててくれた恩人です。その方をないがしろにして、自分が上に立とうとは露ほども思いません。申し出はありがたいですが、とても受け入れられません。聞かなかったことにしておきます」

そう書きながらも、劉敬宣は事の次第を劉穆之と劉裕に伝えた。このとき、諸葛長民の命運は決まった。

「許せんな」

劉裕は歯ぎしりした。この場に諸葛長民がいたら、電光石火、首を落としていただろう。みずから立つのではなく、血統を利用して劉敬宣を押したてようとした浅知恵が怒りを増幅させていた。まだ劉毅のほうがましであるように思えた。

「今から都に帰る。あいつを逃がすな」

劉穆之に命じて、劉裕は帰還の準備にとりかかった。処刑を命じればすむところ、自分の手で始末をつけたいのが武人たるゆえんである。

粛清の意図を諸葛長民に悟られてはならない。指示を受けた劉穆之は一計を案じた。劉裕の帰還の祝いをするよう諸葛長民に頼み、予定より早い日を伝える。

「ここで劉裕様の機嫌をとれば、あなたの評価もあがるでしょう。あの御方は酒は好まないので、料理のほうをとくによろしくお願いします」

「わかった。だが、料理は貴殿がくわしいだろう。相談にのってくれ」

諸葛長民は劉穆之の助言を聞きつつ、急いで宴の手配をはじめた。劉敬宣からの返事が胸を騒がせていたが、やるべきことがあったので、逃げるという発想が浮かばなかった。

そして、義熙九年（西暦四一三年）二月の予定の日になった。諸葛長民は港に行って劉裕を待ったが、船団は現れない。天候が悪くて、船が遅れているという。三日待っても、船団は着かなかったので、諸葛長民は迎えに出るのをやめた。

劉裕が小舟で港に乗りつけたのは、ちょうどその日である。

「何と、いつのまに帰っていらしたのだ」

諸葛長民はあわてふためいて、挨拶にやってきた。劉裕はいつもの調子で応対する。

「留守番ご苦労だったな。変わったことはないか」

「は、はい。閣下の威光のおかげをもちまして、万事問題なく進んでおります」

肌寒い日であったが、諸葛長民は顔の汗をぬぐった。

「そうか、江陵は安定するまでにまだ時間がかかりそうだ。貴族どもの動きはどうだ」

「はい。劉毅が討伐されてからというもの、閣下への取次を頼んでくる者が多く、いささかとまどっております。門閥貴族であっても、低きに流れるようで」

諸葛長民の報告を劉裕は微笑を浮かべながら聞いていた。どうやら怒っていないようだ、と諸葛長民が安心したとき、問いが発せられた。

「ところで、おまえの考えでは、おれより劉敬宣のほうが宰相にふさわしいのか」

ぎくりとして、諸葛長民は目を伏せた。

「い、いえ、そのようなことは決して……」

「じゃあ、これは何だ」

劉裕はふところから書簡を取り出した。劉敬宣に宛《あ》てたものだと悟って、諸葛長民はがたがたと震えだした。

「そ、そ、それは方便でして」

「言い訳はあの世でするんだな」

劉裕が指を鳴らすと、衝立《ついたて》の後ろに隠れていた兵士が飛び出した。抜き身の剣を振りかざして、諸葛長民に斬りかかる。諸葛長民は振り返ったところを、正面から顔を斬られて床に転がった。

血にまみれた恨めしげな死に顔が、劉裕を見上げていた。自業自得にはちがいないが、かつての同志であるから、気持ちのよいものではなかった。

当初の仲間が次々と世を去って行く。何無忌は戦死だが、劉毅と諸葛長民は自身で滅ぼさざるをえなかった。叔母も妻も劉裕をおいて先に行ってしまった。寂寥感《せきりょうかん》が胸に穴を開けている。

「おれはいったい、これだけの死に見合うだけのことができるのだろうか」

劉裕はつぶやいた。

人が死ぬのは当たり前だと思って、好きなように生きてきた。それを応援してくれる人も多かった。しかし、五十歳を超えると、来し方行く末を考えるようになってくる。人生の意味やなすべきことに対して、向き合わなければならないのかもしれない。

江陵で戦後処理をしているとき、檀道済が言った。

「もう皇帝になってしまってくださいよ」

「だから、面倒なのは嫌なんだ」

「そう言いますけど、今の状態のほうがよっぽど面倒ですよ」

実態と形式がちがうと、事務処理の負担は増える。劉裕が命令すれば軍は動くが、事前に根回ししたり、あとで勅令が出ていたことにしたりといった手間がかかる。また、皇帝なら、皇帝だぞ、ですむところが、劉裕は命令を聞かせるだけの実力をつねに示していなければならない。劉裕は事務には関わらないし、後者は負担だとはまったく思っていない。だが、部下たちに面倒をかけているのはまちがいないだろう。檀道済のような意見は少なくなかった。劉穆之なども、遠回しに催促してくる。

かれらの期待に応えることも、視野に入れる時期に来ている。口もきけぬ男を玉座につけておくのも、そろそろ限界であろう。そのような形式はもともと好まないのが劉裕である。

珍しく考えこんでいる劉裕を見やって、劉穆之が寄ってきた。誰が命じたか、諸葛長民の死体はすでに片付けられている。

「北伐をなさいませ」

劉穆之はささやいた。

「迷いも悩みもためらいも、北伐の成功はすべてを浄化します。この国において、北伐は宿願であり、北伐を願う心は宿痾《しゅくあ》です。かの劉備の蜀漢《しょっかん》がそうであったように。まことの都を奪還した者は、いかなる要求も通すことができるでしょう。至高の地位にも手が届きます」

「理屈はともかく、おまえは、おれが戦っていれば幸せだと思っているだろう」

劉裕は苦笑した。北伐は必ず成功させる。その意思はある。だが、ふと疑問に思った。あまりに北伐にこだわる国のありようは、不健康ではないのか。

「北伐、北伐と何度も繰り返されると、面倒になってくるな」

皮肉のかたちで疑問を呈《てい》すると、劉穆之が説明をはじめた。

「それは仕方のないことです。そもそも我が国の興りは……」

東晋は華北からの亡命王朝であり、門閥貴族をはじめとする亡命者の子孫は、戸籍が華北にある。江南はあくまで仮住まいだ。しかし、南に遷ってすでに百年近くが経って、世代は移り変わっている。そろそろ現実を受けとめるべきではないか。本当に北に帰りたい者は多くない。もし、劉裕が皇帝となって新しい王朝を建てたなら、しがらみを断ち切ることができるだろうか。

「士断《どだん》をおこなってはいかがでしょうか」

突然、割りこんできた者がいた。名を傅亮《ふりょう》といい、朝廷でもっとも文筆にすぐれているとの評判をとっている男だ。この年、四十歳になるが、雄偉な体格で、剛いひげをたくわえており、勇猛な将軍のような外見である。実際に前線に出て戦ったこともあるが、やはり得意なのは文章の起草だ。最初にかれを見出したのは桓玄であり、その後、孟昶、劉毅の配下にいたが、劉穆之の推挙で劉裕が中央で登用した。もちろん、劉裕には文章の良《よ》し悪《あ》しはわからないが、話を聞いていると才知は感じられる。

「士断ですか。それも一考に値するでしょう」

劉穆之も賛成のようだ。任せてくれれば、実行計画を立てるというが、劉裕はくわしい説明を求めた。

劉裕もそのひとりだが、先祖が華北から逃れてきた者は、現在の居住地とは別に、出身地の華北の戸籍を有している。土断というのは、その華北の戸籍を廃止して、領内の戸籍に一本化することである。同時に、貴族が農奴としている流民も戸籍に登録する。

華北の戸籍は白籍《はくせき》といって、税の一部免除などの様々な特権が与えられている。華北出身者と土着の豪族や民の間には、歴然とした差別があった。白籍を廃止するということは、すなわち特権を廃止するということだ。劉裕のような庶民には大した影響はないが、貴族にとっては大きな問題となる。

ゆえに、歴代の為政者はなかなか手をつけられなかった。桓温が小規模な土断をやったくらいである。

しかし、税収を増やし、行政の矛盾をなくして、政権を安定させるために、土断は避けては通れない。やらなければ、いつまでも仮住まいの亡命政権のままである。門閥貴族を掣肘《せいちゅう》することも、南北の民を融和させることもできない。

劉穆之は短い両手を広げた。

「大きな反発が予想されますから、慎重に進めなければなりません」

「反発があるのは効果があるからだろう」

劉裕はにやりと笑った。これが重要な政策であることを、直感的に理解している。そして、今こそやるべきだと思った。

「北伐が軍事の柱なら、土断は政治の柱です。二本の柱を支えとすれば、新しい秩序を打ち立てることも可能でしょう」

傅亮が朗々とした声で主張する。

ふたりの充実した表情をみて、劉裕は訊きたくなった。

「それはつまり、北伐と土断を成功させて、皇帝になれということか」

核心をついた問いに、ふたりの臣は顔を見あわせた。目で会話したあと、劉穆之が口を開く。

「我々はそれを望んでおります」

劉裕はいったん目を閉じて、すぐに開いた。

「おまえたちの気持ちはわかった。先のことはともかく、土断はぜひやろう。政治に関することで、おもしろいと思ったのははじめてだ」

「御意にございます」

声を弾ませて、傅亮が答えた。

四

一ヵ月ほどの準備期間を経て、土断の実行を皇帝と世に伝える上奏文が傅亮によって著された。普段、政治に関心をもたない劉裕が、この件については積極的に学んで、みずからの意思を政策に反映させた。その根本には、この国はおかしい、という思いがある。

「人間なんて、死ねばみな同じ、土くれになるだけだ。なのに、貴族に生まれただけで楽に生きていけるのは道理にあわない」

劉裕が挙兵を決意したとき、桓玄だけでなく貴族への反発が根底にあった。その気持ちは忘れていない。

もうひとつ、土断で重要なのは、公平に税を負担させて、朝廷の収入と兵士を増やすことである。財政が豊かになり、軍が増強されれば、北伐もやりやすくなる。というより、そうしなければ、北伐の成功はおぼつかない。

一方で、劉裕は現実主義である。理想めざして、脇目も振らずに前進するという性格ではない。

「一朝一夕に貴族を滅ぼすのは困難です。かれらの一部を味方につけて改革を進め、徐々に影響力を削いでいくべきと存じます」

劉穆之に言われるまでもなかった。民を搾取して栄華を誇るような輩は即座に誅するが、そうでない者については、劉裕はむしろ厚遇した。役に立つ者には利益を与える。それが原則である。

土断でも、例外をつくった。劉裕の一族と同郷の、徐州や青州《せいしゅう》から京口の付近に移住してきた者たちである。ともに貧しい時期を過ごして苦労を重ね、決起の際には中核となった仲間たちだ。かれらを優遇することについて、ためらいも罪悪感もなかった。

「少数の者の扱いを変えれば、嫉視《しっし》を招くかもしれませぬ。公平という観点からみても、問題がありますが……」

劉穆之がひかえめに異を唱え、傅亮も同調した。

「土断は例外なく進めなければ、効果が半減してしまいます。特権を与えれば、その者たちが新たな貴族層となりますぞ」

だが、劉裕は意思をつらぬいた。身内や仲間に恩恵を与えてこその権力ではないか。厚遇に慣れて調子に乗るようなら、諸葛長民のように処断すればよい。

土断を実行すると、予想どおり反発の声があがった。しかし、大きくはならなかった。国の乱れを正し、民を居住する土地に結びつけて、王朝の基礎を固める施策には、大義がある。

「反対する者は、国の安定を望まぬ者だ。そういう奴らに対して、おれは容赦しない」

劉裕の言葉が伝えられると、表立って文句を言う者はいなくなった。さらに、九月になって、蜀遠征軍が後蜀を征服したとの知らせが入ると、都は劉裕に対する喝采《かっさい》であふれた。だが、劉裕に抵抗する勢力がいなくなったわけではない。かれらが頼るのは、やはり荊州である。

劉毅の後任の荊州刺史には、皇族の司馬休之《しばきゅうし》が任命されていた。司馬休之は桓玄と対立して南燕に亡命していたことがある硬骨の士だ。年齢は五十歳を超えており、人材のいない皇族のなかでは唯一、行政と軍事の手腕を有していて、声望も高い。劉敬宣と親しいこともあって、劉裕に対しても協力的であったから、この人事に不思議はなかった。ただ、潜在的な競争者を都から遠ざける意味がある、と考える向きはあった。

しかし、劉裕と劉穆之には別の思惑があった。

「司馬休之さえ排除してしまえば、国内に敵はいなくなります」

劉穆之は言う。荊州に司馬休之を送りこめば、劉裕の敵はそこに集まる。集めて一掃する。劉毅を利用した策をもう一度、というわけだ。

司馬休之は劉毅よりはるかに人望があった。荊州の人心をまとめあげ、統治は円滑に進んでいるとの報告が来ている。ただし、劉毅とちがって、劉裕に敵対する意思はなさそうだ。それでも、決行するべきか。

「我らの目的のためには、旧勢力の旗印になりうる司馬休之は、今のうちにつぶしておくべきです」

劉穆之の主張を受けて、劉裕は珍しくためらった。将来はともかく、今、よけいな血を流すのは避けるべきではないか。しかし、火種を抱えたままで、洛陽や長安の奪還をめざす長期の北伐に出るのは危険だ。早めに処置すべきだという主張もわかる。

「後戻りはできぬな」

劉裕はつぶやいた。

勝ち得た権力を維持し、さらなる高みをめざすために、流血は不可避であろう。さんざん手を汚してきたのに、いまさらためらう自分の弱さを、劉裕は恥じた。

「やるなら徹底的にやろう」

司馬氏一族の誅滅まで、劉裕は視野に入れていた。しかし、理由もなしに動くわけにはいかない。

目をつけたのは、司馬文思《しばぶんし》という男である。司馬休之の息子だが、親に似ず、乱暴者として有名だった。地位を笠《かさ》に着て、法を無視し、民を害する悪行が、劉裕の耳にも入っている。

「あの一味を捕らえよ」

司馬文思とその仲間たちは世を乱した罪で捕縛され、仲間は即座に処刑された。司馬文思は荊州の父のもとへ送られた。父の朝廷に対する貢献に免じて、処置は任せるという意味である。

司馬休之は、ただちに息子の首を刎《は》ねるべきだった。しかし、劉裕の意図を察することができなかったかれは、息子の地位と身分をとりあげて庶人に落とすのみにとどめた。そして、劉裕に書簡を送る。

「御配慮に感謝いたします。私は責任をとって、刺史を辞任したいと思います」

しかし、劉裕はこれを聞き入れなかった。

「重罪人をかくまうとはもってのほか。叛意を隠しているにちがいない」

そう言って、司馬休之の身内を捕らえて処刑し、討伐軍の派遣を決定した。あらかじめ用意された筋書きのとおりである。出陣の用意を調えていた軍は、すぐに長江をさかのぼりはじめた。

「いったいどういうことだ。私にいかなる罪があるというのだ。これまで、劉裕を支持して協力してきたではないか」

司馬休之はうろたえた。部下の韓延之《かんえんし》が告げる。

「閣下の罪は皇族に生まれたことでしょう」

「そんな理不尽な話があるか」

司馬休之は悲鳴に近い声をあげた。

「簒奪を狙う輩はそういうものです。我々を滅ぼすことしか考えていませんから、謝ったところで無駄です。迎え撃つしかありません」

韓延之があまりに冷静なので、司馬休之は少し落ちついて坐り直した。

「しかし、相手はあの劉裕だぞ」

「劉裕とて生身の人間です。無敵ではないでしょう。とくに今回は大義のない、欲だけで起こした戦です。つけいる隙はあると思います」

韓延之は荊州の地方官として行政に携わり、軍をひきいてきた男だ。中年の域に達しているが、意気は盛んであった。

「これまで、私は朝廷にしたがって、桓玄とも、劉毅とも戦いました。ですが、今回は閣下のもとで、朝廷を敵に回して戦います。同じように考える漢《おとこ》も多いはず。雍州《ようしゅう》の魯宗之《ろそうし》もきっと味方してくれるでしょう」

「うむ、すぐに魯宗之に書簡を送ろう」

司馬休之は生色を取り戻した。魯宗之は襄陽《じょうよう》に拠点をおく独立勢力である。形式上は東晋から刺史の地位を得ているが、都から離れているために支配は受けてはいない。盧循の乱や劉毅討伐戦では、劉裕に援軍を送っていたが、それは盧循や劉毅が気に入らなかったからである。

「劉裕の非道を許してはならない。力を合わせて侵攻を食いとめようではないか」

司馬休之の申し出を魯宗之は快諾した。魯宗之には、司馬休之が滅ぼされたら、次は自分の番だという認識がある。独立を守るには戦うしかない。

さらに司馬休之は後秦と北魏《ほくぎ》にも援軍を求める使者を送った。両国を引き入れれば混乱するだろうが、知ったことではなかった。まずは生き残らなければならない。両国が援軍の派遣を承知すれば、官軍と互角以上に戦える。

かくして、またしても揚州と荊州の戦いがはじまったのである。

司馬休之と魯宗之が手を結んだという報告を聞いても、劉裕は動じなかった。

「手間がはぶけたな」

そう言って、呵々と笑っている。しかし、現実的な策略も同時に進めていた。荊州の各城市の太守や地方官に対して、官軍に味方するよう説得する使者を送っている。司馬休之を江陵に孤立させようという狙いだ。

劉裕は韓延之にも勧誘の手を伸ばした。これに対し、韓延之は手厳しい反論の書簡を送りつけた。

「いろいろと理由をつけていますが、ようするに司馬休之様が簒奪の妨げになるから、滅ぼしてしまおうというのでしょう。司馬休之様は皇族の身でありながら、主上に申し上げることがあれば、必ず閣下を通して、その権威を尊重し、意に服してまいりました。にもかかわらず、軍を向けるのはなぜか。閣下の卑しい心根は天下に明らかでございます。劉毅、諸葛長民につづいて、次は誰が殺されるか。もはや、心から閣下にしたがう者はおりません。ただ、恐怖のあまり唯々《いい》とするのみです。しかし、不肖私は怖れません。人としての道をまっとうするため、命を賭けて司馬休之様にお仕えする所存です」

書簡を読みあげる侍従の声が震えていた。真っ向から劉裕を批判する内容なので、怒り出すのではないかと思ったのだ。

しかし、劉裕は愉快そうに笑った。

「なかなか骨のある奴だ。男子たる者、こうでなくてはな。おまえたちも見習え」

配下の者に書簡を見せて、劉裕は器量を示したが、余裕は長くはつづかなかった。

先鋒隊が完敗を喫し、指揮官の徐逵之《じょきし》が戦死したのである。徐逵之は劉裕の娘婿で、将来を期待していた将軍だった。次の荊州刺史に内定しており、それゆえに先鋒部隊をひきいさせていた。劉裕にとって、これ以上はない痛手だ。

さらに、凶報はつづく。劉敬宣が治めている広固で叛乱が起こった。首謀者は劉敬宣の部下で司馬一族の男だという。劉敬宣は叛徒たちを説得しようとして殺されてしまった。叛徒たちはすぐに討たれたが、政権への打撃ははかりしれない。つづいて、都の建康でも蜂起する集団があり、鎮圧されたものの、治安は悪化する一方だ。

「まずいな」

劉裕は唇を嚙みしめた。

司馬休之の討伐に反対する動きが各地に波及している。劉裕の狙いを察して、皇室を守ろうとする運動の一環であろう。

個別に対応していては、この状況は打開できない。一刻も早く、司馬休之と魯宗之を倒さなければならない。劉裕は船団の先頭に指揮船を進めた。みずからばちをとって太鼓を打ち鳴らし、船を急がせる。

江陵に近づくと、断崖《だんがい》の上に司馬休之の陣が見えてきた。弓兵隊を並べて、高所から射下ろす作戦にちがいない。

一隊をひきいる檀道済が、指揮船にやってきて提案した。

「別行動をお許しください。離れたところに上陸し、背後からまわって、あの部隊を殲滅してまいります」

常の劉裕なら、その策を是としたであろう。しかし、このときはちがった。

「ならん。ここは正面突破だ。おれに任せろ」

「え、あ、ちょっとお待ちください」

あわてる檀道済を乗せたまま、劉裕は岸へと船団を向けた。

楼船の最上段に立ち、大剣を抜いて敵陣を見すえる。無数の矢が飛んでくるのを大剣で斬りとばして、雷喝を浴びせる。

「劉裕が成敗してやる。待っておれ」

総大将を矢の雨にさらすわけにはいかない。指揮船はすさまじい速度で進んで、岸近くにたどりついた。

劉裕は甲板に飛びおり、ついで小舟に飛び乗った。みずから櫂を手にして漕ぎ、一番乗りで上陸を果たす。直属の精鋭たちがあとにつづいた。

しかし、敵は崖の上に陣を張っている。矢を射る角度はなくなったが、崖を登らなければ攻撃はできない。

「あっちの小径から登れそうです」

指さす檀道済を無視して、劉裕は大剣を背負い直した。脇目も振らずに、切り立った崖をよじ登りはじめる。

「正気ですかい」

剛胆な檀道済もあっけにとられている。砂にまみれながら岩にとりついていく姿は、一国の事実上の支配者とは思えない。鹿《しか》でも登れないような急峻《きゅうしゅん》を、登りきれるのだろうか。一番上で攻撃を集中されたら、いくら劉裕でも防ぎきれないのではないか。

「おやめください」

叫んで、崖を駆けあがったのは、謝晦《しゃかい》である。名門たる謝氏の一族でありながら、劉裕の側近くに仕える男だ。政治力、調整力にすぐれ、土断の実行でも活躍した。今回の遠征には軍吏《ぐんり》として参加している。

前線で戦うことなどないひ弱な貴族が、劉裕のたくましい背中にしがみついたものだから、配下の者たちは仰天した。

「危険です。おりてください」

息も絶え絶えに、謝晦は訴えた。劉裕は怒髪天を衝いている。

「放せ、じゃまするると斬るぞ」

「放しません。閣下は天下のために必要な方です。私の命など惜しくありません」

劉裕が激しく身体を揺すっても、謝晦はしっかりとつかんで放さない。しばらくもがいていた劉裕も、ついに根負けした。

「下りるから放せ」

「下りてから放します」

劉裕は舌打ちした。放したら、登るつもりだったのだ。やむなく、謝晦を背負ったまま、滑るように下りた。ふたりとも息を切らしている。

では、代わりに先陣を切るのは誰か。周りの出方をうかがうような沈黙のあと、檀道済が手をあげた。

「じゃあ、おれが行きますよ」

檀道済は短槍を背負って崖に挑んだ。意外に器用に、するすると登っていく。配下の部隊があとにつづく。劉裕は一隊を小径に差しむけると、自分はこっそりと崖登りの部隊に加わった。

ややあって、謝晦が気づいたが、もう止めようとはしなかった。途中で騒ぐのは、劉裕がいることを敵に教えるようなものだ。兵士にまぎれれば、危険は多くはないだろう。

崖上の司馬休之軍は、遊弋《ゆうよく》する船団に矢を射かけながら、背後の小径に兵を送りこんでいた。崖下が騒がしいのには気づいていたが、本気で登ってくるとは思わず、陽動だと考えていた。

ひとりの兵が様子を見ようと、崖下をのぞきこんだ。その喉に、短槍が突き刺さる。返り血を避けようともせず、檀道済が躍りあがった。

「叛乱軍め、覚悟しやがれ」

その呼称は、司馬休之らにとって不本意なものであったろう。劉毅とちがって、望んで官軍と戦うわけではないのだ。しかし、そのような事情は檀道済には関係ない。ずんぐりした身体に似合わない、舞うような動きで短槍をあやつり、次々と敵兵を血の河に沈めていく。

精鋭たちが続々と崖を登りきって、戦線に加わった。官軍はたちまち橋頭堡《きょうとうほ》を築くと、攻勢に出て敵軍を圧倒しはじめた。

司馬休之軍の弓隊は、いきなり接近戦を挑まれて、逃げまどうばかりである。小径を警戒していた歩兵隊があわてて戻ってきたが、時すでに遅かった。

「待たせたな」

劉裕の大剣がぎらりと光った。齢《よわい》五十を超えても、均整のとれた長身と、切れのある動きは変わらない。全身から発する覇気は、若いころを上回っているようである。

大剣が死の弧を描いた。

首や腕が飛び、血の霧のなかに、三人の敵兵が転がる。伝説的な剛勇を目の当たりにした敵軍はいっせいに背を向けた。叫び声をあげ、武器を捨てて逃げ走る。

「逃がさんぞ」

劉裕は大股で三歩ほど追いかけたが、そこで大剣を下ろした。少し気が晴れていた。もう自分の役割は終わりだ。短槍をふるっている檀道済に命じる。

「あいつらを追って、江陵を陥《お》とせ」

「御意」

嬉しそうに返事をして、檀道済が駆け出す。

その日のうちに、江陵は官軍の手に落ちた。司馬休之と魯宗之は襄陽に逃れたが、劉裕はさらに軍を進めて追いつめる。

司馬休之はここで玉砕するつもりであったが、韓延之が引き止めた。

「命を無駄に捨ててはなりません。秦に逃れましょう。いつか、劉裕が慢心のあまり破滅したときに、戻って政権を取り返せばいいのです」

司馬休之はその言を是とし、魯宗之とともに後秦に亡命した。

劉裕は襄陽を版図に加え、揚々として帰途についたのであった。

土断の成功は、劉裕に自信と政治への興味を与えた。はじめて、自分の国をつくってみたいと思ったのだ。そして、司馬休之の討伐で、国内はほぼまとまった。帰りの船上で、劉裕は心を決めた。

「そろそろ、期待に応えてやるか」

面倒くさがりながらも、継母に叔母、上司に部下と、周りの要求と期待に応えてきたのが、劉裕の人生である。自分の意思や欲がないのではない。なんだかんだと渋《しぶ》ってみても、期待されてそれに応えるのが、純粋に愉《たの》しいのだ。

求められるなら、やってやろう。怖くはない。ためらいもない。成功するか、失敗するか、ふたつにひとつ。その賭けに、劉裕は勝ちつづけてきた。

建康に戻った劉裕は、劉穆之、傅亮、檀道済といった有力な臣下を集めて告げた。

「次は北伐だ。その先の玉座をめざして、おまえたちとともに歩みたい」

家臣たちの目が輝いた。その表情が、劉裕を昂揚させる。

「ありがたきお言葉にございます」

劉穆之がその太った身体で可能なかぎり、深く礼をする。

「待ってました」

檀道済が大声をあげて、傅亮にたしなめられた。主従の目的は、さすがにおおっぴらに言葉にはできない。

「私どもは心をひとつにして、閣下についていきます」

劉穆之が告げて、一同が拱手《きょうしゅ》する。劉裕は右手を高く掲げた。家臣たちの目には、突きあげられた大剣がはっきりと見えていた。

五

義熙一二年（西暦四一六年）八月、十万人近い兵士たちが、石頭城に集結していた。秋の陽光に槍戟をきらめかせて、順々に船に乗りこんでいく。整った軍列と息の合った行進、輝かしい兵士たちの表情が、士気の高さをしめしている。劉裕はその様子を城壁の上から見おろして満足げである。

「留守をしっかり頼むぞ」

声をかけた相手は、長男の劉義符《りゅうぎふ》である。この年、十一歳になっている。劉裕が十一歳のときは、すでに父を亡くしており、家族を養うために、畑を耕したり、草履を売ったりして働いていた。それを思うと、かなりひ弱である。学問にも武芸にも目をみはる才をしめしている、との報告は聞いているが、追従であろうと思う。少なくとも、劉裕には武芸の才は感じられない。だが、何と言ってもまだ子供であるから、これからの成長に期待してもよいであろう。

「はい、せいいっぱい努めます」

劉義符は答えたが、声は小さかった。劉裕は失望を隠して、三男の劉義隆《りゅうぎりゅう》に視線を移した。

「兄を支えてくれよ」

「仰せのとおりにいたします」

十歳の劉義隆は大人びた返事をした。これは口癖であるらしく、いつも同じ言葉が返ってくる。三男はすなおで学問好きのよい子、という評判であった。覇気が感じられない点が物足りないが、補佐役としてはそこが逆によいかもしれない。

次男の劉義真《りゅうぎしん》は、遠征に同行する。これは武将としての資質を認めたからではなく、順番に役目を割り振っただけである。三人の男子はそれぞれ異なる妾が産んだ子であり、長幼以外の序列はなかった。劉裕は息子たちにこれから、様々な経験を積ませたいと考えている。失敗してもいい。そこから学ぶことも多いだろう。

息子たちの背後には、腹心の劉穆之がたたずんでいる。その横幅は、子供ふたり分よりまだ広い。

「実務は任せる。後方のことは何も心配していないから」

「かしこまりました。兵糧輸送の計画は万全でございますが、油断はなされませんよう。本国で問題が起こりましたら、早馬を送りますので、居場所はつねに知らせておいてください」

「わかった。まあ、今度はさすがに叛乱もないだろう」

北伐は長丁場になる。兵糧は現地での調達も考えているが、どれだけ手に入るかはわからない。劉穆之は徐州回りと荊州回りのふたつの輸送路を確保していた。輸送する食糧じたいはもちろん、輸送する人員や荷車も手配している。遠征の進み具合によっては、さらなる手配が必要になるだろう。

前回、南燕を平らげた北伐では、劉裕は帰還せずに西へ向かうことも計画していた。盧循の乱が起こったため、実行はされなかったが、たとえそのとき敢行しても成功は危うかったと、主従は考えている。兵士たちは疲れており、国内にはまだ劉裕に抵抗する勢力が少なくなかった。

今回は事情が異なる。劉毅、諸葛長民、そして司馬休之を討伐し、後蜀を征服したことで、将来にわたって敵に回りそうな者はいなくなった。土断によって財政はうるおい、兵力は増強された。既得権益を廃止したことで、民の支持も受けている。

さらに、長安と洛陽を領する後秦は弱体化が進んでいた。盛期をもたらした二代皇帝、姚興が病に倒れたときから内訌《ないこう》が頻発し、国内は混乱している。国外でも、鮮卑族の北魏とは同盟関係にあるが、匈奴《きょうど》族の大夏《たいか》とは対立しており、侵攻を受けていた。そして、この年の二月に姚興が死ぬと、王朝の命運は風前の灯火《ともしび》となっている。

「ぐずぐずしていたら、北魏か夏《か》が秦を併呑《へいどん》するかもしれぬ。その前に、おれたちが中原を手に入れる」

勝利はまちがいない、と劉裕は計算していた。密偵からの情報どおりなら、自分が出る幕はないかもしれない。ただ、中原を得ても、維持できるかどうかは別の問題である。維持するには、都を洛陽か長安に遷す必要があろうが、劉裕自身も含めて、それを望んでいる者はほとんどいない。劉裕のふるさとは京口である。王氏や謝氏でさえ、中原に戻りたいとは思うまい。富裕な貴族ほど、気候が穏やかで食糧が豊かな江南にどっぷりとつかっている。

「こちらでは、例の件を進めておきます。よろしいですな」

劉裕は劉穆之を見やって、そっけなくうなずいた。儀式がつづくと聞いている。

「好きにしろ。それより、また太ったのではないか。たまには運動しないと、歩くこともできなくなるぞ」

「私のことなどどうでもいいのです。閣下の問題です」

劉穆之はふくよかな身体を揺すって言いつのった。劉裕は司馬休之を討伐したあと、宮中における様々な特権を得ていた。武器を帯びて入ってよい、名を呼び捨てにされないなど、いずれも、劉裕がもはやひとりの人臣ではなく、限りなく皇帝に近い位置にいることを示すものだ。

「前例がどうとか、説明されたって、おれにはわからん」

皇帝になる、と宣言しただけでなれるものではない。劉裕もそれくらいは理解している。うんざりするほど繁雑な宮中のしきたりを守っているのだ。しかし、無理を通すほどの力がなければ、王朝の交代などできないのではないか。

「桓玄は急ぎすぎました。悪例を繰り返してはなりません」

劉穆之が手本にしているのは、西晋の司馬炎や魏の曹丕、それから新《しん》の王莽《おうもう》である。かれらは禅譲というかたちをとって、新しい王朝を開いた。事実上は簒奪なのだが、位を譲ってもらったことになっている。時間をかけて一歩ずつ階梯《かいてい》をのぼり、形式を整えていくのだ。今回の北伐が成功すれば、その最終段階に進める。

「とりあえず、おれは目の前の戦に勝つ。そのあとのことは任せるから」

「わかりました。でも、閣下は面倒だとお思いでしょうが、私は楽しみでならないのです」

劉穆之はそう言って、穏やかな笑みを浮かべた。その表情が、なぜか劉裕の心に残った。


九月、東晋軍は徐州の彭城《ほうじょう》に入った。ここまでは領内で、西に向かえば、後秦の領土になる。先鋒を務める檀道済と王鎮悪が、出立前の挨拶に訪れた。

「次は洛陽で会いましょう。申し訳ございませんが、閣下に敵は残しませんぞ」

檀道済の大言は相変わらずだが、勢いだけで戦っていた若いころに比べると、多少は周りが見えるようになってきた。

「ひとりで突っこむなよ。それだけが心配だ」

「大丈夫です。さすがに敵国で無理はしませんよ」

檀道済の暴走を止めるのは、年長の王鎮悪の役割になる。ただ、名宰相の孫は、やや気負いすぎているように思われた。

「命に替えましても、蛮族を滅ぼしてまいります。中原を回復するまでは故地を踏むことはありません」

後秦は王猛が育てた前秦の後継ではなく、仇敵《きゅうてき》になる。祖父が宰相として治めていた中原は、王鎮悪にとって特別な意味があるだろう。人選を誤ったか、と劉裕は一瞬、不安になった。強い思いは諸刃《もろは》の剣《つるぎ》である。だが、いいほうに転じるように祈ろう。

「功を焦るな。行きづまったら、おれを待て」

「だから、出番はありませんって」

威風堂々と、先鋒隊は進発して行った。この部隊は河南《かなん》の平野を通って、まっすぐに洛陽をめざす。

劉裕の本隊は、運河をつたって黄河《こうが》に出て、そこから西へ向かう予定であった。大量の兵糧を輸送するため、船を用いるのだ。華北の異民族の国は、船が苦手で水軍をほとんどもたないから、水路は安全でもある。

またこのとき、劉裕は西回りの別働隊も動かしていた。長江と漢水《かんすい》をさかのぼって、南から長安の背後を攪乱《かくらん》する役割を与えている。広い中国を舞台に、三方から後秦を攻略する壮大な作戦だ。

　ところが、先鋒隊の快進撃は劉裕の予想を超えていた。次々と後秦の城市を傘下にいれ、わずか一ヵ月で洛陽を陥落せしめたのだ。

「おいおい、早すぎるだろう」

　劉裕は捷報を受けて苦笑した。本隊のほうは、先発隊が運河の改修に苦労しており、まだ彭城を出発していなかった。

「都の劉穆之に知らせてやれ。おれは用意ができしだい、洛陽に向かう」

　旧都たる洛陽を陥としたら何をすべきか、あらかじめ細かい指示が出ていた。皇族のひとりを派遣し、司馬氏の陵墓を修復して祭祀《さいし》をおこなわせる。劉裕は在地の漢族の古老と会って歓迎を受ける。都では、劉裕に九錫《きゅうしゃく》を与える請願がなされる。九錫とは皇帝にのみ許される九つの品物や特権を恩賞として与えることで、新の王莽がはじめた禅譲への最後の布石だ。魏の曹操や晋の司馬昭がこれを受けており、桓玄も九錫の下賜を経て即位している。

　劉裕の本隊は年が明けてから、彭城を出発した。先発隊が土砂をさらって広げた運河を通り、黄河に出る。長江とは色が異なる、もうひとつの大河だ。それははるか西、星の生まれる天上の海から流れ出て、中原を潤《うるお》している。ところによって河幅と流れの速さが大きく変わるため、長江に比べると航行には向かない。

「なるほど、扱いにくい河だな」

　劉裕は感想を述べた。黄河は暴れ竜である。太古の昔から、王たちは治水に頭を悩ませてきた。長江のほとりで生まれ育った劉裕は、黄河によい印象をもたなかった。

「それより、この寒さはちときついな」

普段はかない弱音も出てくる。この年は例年ほど寒くないらしいが、東晋軍にはつらかった。劉裕は水陸に分かれて先を急がせたが、ひとつ問題が生じた。

黄河より北は、北魏の領土である。今回の北伐の目的は後秦を征服して、洛陽と長安を奪還することであり、劉裕は北魏と事をかまえるつもりはない。そこで、北魏には中立を守ってもらうよう使者を送って交渉していたのだが、うまく進まないのだ。

北魏としては、国境の目の前を東晋軍が通って行くわけで、いつこちらに攻めてくるかわからない、という不安がある。後秦とは縁組みもなされており、同盟関係にあるから、危機を放っていくわけにもいかない。だが、北魏の皇帝は劉裕と矛を交えるのをためらっていた。進軍を食いとめるべき、あるいは素通りさせて背後を襲うべきという者もいれば、戦いは避けるべきという者もいて、家臣たちの意見も割れている。

北魏の皇帝は決断できなかった。

「とりあえず、軍を送って監視させよ」

中途半端な命令にしたがって、北魏軍は黄河の北岸に展開した。東晋の水軍は黄河をさかのぼり、歩兵隊は南岸を進む。難所では、岸に綱を渡して、陸から船を引っ張る。その行軍の様子を、北魏軍が見守っている。北岸に近づけば、いつでも攻撃できる態勢だ。

「一戦するのもやむをえないか」

劉裕は思いはじめていた。敵を前にして戦わないのは性に合わない。だが、こちらから仕掛けることはできなかった。遠征の目的はあくまで後秦だ。

急流にさしかかったときである。波にあおられて、何隻かの船が北岸に近づいた。まったくの偶然であったが、北魏軍はそうは考えなかった。ついに攻撃してきた、と、半ば恐慌におちいって、矢を乱射する。

被害は多くなかったが、劉裕は即断した。

「おれたちの力を見せてやれ」

一隊を北岸に上陸させ、水軍の援護のもとで北魏軍を攻撃させる。船から弩の矢を射こみ、軍列が乱れたところに、歩兵隊が突撃する。船との戦いに慣れない北魏軍はろくに戦わずに逃げ出した。

「追うな。戻れ」

将軍たちが口々に叫ぶ。追撃をかけようとしていた兵士たちがあわてて戻る。小競り合いでも力を見せれば、それで充分だ。

劉裕は改めて北魏に使者を送った。

「攻撃してくれば、ただではすまさないが、こちらから侵攻するつもりはない。黙って通してくれ。これは通行料だ」

贈り物の布帛《ふはく》が効いて、北魏の皇帝は要求を認めた。

東晋軍は行軍を再開して、洛陽に至った。

六

洛陽の荒廃ぶりは、劉裕の予想を超えていた。宮城も官衙《かんが》も崩れたままで、ひびわれた壁が何もない空間を区切っている。石畳のはがれた通りの左右に、屋根のない屋敷が並んでおり、そのなかに掘っ立て小屋がある。空には不気味な声で啼《な》く鳥が舞っており、地にはねずみが走り回っている。

洛陽は西晋の末期に略奪を受けて炎上してから、復興されるたびに破壊されてきた。そのうち、誰も建て直そうとしなくなった。

これなら、必死で守ろうとはしないのもうなずける。長安の攻略はより困難であろう。

同行していた謝晦がぽつりと言った。

「永遠に繁栄する都はありますまい」

「建康もか」

「玉座にすわる者が、目を閉じ、耳をふさいでいれば、そうなりましょう。おもねりやへつらいを忠とし、奸智《かんち》を信じれば、破滅の道を歩むことになります」

劉裕は苦笑した。

「まるで皇帝に説教しているみたいだな」

「そのつもりでおります」

小柄な謝晦は真摯《しんし》な瞳で劉裕を見上げた。

「まったく、どいつもこいつも気の早いことだ」

劉裕はつぶやいたが、嫌悪感は覚えていなかった。

先鋒隊の王鎮悪と檀道済はすでに洛陽を発《た》っていた。長安と洛陽を結ぶ街道は、潼関《どうかん》という難攻不落の関でふさがれている。かれらはそこで敵軍と対峙しているという。

その報告を聞いて、劉裕は声を荒らげた。

「おれの命令を軽んじたか」

ふたりの将には、洛陽で劉裕の到着を待つように命じていたのである。だが、本隊の行軍が予定より遅れていたため、待ちきれずに出発してしまったのだろう。

戦には勢いがある。勝ちつづけているのに待機しなければならないのはつらい。兵糧がもったいないし、敵には準備する時間を与えてしまう。勝手に進軍したふたりの気持ちはわからないでもなかった。劉裕でも同じ選択をするかもしれない。だが、命令を無視されるのは不快であった。せめて、早馬を飛ばして許可を求めればよかったのだ。

しかも、王鎮悪らは潼関を抜けずにいた。後秦の名将、姚紹《ようしょう》が前線に出て、守りを固めているためだ。

姚紹は後秦の創始者たる姚萇の異母弟にあたる老将だ。内紛の末に即位した三代皇帝、姚泓《ようこう》に忠誠を尽くし、沈み行く王朝を支えて奮闘している。匈奴の侵入も、後継者争いの内乱も姚紹が鎮めた。まさに八面六臂《はちめんろっぴ》の活躍であったが、それでも落日を止めることはできないだろう。

潼関を攻めあぐねる王鎮悪は、兵糧不足に直面すると、周囲の村や城市に人をやって支援を求めた。王猛の孫が漢族をひきいて、中原奪還の戦いをしている。その宣伝効果は絶大であり、必要なだけの兵糧がすぐに集まった。援助を受けて、王鎮悪は戦いつづけたが、潼関の守りは堅い。街道をふさぐようにそびえたつ関は、正面からの攻撃で突破できるものではなかった。ふたりの将は相談して、檀道済が一隊をひきいて背後に回ることに決めた。少数の部隊であれば、黄河を渡って北から関を迂回できる。

檀道済が出発してまもなく、劉裕が本隊をひきいて到着した。王鎮悪はあわてて迎えに来て、地べたにひざまずいた。

「このたびは誠に申し訳ございません。死してお詫《わ》びをするより他にないところではございますが……」

「くだらぬことを言うな」

劉裕は一喝した。

「おまえが謝っているのは命令違反か、負けたことか」

「まだ負けてはおりませぬ」

顔をあげた王鎮悪の目に、強い意思が見てとれる。劉裕はほう、と眉をあげた。

「檀道済が危険な任務を引き受けてくれました。この策で潼関を破ります」

「では、罰を与えるのは、その結果が出てからにしようか」

劉裕はこのとき、西回りの道をたどった別働隊にも、潼関を迂回して関中に侵入するよう指示を出している。ふたつの部隊に後方を攪乱されては、姚紹もたまらないだろう。敵の動揺をついて、総攻撃を仕掛ける。その準備を命じた。王鎮悪を罰して前線から外すと、純粋な戦力としても、士気の面からも痛い。処罰は決着がついてからだ。

檀道済は五千ほどの兵をひきいて黄河を南から北へ、ついで東から西へ渡って、潼関の迂回に成功した。途中、糧道の確保に兵を割いたため、麾下の兵は三千にまで減っている。

「さて、これだけの兵で何ができるかな」

檀道済はともに部隊をひきいてきた沈林子《しんりんし》に相談した。沈林子は桓玄打倒の戦いに一兵卒として参加し、武勲をあげて出世をつづけてきた歴戦の雄だ。

「長安と潼関を結ぶ輸送隊や伝令を襲ってはいかがでしょう」

「おお、それならできるな」

檀道済は打ち捨てられていた砦に陣取ると、後秦軍相手に山賊のまねごとをはじめた。輸送隊が現れれば攻めかかって兵糧を奪い、使者を拉致《らち》しては書簡を奪う。

檀道済は自分たちの存在を大いに主張したから、潼関の姚紹はすぐに気づいた。

「小癪な奴らめ。早めにつぶしておかないとまずいわい」

潼関から一万の後秦軍が、檀道済らを討ちに派遣された。潼関を監視していた檀道済は、相対的な大軍を前にして、戦おうとしなかった。小高い山に立つ砦に引っこんで、ひたすら守りをかためる。

「守りだからと、気を抜くなよ。おれたちが一日守るごとに、長安奪還が一日早まると考えろ。あの夢の都はすぐそこだぞ」

沈林子が兵を鼓舞した。

東晋軍は高低差を利用して矢の雨を降らせ、後秦軍を寄せつけない。なかでも、沈林子の早弓はまさに神業であった。矢筒から矢を取り、つがえて弦を引きしぼり、狙いを定めて放つ。一連の動作が一瞬もとぎれることなく、流れるようにつづいて、最後に敵兵の悲鳴が響く。まるでそれじたいが芸術作品のようであった。

多くの犠牲を出して、後秦軍は退却した。敗報を聞いて、姚紹は頭に血をのぼらせた。

「国家存亡のときであるぞ。もっと気合いを入れて戦え」

羌族の名将は、新たな策を講じた。

「北へ行って奴らの糧道を断て。檀道済は敵中に孤立しているんじゃ。いずれ消えてなくなるわ」

命を受けて、一隊が潼関を出発した。


西回りの別働隊は、沈田子《しんでんし》という将がひきいている。沈林子の兄であり、劉裕の軍に参加してから、兄弟でずっとともに戦ってきた。

「本隊は潼関で苦戦しているようだ。おれたちが頑張って、あいつらを楽にしてやろう」

沈田子は兵士たちを励ましたが、士気は高くなかった。山越え谷越えの難所つづきで脱落者が出て、一万人を数えていた部隊は、七千ほどになっている。それだけの数で、長安の近郊まで進出してきたのである。

この部隊に対しては、皇帝の姚泓が直接兵をひきいて迎撃に出てきた。姚泓としても、ここで負けたら後がないという必死の気持ちである。騎兵を中心とする三万の部隊が、皇帝にしたがっている。

「まともに戦ったらきついな。奇策で行くしかない」

劉裕のもとで戦ってきた沈田子は、その変幻自在の戦術をよく学んでいた。東晋軍は平野に布陣して敵を待ち受けた。しかし、後秦軍が近づいてくると、兵数の差に驚いたように、戦わずして逃げ出す。後秦軍は勢いに乗って追いかけた。

羌族の騎兵が大地を揺らして疾駆する。東晋軍は林に逃げこんだ。注意して見れば、数が少ないことに気づいたかもしれない。しかし、勝利を確信した後秦軍はひたすら突き進むだけだ。

「よし、そこだ」

沈田子のひきいる伏兵部隊が姿を現した。戟や槍をかまえて、後秦軍の側背を衝く。不意を打たれた後秦軍の列が、大きく彎曲《わんきょく》した。

沈田子が戟を伸ばして、馬の脚を引っかける。馬が転んで、乗り手を放り出した。思わぬ攻撃を受けて次々と馬が倒れ、乗り手が悲鳴をあげて宙を舞う。後秦軍はあわてふためいた。なかでも、指揮官たる姚泓がもっとも狼狽していた。何も言わずに馬首をめぐらし、長安まで一目散に逃げ走る。

東晋軍が逃げこんだ林にも罠が仕掛けてあった。木々の間に張りめぐらされた綱に行く手を阻まれ、樹上から矢で攻撃されて、後秦軍は叩き出された。

そのときにはもう皇帝の逃亡が知れわたって、士気は潰えている。先代の姚興が健在であれば、このような醜態はさらさなかっただろう。内紛を繰り返したことで、姚一族の求心力は地の底まで落ちていた。もともと、命を賭して戦うつもりはなかったのだ。兵士たちは秩序を失い、ばらばらに逃げ散っていった。

後秦軍はほとんど犠牲を出さなかったが、戦には敗北した。勝ちどきをあげた沈田子は、いったんは長安に向かおうとしたが、自重した。

「手柄を立てすぎるのもよくない。兵力も少ないことだから、味方を待とう」

そういう計算ができるのも、沈田子が生き残ってきた理由であった。


潼関の姚紹は、姚泓が無様《ぶざま》に敗走したと聞いて、狼のようなうなり声をあげた。顔色が憤怒《ふんぬ》の赤から、絶望の黒へと変わっていく。

「もう、秦は終わりかもしれぬ」

胸中でつぶやいた。長安が落とされたら、潼関を守っていても仕方がない。救いに行くべきか。だが、今、姚紹が潼関を離れたら、劉裕の本隊が殺到してくるだろう。そうなったら、いずれにしても支えきれない。潼関という堅塞《けんさい》があって、やっと劉裕を足止めできるのだ。

しかし、一縷《いちる》の望みがあった。強引に潼関を迂回した東晋軍の補給線は長く、そして細い。それを断ち切れば、関中に侵入した敵軍は立ち枯れる。

姚紹は北へ派遣した部隊からの報告を苛々《いらいら》としながら待った。そして、それは傷つき、疲れ果てたひとりの兵によってもたらされた。

「申し訳ございません。戦闘に敗れて、部隊は四散しました。私はせめて閣下に報告したくて……」

兵は最後まで言い終えることができなかった。

口を開こうとした姚紹が、急に胸を押さえて苦しみはじめたのである。膝が落ち、身体があとにつづく。

「いかがなされましたか」

左右から部下たちが駆けよって、助け起こそうとする。しかし、苦しげに閉じられた目が開かれることはなかった。怒りに顔をひきつらせたまま、姚紹は没した。

東晋軍から見て、潼関に異変が起こったことは明らかであった。見張りの数が減り、緊張感がなくなっている。昼夜を問わず、秩序のないざわめきが聞こえてくる。逃げ出す者が続出しているようだ。試しに攻撃をかけてみると、反応が鈍い。

「何かわからぬが、好機にはちがいない。総攻撃の準備をせよ」

劉裕が決断した。

「罠の怖れもありますが、よろしいですか」

王鎮悪が念のためと、確認する。

「そう見えるか」

問い返されて、王鎮悪は首を横に振った。

「ですが、閣下は本陣でお待ちになっていてください。敵に逆転の目があるとすれば、閣下を討ちとることだけです。流れ矢にでも当たってはいけません。頼りないこととは存じますが、どうか私にお任せください。必ず潼関を、そして長安を落としてまいります」

王鎮悪の瞳は真剣そのものであった。決して、手柄ほしさに言っているのではない。

劉裕の側にひかえていた謝晦も王鎮悪に助勢した。

「もし、閣下が前線に出られるなら、私はまたしがみつきますぞ」

「……それは御免だな」

劉裕は努力して自分を抑えた。いつまでも、そしてどの戦場でも前線に出られるわけではない。自分がいなくても、戦える軍でなければならない。劉裕は王鎮悪を見すえて命じた。

「挽回《ばんかい》の機会をやる。行ってこい」

「ありがたき幸せ」

王鎮悪は深く礼をして、陣頭に駆けていった。

その日、潼関は陥落し、東晋軍は関中になだれこんだ。一隊は渭水《いすい》を船で進み、一隊は陸を走って、まっすぐに長安をめざす。

七

義熙一三年（西暦四一七年）八月、東晋軍は長安の城壁を突破して、城市のなかに達していた。

「劉裕様のご命令であるぞ。決して民や家を傷つけるな」

声を張りあげながら、王鎮悪は街路をひた走っている。

潼関を陥落せしめてからは、後秦軍の抵抗は散発的で、脅威にはならなかった。姚紹の死が王朝の死に直結したようである。渭水をさかのぼった王鎮悪は、潼関での苦戦が嘘のように、勝利を重ねて長安に攻めかけたのだった。

いまだ数万の人口を擁するはずの長安は静まり返っていた。民は家に閉じこもって、恐怖に震えながらも、新たな支配者を品定めしようとしている。王鎮悪はそのように感じていた。劉裕は略奪と破壊を禁じている。今までの戦いと比べて、禁令は厳しかった。長安の奪還がもつ意味は、将兵ともに理解している。劉裕ひきいる軍は、異民族の支配からの解放者である。歓迎してもらわなければならない。

東晋軍は長安の宮城にたどりついた。城壁の周りを包囲して、降伏を呼びかける。

宮城では、皇帝の姚泓と息子の姚仏念《ようぶつねん》が激しく言い争っていた。

「これ以上、抵抗しても無意味だ。降伏しよう」

そう主張する姚泓に対し、姚仏念は最後まで戦うべきだと言う。

「降伏したって殺されるに決まってます。だったら戦って死んだほうがましです」

「そうとはかぎらんだろう。劉裕にだって慈悲はあるはずだ」

「今まで、あいつに逆らって生き残っている者がいますか」

姚泓は言葉を失った。そのような例は知らない。王鎮悪は、姚泓父子がおとなしく捕らえられれば、兵の命は奪わないと呼びかけている。すなわち、ふたりは処刑されるのではないか。

「さあ、残っている兵をまとめるのです」

姚仏念が声を高めた。しかし、姚泓は悲しげに目を伏せた。

「兵たちが命令にしたがって戦うと思うか」

今度は姚仏念が沈黙する番だった。先日、城壁に迫る東晋軍に対し、姚泓はみずから兵をひきいて迎撃しようとしたが、部隊を編成することすらままならなかった。兵たちが命令をきかないのだ。

「では、せめてみずから死を選んではいかがですか。皇帝たる者が虜囚の辱めを受けてよいものとは思えません」

息子の必死の訴えは、姚泓の耳に届かなかった。

「朕は降伏する。そなたは好きなようにしろ」

結局、姚泓は宮城の門を開いて、王鎮悪に身をゆだねた。姚仏念は楼台から身を投げて果てた。その後、姚泓は建康に送られて処刑されることになる。このとき、後秦に亡命していた司馬休之らは、脱出を果たして北魏に逃れた。

王鎮悪は宮城に入って、長安の城市を掌握した。後秦の皇族以外は捕らえず、羌族の高官は去るに任せた。漢族の官僚や民は、東晋の支配を歓迎して、忠誠を誓っている。王鎮悪は要所に兵士を配し、治安を維持して、劉裕を迎える準備を万全にした。

王鎮悪の戦後処理はほぼ完璧《かんぺき》に近いものだった。しかし、ゆっくりと行軍する劉裕のもとには、よからぬ噂が届いていた。王鎮悪の配下の軍が略奪をおこない、王鎮悪も皇帝の財産を横領しているという。

「くだらん」

劉裕は吐き捨てた。噂が真《しん》なら王鎮悪は許せぬし、偽《ぎ》ならそのような噂を流した者が許せない。王鎮悪は先日、命令違反を犯しているから、絶対の信頼はおけなかった。噂が正しいほうがまだ楽だ。ひとりを罰すればすむ。そうでない場合、そのような噂が蔓延する状況にあることが、たまらなく不愉快であった。

劉裕は王鎮悪の出迎えを受けて、檀道済や沈田子、沈林子の兄弟ら将軍たちとともに長安に入城した。民が街路の両側に並んで、万歳《ばんざい》をして出迎える。皇帝に対する礼だ。宮城に入り、案内されたのは姚泓が坐していた玉座であった。

「すわってもいいのか」

思わず訊ねていた。

「閣下のための座でございます」

謝晦が恭しく答えた。

そうか、とうなずいて、劉裕はどかりと腰を下ろした。竜をかたどった脇息《きょうそく》を握りしめる。冷ややかな感触が伝わってきたが、不快ではなかった。

「中原奪回の偉業、まことにおめでとうございます。家臣一同、御祝い申し上げます」

王鎮悪が口上を述べると、檀道済が豪快な笑い声をあげた。

「ついにたどりつきましたな」

「長い戦いだった、と言うべきなのだろうが、そうは思えんな」

それが劉裕の本心であった。あまりにもあっさりと後秦は滅びた。もう少し、手応えがほしいところであった。姚紹はよく戦ったが、それ以外の敵は不甲斐《ふがい》なかった。そのせいで、勝利の実感がわかない。いまだ戦いたりない。

「このまま、北魏に攻めこむか」

ふともらすと、笑声が響いた。将軍たちは冗談と受けとったようだった。ひとり、謝晦が真剣な面持ちで告げた。

「どうか目的を取り違えませぬように。なすべきことをなさいませ」

うるさい奴だ、と劉裕は思ったが、文句は言わなかった。劉穆之や謝晦が選んだ道を何も考えずに進むのはたしかに楽である。

感慨にふけっている暇はない。劉裕はまず、宝物庫を調査させた。王鎮悪は接収と同時に封印をほどこして、何人も立ち入れさせないよう手配したという。調査の結果、略奪の形跡はないことが判明した。劉裕は分配しやすい金銀を、遠征に参加した将兵に褒賞として与えた。

王鎮悪の疑惑は晴れたが、かれが将軍たちのなかで孤立しているように、劉裕は思った。宴の席ではひとりで黙々と飲んでいて、仲間と盛りあがることはなかった。狩りや博打などの遊興にも誘われていないようだ。一番の手柄を立てた者に対する嫉妬だろうか。だが、やたらと出自にこだわる王鎮悪にも原因がありそうである。とはいえ、劉裕が口を出す問題ではない。実際に何か事が起きるまでは、静観すべきだろう。

長安での劉裕は、さながら謝晦のあやつる人形であった。

「これより閣下には、帝王としてふるまっていただきます。すべては新しい王朝を開くための準備です。面倒なこととは存じますが、我慢なさってください」

劉裕の権力をもってすれば、嫌だ、と言えるはずであった。うるさい、と怒鳴りつけて終わりにできるはずであった。しかし、劉裕は諾々としてしたがった。謝晦の要求が、ぎりぎり許容できる範囲にとどまっていたからでもある。疲れたり飽きたりしたら、すかさず果物や肉が差し出された。皇帝の庭園で狩りが催された。ただ、それらはあくまで表面的な理由であった。劉裕は面倒な儀式を心から嫌がっているわけではなかった。目の前にある帝位をつかむために、多少の面倒は許容する気になっていた。

劉裕は漢の皇室の血を引いているとされ、系図が捏造《ねつぞう》された。

「おれは貧乏役人のせがれだぞ」

苦笑しつつも、偽の系図を受け入れた。

謝晦に連れられ、歴代皇帝の陵墓をめぐった。秦の始皇帝の宮殿跡も視察した。漢族の古老に会って、異民族を追い出すと誓った。祥瑞《しょうずい》の報告を受けて、褒美を与えた。行為の意味は理解していなかったが、最終的な目標だけは知っていたから、気にならなかった。

謝晦の演出する茶番にもつきあった。群臣を集めて、玉座から問いかける。

「洛陽に都を遷そうと思うが、おまえたちはどう思うか」

西晋の旧都たる洛陽は荒廃していて、とても快適に住める場所ではない。劉裕自身が遷都を否定していたではないか。困惑が広がるのを見やって、劉裕は内心でうなずいた。おれだって同じ思いだ。

謝晦が口を開いた。

「遷都は一大事業でございまして、たやすく決定し、実施できるものではありません。まして、今は長い遠征の途中でございます。建康に戻ったのち、ゆっくりと検討すべきでありましょう」

「それもそうだな。性急に事を進めるべきではない」

劉裕が応じると、群臣はほっと息をついた。謝晦によると、こうしたやりとりを記録に残すことが、劉裕が中原を重視している証拠になるのだという。実際には、寒いから早く帰りたい、と思っていたとしてもだ。

その日の終わりに、劉裕はひとりの仏僧の訪問を受けた。布教のために建康におもむきたいという。

仏教はここ百年のあいだ、華北で急速に勢力を広げている。前秦の苻堅や、後秦の姚興は熱心な仏教の守護者であった。姚興は西域から高名な仏僧、鳩摩羅什《くまらじゅう》を招いて、仏典の漢訳をおこなわせた。そのおかげで、仏教は一般の民にも受け入れられるようになってきた。

仏僧は言う。

「善行を積めば極楽に行けますが、悪行を重ねれば地獄に落とされます。人は仏の教えにしたがって、正しく生きなければなりません」

「……それならおれは、地獄行きだな」

笑う前に一瞬の沈黙があったことが、劉裕は自分で腹立たしい。仏僧は気づかずに語りつづける。

「心配はありません。閣下は多くの民に幸せをもたらしております。寺院を建て、僧を保護すれば、過去の悪行は消え去るでしょう。きっと極楽往生を遂げられることと思います」

劉裕は皮肉っぽく訊ねた。

「仏教を信じない善人はどうなるのだ」

僧はしばし迷ってから答えた。

「御仏は寛大です。そのような者もお救いになるでしょう。しかし、やはり仏道への帰依が善行の一歩です。信じる者は救われます」

「だとしたら、楽だろうな」

劉裕はつぶやいた。仏教の教えは劉裕の心をとらえなかった。

「布教は好きにするがよい。害にならなければ、止めはしない」

僧に告げたあと、劉裕は謝晦に問いかけた。

「おれはいつ帰れるのだ」

謝晦は主君を見上げて少し迷った。

「そうですな、新年を祝う儀式はこちらで執り行いたいと存じますゆえ、そのあとになるかと」

「まだ長いな」

劉裕はため息をついた。

しかし、長く待つことはなかった。十一月の終わり、建康から急報を受けて、劉裕は顔色を変えた。

「それは真《まこと》か……」

劉穆之が死去したという知らせであった。享年五十八である。体調がよくないとは聞いていたが、それは太りすぎのせいで、死ぬような病ではないと思いこんでいた。

劉穆之は当代一の能吏であった。優秀な官僚の倍の早さで仕事をこなし、しかも判断は的確だった。何人もの話を同時に聞いて答えを出し、さらに目では別の書簡を読むことができた。補給の計画を立て、実行させることにおいて、際だった手腕を有していた。かれと比肩しうるのは、劉《りゅう》邦《ほう》の覇業を支えた蕭《しょう》何《か》くらいであろう。

劉穆之が後方にひかえているからこそ、劉裕は長い遠征に出ていられたのだ。劉穆之なくして、建康の政治がどうなるか、糧食はいつまで保つのか。不安が雷雲のごとく湧きたってくる。

「帰るぞ」

劉裕は決意し、撤兵の準備を命じた。謝晦も反対しなかった。

六章　剣と生きた皇帝

一

匈奴族の大夏は、赫連勃勃《かくれんぼつぼつ》という男が後秦から独立して、北の高原地帯に興した国である。都は建てているが、騎馬集団をひきいて移動しながら生活しており、その神出鬼没ぶりが周辺諸国を悩ませている。

赫連勃勃は秀麗な容貌と文武の才を後秦の姚興に高く評価され、側近として仕えていた。しかし、後秦が宿敵の北魏と同盟を結んだことに怒って離脱し、みずから国をつくった。これが二十七歳のときである。それから十年、剽悍《ひょうかん》な騎馬隊と赫連勃勃の才智《さいち》によって、大夏は勢力を広げている。

劉裕の北伐に際して、大夏では後秦に味方すべきという論が出ていた。

「このままでは秦は滅亡するでしょう。そうなったら、あの劉裕と戦わなければなりません。弱いほうを援助して戦いを長引かせ、共倒れを狙うべきではありませんか」

賢《さか》しらな進言を、赫連勃勃は冷笑して捨てた。

「劉裕の北伐は簒奪のための戦いだ。あの男は中原を支配しようなどとは思っていない。秦を滅ぼしたら、さっさと帰るだろう。そのあとで、おれたちは主のいなくなった長安をいただけばよい」

「しかし、そういうことなら、宝物はすべて持ち去られてしまうのではありませんか」

「心配は無用だ。漢族の奴らはとかく表面を飾るからな。略奪とみられるようなまねはできない。長安は宝の山だ」

赫連勃勃は劉裕の意図を正確につかんでいたのである。最強の騎馬軍団が舌なめずりして、出撃の日を待っている。そのことを、劉裕は知らない。


劉裕の帰還が明かされると、長安の民は一様に不満と不安をあらわした。かれらは劉裕が長安にとどまって、漢族の統一王朝を打ち立ててくれるものと思っていたのである。どうか見捨てないでくれ、と涙を流す民を納得させなければならない。

「我々は朝廷の命令にしたがって行動しているものです。勝手なことはできません」

謝晦の言い訳を聞いて、劉裕は内心で苦笑した。都合のいいときだけ、朝廷を持ち出すのである。これから、その朝廷を滅ぼそうというのに。

長安には、劉裕の次男の劉義真が雍州刺史として残ることになった。実戦部隊の指揮官としては王鎮悪と沈田子が、政治をつかさどる長史としては王脩《おうしゅう》が、十一歳の劉義真を補佐する。王脩は長安出身の文官である。実戦部隊の数は五万を超えており、劉裕としては、質量ともに充分な戦力を残しておいたつもりであった。

劉裕が長安を発ったのは、義熙一三年の十二月である。大夏の騎馬隊が攻めこんできたとの急報がもたらされたのは、それからまもなくのことだった。

王鎮悪と沈田子は、このことを劉裕には伝えなかった。自分たちで充分に対処できるはずであったし、それを求められてもいたからだ。いまさら、劉裕を呼び戻すわけにはいかない。

しかし、誰がどこでどのように迎撃するかについて、ふたりの意見は一致しなかった。沈田子は渭水まで引きつけて戦う策を主張し、王鎮悪はもっと北で守りたいという。匈奴の騎馬隊の剽悍さは知れわたっているので、双方ともに、自分が最初には戦いたくない。もともと、ふたりの仲はよくなかった。沈田子は自分たち兄弟のおかげで後秦征服がなったのに、手柄を王鎮悪に独り占めされたと考えている。

長安の城市には、王鎮悪の悪評が広がっていた。

「王鎮悪に留守を任せれば、劉義真を殺して、長安をのっとるかもしれん」

沈田子は噂をもとにそう主張し、長史の王脩に相談した。しかし、王脩は首をかしげただけだった。

「さすがにそれはなかろう。和を乱すのは感心せぬぞ」

沈田子は無言で引き下がったが、納得したのではない。王脩も王鎮悪と同じく北の出身であるから信用できない。ふたりは組んでいるかもしれないと思った。

口論しているあいだにも、大夏軍は近づいてくる。結局、格下で年少の沈田子が邀撃《ようげき》に向かうことになった。

大夏軍は騎兵二万、対する沈田子も同数の兵力を与えられていたが、すべて歩兵である。平地で迎え撃つのは無理があるし、城市や砦にこもっても、素通りされるだけだ。沈田子は谷間の難所に陣地を築き、高所に弓隊を配置して、騎馬隊を待ち受けようとした。しかし、柵や壕をつくるのが間に合わず、弓矢で多少の損害を与えただけで、やすやすと突破されてしまう。大夏軍はそのまま、沈田子が本陣とする砦に攻めかかった。

「至急、援軍を乞《こ》う。砦の内と外で挟み撃ちにしよう」

沈田子は長安に早馬を送ったが、王鎮悪は、長安の守備隊がいなくなると言って、兵を出そうとしなかった。逆に、自分たちが砦を出て戦えと命じる。その返事が届いたときには、大夏軍は砦の攻略をあきらめ、別の城市の略奪に向かっていた。

「あの野郎、許せん。敵は匈奴ではなくて王鎮悪だ」

沈田子は長安に残っている仲間に指令を送った。

一方の王鎮悪は、領内を荒らし回る大夏軍に対応するため、出撃を余儀なくされていた。

「沈田子の臆病者がまともに戦おうとしないからだ。いつもおれが苦労することになる。長安の守りは大丈夫だろうか」

王鎮悪はぶつぶつと文句を言いながら、長安を出て北へ向かった。その野営地でのことである。

「劉裕様より急使です」

使者に告げられて、王鎮悪は飛び起きた。劉裕に不手際を知られてしまったのか。先日の命令違反は功によって不問となったが、今回は罰せられるかもしれない。大夏を撃退してから報告するつもりだったのだが……。

天幕を出ると、使者がひざまずいて書簡を差し出している。

「こちらが書簡になります」

「早くよこせ」

王鎮悪は使者から書簡を受けとろうと手を伸ばした。使者がつんのめるようにして、身体をぶつけてくる。

次の瞬間、王鎮悪の胸に、短剣が深々と突き刺さっていた。

「な……」

使者が短剣を引き抜く。血が滝のように溢れ出て、王鎮悪は膝をついた。使者をにらむ目から、光が薄れていく。口は開いていたが、言葉は出てこない。

名宰相の孫は味方の手にかかって没した。四十六歳であった。

崩れおちた王鎮悪の屍体を蹴飛《けと》ばして、使者は叫んだ。

「王鎮悪が叛いたぞ。討て、討つのだ」

その日、混乱のなかで、王鎮悪の一族は沈田子の手の者によって皆殺しにされた。大夏の赫連勃勃に宛てたとされる書簡が見つかって、謀叛の証拠とされた。東晋軍はばらばらになって長安に帰還した。

長安では、ひと足早く帰ってきた沈田子が軍の掌握に躍起になっていた。

「王鎮悪は匈奴の支援を受けて独立しようとしていたのだ。せっかく取り返した長安を、再び蛮族の手に渡してはならん。団結して守り抜こうぞ」

兵士たちは不安に満ちたささやきをかわしあった。上層部で内紛が生じているのはまちがいない。しかし、将軍たちをまとめるべき劉義真は、右も左もわからない少年である。このような状態で精強な大夏軍と戦えるのか。

長史の王脩は凍《い》てついた視線を沈田子に送っていた。

「王将軍を殺した男に、実権を握られてなるものか」

王脩は一族の者に武装させて、宮城の門で沈田子を待ち受けた。門から沈田子が出てきたところを狙って、いっせいに矢を射させる。

「何者だ」

沈田子は殺気を感じて身構え、剣に手をかけた。しかし、殺到する矢に対しては、なすすべがなかった。全身に矢を受けて、沈田子は倒れた。しばらくもがいていたが、やがて動かなくなる。享年三十六であった。

将軍を相次いで失って、劉義真は恐慌におちいった。

「早く父上に連絡してくれ。私も建康に帰りたい。許可をもらうのだ」

その劉義真に注進した者がいる。

「すべての黒幕は王脩です。かの者こそ、匈奴に通じて長安を我が物にせんとしているのです。生き残っていることが、何よりの証拠ではありませんか」

劉義真はその讒言《ざんげん》を信じた。

「王脩を殺せ」

命令はただちに実行された。こうして、劉義真の補佐役は、劉裕が去って二ヵ月と経たないうちに、ひとりもいなくなってしまったのだった。

二

義熙一四年（西暦四一八年）一月、劉裕は彭城に帰り着いた。いい知らせと悪い知らせが待っていた。

いい知らせは、都の建康が劉穆之亡きあとも秩序を保っているということであった。後任の徐《じょ》羨之《せんし》が想像以上に働いてくれたおかげだ。徐羨之は権門の出身ではなく、才気走ったところもないが、よく気が利くのと謙虚な性格を劉穆之に評価され、その下で働いていた。劉裕もかれの堅実な仕事ぶりが気に入っていたので、今回、抜擢したのである。

悪い知らせはもちろん、長安の内紛だ。連綿と届く報告で、一連の事件が明らかになると、劉裕は怒りを通りこしてあきれてしまった。

「あいつらはみな、実力も実績もある者たちだ。それがどうしてまた、こんなことに……」

「それほど、人の心は弱いものです。かれらは、閣下の目と声のとどくところでのみ、輝ける人材であったのでしょう」

謝晦がまとめたが、言葉を発する前には、しばらく自失の間があった。

「情けないかぎりだが、過ぎたことを悔やんでも仕方ない」

劉裕は自分に言い聞かせた。気を取り直して、顔をあげる。

「匈奴は強敵のようだな。長安を守るには、おれが戻らねばなるまい」

「閣下、ご承知のこととは思いますが……」

口をはさもうとした謝晦を、劉裕は片手で制した。

「わかっている。それはなすべきことではない。しかし、このままだと、長安が再び奪われるのはまちがいないだろう。計画を進めてもいいのか」

大夏の軍と戦ってみたいのが本心だが、それはかなわぬ夢であろう。いま、中原にとって返せる状況ではない。親政に必要な兵力も兵糧も、そして劉裕の時間もなかった。

「ええ、支障ありません。予定どおり進めたいと思います」

だが主従は話し合って、ひとつだけ変更することにした。劉裕たちは、彭城にとどまって、新しい王朝樹立の準備を進める。

建康の治安が維持できているなら、少し離れたところにいるほうが、じゃまが入らなくてよいし、式典の負担も少なくなる。また、劉裕が徐州にいれば、北方へのにらみもきかせられる。

長安の劉義真に対しては、建康から援軍を派遣するよう定めた。長安を守るためではなく、劉義真を無事に連れ帰るための援軍だ。

「匈奴のために掃除をしてやったようなものではないか」

考えると苛々してくるので、劉裕は中原の情勢についてはなるべく考えないようにした。それはすなわち、新王朝について考えることにつながる。

「おれが皇帝ねえ」

承知はしたものの、どう想像しても身の丈にあわない。漢の劉邦や蜀漢の劉備は成り上がりの皇帝らしいが、文字も読めないのは自分だけであろう。この国で一番強いのはおれだ、という自負はあるが、それが帝位につながる例は稀《まれ》ではないのか。

「要は、晋の命脈はすでに尽きているのです。それを私たちは無理に生き長らえさせようとして、矛盾を生んできました。この機会に、最大の実力者である閣下が即位なさることは自然の流れでして、天命に逆らうものではありません」

謝晦はそう言うが、反対の声は少なくないはずだ。ただ、彭城には劉裕を批判する者はいない。劉裕に雑音を聞かせないことも、彭城で事を進める理由のひとつであろう。

六月、劉裕は宋公《そうこう》へと爵位を進めた。これで、東晋のなかに、彭城や下邳などの十郡を領地とする宋《そう》という国ができた。謝晦や傅亮らが宋国の官僚に任じられた。劉裕派の貴族たちが建康から彭城に移ってきた。

「まだ貴族がお嫌いですか」

謝晦に問われて、劉裕は即答した。

「嫌いだ」

「それを聞いて安心しました」

謝晦が微笑する。劉裕はあえて理由を訊ねない。訊ねなくても説明するに決まっている。かれらのやり口にはもうすっかり慣れていた。

「嫌っていながら、味方となる貴族は受け入れる。そのことは、閣下が現実を見すえている証左でありましょう。たとえ新しい王朝でも、貴族を無視した国造りは困難きわまります。貴族も軍隊も庶民も、国にとって重要なのですから、各方面への配慮が必要になります。閣下にはそれがおできになるということです」

謝晦は貴族の代弁者である。その点で、在りし日の劉穆之とは対立していた。徐羨之が劉穆之の席を継ぐことになるのだが、今は建康にいるため、彭城では貴族勢力の巻き返しが図られていた。貴族を完全に敵に回すと、面倒なことになる。十年以上、事実上の支配者として君臨してきた劉裕はそれを理解していた。一方で、自分の存在が、武力だけで登りつめたその軌跡が、貴族に対する牽制《けんせい》となることもわかっている。劉裕の王朝では、貴族が権力を独占することはない。

政治的な駆け引きはともかくとして、貴族が増えて、彭城は華やかになった。庭園が整備され、酒宴が頻繁に開かれた。劉裕は自分でも意外なことに、漢詩が気に入るようになってきた。韻を踏んだ詩文が、耳に心地よいのだ。

「おれも詠んでみようか」

たわむれにそう言い出すこともあった。とはいえ、韻の規則も知らず、語彙《ごい》と教養に欠ける劉裕に、本格的な詩は詠めない。そういうときは謝晦が代作した。

風流の世界をのぞいた劉裕であったが、本質は変わらない。十月になって、長安から撤退する途中の劉義真が大夏軍に襲われ、大敗を喫したという凶報がもたらされた。宝物はすべて奪われ、劉義真は生死がわからないという。

「すぐに遠征の準備をしろ」

劉裕は思わず叫んでいた。

「……心中、お察し申し上げます」

謝晦の冷静な口調が、熱くなった心に水を差した。それでもなお、怒りは解けず、みずからのこぶしをてのひらに叩きつける。

「息子を救いに行くこともままならぬのか」

「今から準備をすると、三ヵ月はかかります」

明らかに過大な見積もりであったが、遠征するような状況にないことはたしかだ。即位の件は別にしても、劉義真の救援におもむくのは無理だ。逃げのびるにしろ、そうでないにしろ、すでに結果は出ているであろう。

「閣下のご子息ですから、きっと生きてお帰りになります」

謝晦が口にしたのは、決してなぐさめではなく、むしろ願望に近い。長安の失陥はやむをえないとしても、息子まで犠牲にしては、劉裕の印象が悪くなる。反対派が勢いづくかもしれない。

しばらくして、劉義真を無事に発見したとの報告があった。劉義真は涙に目を腫《は》らして、彭城までたどりついた。

「父上、申し訳ございません」

「……よく帰ってきたな」

喜びと失望が入りまじって、劉裕のかけた声はそっけなくなった。

新しい王朝をつくれば、帝位は息子に受け継がれることになる。長男の劉義符も次男の劉義真も線が細くて頼りない。自分が生きているうちに、盤石の体制を築けるだろうか。自問して、劉裕はかつてない不安に襲われた。自分の手の届かない死後のことなど心配しても仕方がない。そう考えても、不安は募るばかりだ。ままならないどころではない。死んでしまえば、心配することも、援軍を送ることもできなくなる。一方で、即位してしまえば、息子たちの地位をある程度まで保障される。今の劉裕の地位は、実力がなければ保持できないが、新王朝の皇族となれば、血統で地位が保たれるのだ。そのほうが、かれらには楽であろう。

劉義真は父を怒らせてしまったと思い、ひたすら平伏している。劉裕は退出を命じてから、謝晦に向き直った。

「今年のうちに、次の皇帝を立てよ」

「かしこまりました」

謝晦が恭しく頭を下げた。

安帝から直接譲位を受けるのではなく、間にひとりはさむのが、劉裕たちの計画である。これは、以前、「孝武帝のあとに二帝あり」という予言が流布していたためだ。孝武帝は安帝の前の皇帝なので、予言が正しければ、東晋はもう一代つづく。劉裕が予言を信じているわけでは、むろんない。世間を納得させるための手続きのひとつだ。

「今の皇帝はいかがしましょうか」

それはかつて問われて、回答を保留にしていた問題であった。何の抵抗もできない無害な男を殺すには葛藤があった。しかし、劉裕は今回はためらわなかった。

「苦しまないようにしてやれ」

意思を示すこともできず、他人に利用されてばかりの人生では、生きている意味がないだろう。そのような言い訳をするつもりはなかった。じゃまだから殺す。それが理由のすべてだ。

義熙一四年（西暦四一八年）十二月、安帝は殺害された。表向きは病死として処理されたが、何が起こったかは、みなが承知していた。

新しい皇帝として擁立されたのは安帝の弟の司馬徳文《しばとくぶん》である。この年で三十三歳、後に恭帝《きょうてい》と称される。恭帝は兄思いで、穏やかな気性の持ち主だった。世が世であれば、名君となったかもしれない。しかし、恭帝にはいかなる権限もなかった。

「私は兄を守れなかった。その報いをいずれ受けることになるだろう」

悲しげに告げて、恭帝は玉座についた。聡明なかれは自分の役割がわかっており、それをくつがえすのが難しいことをもまた、理解していた。

「陛下のお力をもってすれば、劉裕めを誅することもできましょう」

側近の宦官がささやいても、恭帝は乗らなかった。

「晋の寿命はとうに尽きていたのだ。いまさらあがいても、犠牲を増やすだけだ。そなたも言葉に気をつけて、生をまっとうせよ」

「陛下……」

宦官は絶句し、晋と皇帝の命運を思って涙した。

恭帝の最初の仕事は、娘を劉義符に嫁《とつ》がせることだった。夫となる者の父が定めた縁組みである。これによって、劉裕の家柄は皇族と等しくなった。王氏や謝氏といった大貴族に並んだことになる。

元熙《げんき》元年（西暦四一九年）七月、劉裕は公から王へと爵位を進めた。その先はひとつしかない。階梯の最後の一段が、足にかかった。

三

新王朝の樹立を前にして、劉裕は思案をめぐらすことが多くなった。

過去を振り返ると、よく生き残ってきたものだと思う。若いころからつい先日まで、戦いに明け暮れた人生であった。淝水の戦いに参加し、孫恩の乱を討伐し、桓玄を倒し、北伐をおこない……大剣をふるって運命を切り拓いてきた。実力と運と、両方に恵まれていなければ、歩み続けることはできない、険しい道であった。

道半ばで倒れた仲間のことを思い出す。供養などは考えたことがなかった。死んだ者はそこで終わりだ。勝っても負けても、死者は喜びも悲しみもしない。だが、いつしか考えが変わってきた。自分が何かを成し遂げたら、かれらの死にも意味が生まれる。

あるとき、傅亮が言った。

「閣下が新しい王朝を開けば、建国の功臣である劉穆之殿は後世において、高く評価されることでしょう。正史に伝が立つのはまちがいありません」

「それがどれだけ重要なことなのか、おれにはわからん」

「私どもにとっては、ある意味で、生き死によりも重要です。また、子孫にとっては誇りとなりましょう」

劉裕には縁遠い価値観であったが、理解はするようになった。自分を信じてついてきた者たちには、いい目を見させてやりたい。

今の自分を知ったら、叔母や臧愛親はどう思うだろう。よくやったと褒めてくれるだろうか。それとも、柄に合わないと笑うだろうか。叔母は桓玄の簒奪に腹を立てていた。あのときとは状況がちがう、と自分に言い聞かせる。

もはや、劉裕の前に障害はない。あとは時期を見て実行するだけである。すると、成し遂げたあとのことが心配になってきた。

これまで、敵を前にしては戦い、目標を次々と達成してきたのが劉裕だ。最高位に登りつめたら、もはや得るものがなくなる。無聊に耐えられるだろうか。再び北伐を試み、さらに領土を拡《ひろ》げていけばよいのか。だが、心の隅《すみ》をのぞくと、戦いに飽いている自分もいるのだ。穏やかに暮らすのもいいかもしれない。

最大の心配事は、息子たちのことだった。頼りないかれらに、自分は何を残してやれるだろう。

劉裕は嫡子の劉義符について、謝晦に意見を求めたことがある。率直に言って、どれほどの器であろうか。

「成長の余地が多分にあろうかとは思います。しかし、最近は周りによからぬ輩を侍らせているもよう。これでは将来に期待はできません」

謝晦は次男の劉義真についても手厳しかった。

「学問の才はありそうです。ですが、人徳がありません。人に慕われ、人をしたがわせるのは難しいでしょう」

劉裕がさすがに不機嫌になると、謝晦はあわててつけくわえた。

「閣下に比べれば、の話でございます。蓋世《がいせい》の英雄を前にすると、どうしても評価が辛口になってしまいます。よき家臣に支えられれば、おふたりとも充分に二代目が務まるでしょう」

「よき家臣、か」

劉裕は眉をひそめた。文武ともに有能な部下は少なくない。だが、どこまで信用できるのか。また、ともに創業を果たした臣が、凡君を支えることにも力を発揮できるかどうか。そこにはまた別の才能が必要かもしれない。

劉裕は考えることにも、心配することにも、不安に思うことにも、慣れていなかった。面倒になってきて、すべてを投げ出したくなる。

ある宴会の席で吐露した。

「もうおれも六十が近い。多少なりとも功をあげ、王の位を得たが、いいかげんに疲れた。いっそすべての地位を返上して、隠居してしまおうとも思う」

「まだ老《ふ》けこむには早いでしょう。剣の稽古は欠かしていないと聞きますぞ」

檀道済が笑い、みなが口々に劉裕を讃える。たしかに、肉体的な衰えはそれほど感じていない。一騎打ちで負けるとしたら、若いころの自分くらいであろう。だが、精神的なものはまた別である。

宴がお開きとなったあと、傅亮が訪ねてきた。いつにもまして、真剣な表情で、目には見えない鎧をまとっているようである。

「都に行ってきたいと思います。ご許可願います」

「何用か」

「桓温の轍《てつ》を踏まぬために、仕上げをしてまいります」

傅亮は劉裕の発言に老いをみてとったようだった。桓温は簒奪を前にして引き延ばし工作にあい、寿命が尽きた。そうなってはならない。

「わかった」

劉裕は短く答えて送り出した。

元熙二年（西暦四二〇年）四月、傅亮の工作によって、劉裕に対して上京をうながす詔が出された。

六月、劉裕が建康に至ると、恭帝は譲位を宣言した。最後の詔勅を書き終えると、ため息をついて告げる。

「桓玄によって滅ぼされた王朝を建て直したのは劉裕の功績である。あれから二十年近くが経った。そろそろ頃合いであろう。天命は劉裕の上にある」

詔勅は傅亮の草案のとおりに書いたのだが、この言葉は恭帝の本心であった。もし劉裕が死ねば、帝位にとどまることも可能であっただろうが、そのようなことを望んではいなかった。一刻も早く、かりそめの玉座から下りたかった。

劉裕は慣例にのっとって、譲位の申し出を断った。同じやりとりを繰り返した末に、周囲に推されてやむなく、という態で受け入れる。

即位の儀式は劉裕の意思により、簡素なものになった。祭壇を築き、天に祈りを捧げて、帝冠を受ける。

帝冠の重みは、劉裕に達成感を与えた。自分でも意外なことに、ついにここまできた、という感慨が胸にあふれて、息がつまりそうになった。昔から、皇帝になることを目標に生きてきたわけではない。むしろ、最近までは敬遠していた。にもかかわらず、至尊の位はやはり重いのだ。

国号はそのまま宋、元号は永初《えいしょ》と定められた。制度は東晋のものをほぼ踏襲し、謝晦、傅亮、徐羨之が中心となって政治をおこなう。

劉裕が意を用いたのは地方の長官や軍の人事である。要地には息子や弟などの皇族を派遣し、軍権は皇族が握って貴族には渡さぬよう定めた。むろん、東晋が乱れた反省に立っての処置であるが、この方針もまた後の禍の種となる。

建国にあたって、功臣が称揚され、新たに爵位を与えられた。すでに世を去っている劉穆之と王鎮悪のふたりも追贈されている。以前の劉裕であれば、死者に対してそのような配慮はしなかっただろう。

即位の翌年、劉裕は東晋最後の皇帝を殺すよう命じた。それまで、恭帝の息子たちをはじめとして、多くの東晋の皇族を殺してきた。その仕上げと言うべき命令であった。しかし、禅譲のあと、元の皇帝を殺した例《ためし》はこれまでにない。帝位を譲った者を生かしておくのが、新しい王朝の度量を示すと考えられていた。

「もはや、脅威になるとは思えませぬが……」

傅亮がひかえめに異を唱えたが、劉裕は引かなかった。

「二十年前、晋の朝廷はおれのことを脅威に思っていたか」

下剋上《げこくじょう》と成り上がりの風潮をつくったのは、劉裕その人である。恭帝に東晋復興の意思はないだろう。しかし、意思と力がある者に利用されないとはかぎらない。

かたちは禅譲であるが、劉裕が成したことはまぎれもなく簒奪である。いちいち咎めないが、批判する声は聞こえてくる。代表的なのは、かつて同僚だった詩人、陶淵明だ。かれは役人としては失格で、貧乏な下級の貴族であったが、東晋の正統性を至上のものとしており、簒奪を非難する詩をつくっている。桓玄のときもそうだった。

劉裕は昔のよしみで、仕官を薦めてみた。

「都に出てきて、おれに詩を教えてくれないか」

宮仕えは性に合わないだろうが、詩人として迎えればあるいは、と思ったのだ。しかし、返答は農村での生活を詠《うた》った詩であった。陶淵明の詩は、農村での隠遁《いんとん》生活に題材をとるものだ。都に出るのは、簒奪者に仕える以上に、自己を否定することになろう。

予想はしていたから、劉裕は傷つきはしなかった。礼節をもって誘ったのだから、狭量なのは断ったほうである。

劉裕はみずからの覇道がまちがっていたとは思わない。命数の尽きた王朝が、多くの矛盾を抱えたまま存続している状態がおかしかった。力ある者が上に立つのは当然だ。しかし、そうした考えはつねに自分に返ってくる。王朝がくつがえされないように、努めなければならない。自分がいつまでも君臨していられるなら、心配はない。だが、息子たちやその次の代はどうか。自分が去ったあとの長安の惨状をみると、楽観はまったくできない。

なお悪いことに、劉裕は急に健康に自信がなくなってきていた。若いころに多くの傷を負ったせいか、膝や腰がうまく動かず、また、たびたび発熱するようになった。誰にも言っていないが、大剣が満足に振れなくなっている。

東晋の恭帝は名誉ある自裁をうながされたが、承知しなかった。

「私は仏道に帰依している。殺生を禁じる教えだ。たとえ自分であっても、殺すことはできない」

大夏が長安で仏教を迫害したため、多くの僧が江南に逃れてきた。仏教は急速に勢力を広げており、恭帝も深く信じていたのだ。劉裕自身はその教えに共感していない。しかし、次男の劉義真が長安から撤退する際に仏僧の力を借りたというので、活動を支援していた。恩は返すのが信条である。ただ、今後、五斗米道のように叛乱につながるなら、対応が必要になろう。

恭帝は結局、絹の布でくびり殺された。劉裕の残酷さを批判する声は静かに広がったが、表に出ることはなかった。

四

皇帝になっても、劉裕は生活を変えなかった。宮殿を建て替えることも、後宮に美女を集めることも、夜ごとに宴会を開くこともなかった。内廷費は東晋に比べてかなり減っている。

政治については、有能な家臣に任せていた。だが、基本的な方針は定めている。公正で公平な社会をつくりたい。それだけだ。貴族が民衆をこき使って、不正に財を貯めこむようなことは許さなかった。土断を進めて、戸籍の正常化に努めた。

劉裕の政治がつづけば、宋は国力をつけて安定しただろう。しかし、天は劉裕に時間を与えなかった。

永初三年（西暦四二二年）三月、劉裕は病に倒れた。即位からまだ二年も経っていない。群臣も一族の者たちもうろたえた。謝晦や傅亮にしても、劉裕亡き後の政治について考えてはいたが、これほど早いとは予想していなかった。

謝晦と傅亮が青ざめた顔で、病床に現れた。

「僧侶や道士を呼んで祈禱《きとう》をおこないましょう」

「無駄だ」

苦しい息の下で、劉裕はきっぱりと拒否した。

「祈禱が効くなら、病死する者はいない。治るものなら勝手に治るし、そうでないなら死ぬだけだ」

劉裕は死を覚悟していた。あれだけ戦場を往来して、何度も死地をくぐり抜けてきて、最後は病に倒れるのか。そう考えると不思議であった。とはいえ、生後数日で終わるはずの人生が、六十年つづいて、皇帝にまで登りつめたのだから、悔いはない。身体が万全であれば、もう一度北伐をしたいとも思うが、歩くのも困難な状況では、望むべくもなかった。

望むのは、死後の王朝の安定であった。死んだあとのことなどどうでもいい。そう思っていたのに、成し遂げたことを守りたくなった。まだ若い子供たちに不幸になってほしくない。

後継ぎは長男で皇太子の劉義符と決まっている。劉裕は四人の重臣に、二代皇帝を守《も》りたてるよう頼んだ。すなわち、檀道済、謝晦、傅亮、徐羨之の四人である。

「任せてください」

檀道済がいつになく神妙な面持ちで請け合った。

「国が割れないよう、軍のあり方には気をつけよ。京口にも荊州にも、皇族をおくのだ。北府と西府の対立を起こしてはならぬ」

それは劉裕がつねに示していた方針である。重臣たちは繰り返しうなずいた。

「必ずや、安寧《あんねい》と安定を次代に引き継いでまいります。どうかご安心を」

「微力を尽くします」

傅亮と徐羨之が真摯に告げる。劉裕は謝晦に目をやった。

「おぬしには、長江の崖でしがみつかれたな」

「あのときは必死でございました」

「息子が無理を通そうとしたら、しがみついてやってくれ」

謝晦は微笑を浮かべて礼をほどこした。

次代の体制が固まったことで、朝廷は一応の落ちつきを取り戻した。しかし、劉裕の容態はしだいに悪化していく。

床から起きあがることもできなくなると、劉裕は劉義符を枕頭《ちんとう》に呼び寄せた。人払いをして、耳もとでささやく。

「皇帝になっても贅沢はせず、みなの言うことを聞いて、せいいっぱいつとめよ。ただし、言いなりになってはならぬ」

劉裕は苦労して息を整えた。

「檀道済は優秀な将軍だが、全軍を統御するほどの器量はない。政治には興味がないだろうから、戦場において活躍させよ。傅亮と徐羨之には野心はなかろう。今の地位で満足しているにちがいない。問題は謝晦だ。あの男は有能ではあるが、再び貴族中心の政治に戻そうという思いを秘めている。場合によっては、遠方に追いやったほうがいい」

予想もしない言葉に、劉義符は蒼白になった。四人に任せておけば安泰だと考えていたのだ。

「わ、私には自信がありません」

「情けないことを言うな」

劉裕の声はかすれていた。

あとの言葉はつづかなかった。劉裕は目を閉じていた。

劉義符は唇をわななかせながら、父の顔をのぞきこんだ。

劉裕は再び目を開いた。

「……思い出した。墓は皇后といっしょにな」

劉裕は皇后を立てていない。ただ、即位してから、臧愛親に皇后の位を贈っていた。

「承知しました」

劉義符は涙まじりの声を発した。父親の節くれだった手に触れる。岩のような劉裕の手と、華《きゃ》奢《しゃ》でやわらかい劉義符の手が重なった。

永初三年（西暦四二二年）五月二十一日、宋の武帝、劉裕は崩御した。享年六十である。剣とともに生きた生涯であった。

十七歳で後を継いだ劉義符は、少帝《しょうてい》と呼ばれる。少帝とは、内紛などによって若くして帝位を逐われた皇帝の諡号《しごう》である。

少帝は早くも劉裕の喪中から身を慎まず、乱脈をきわめた生活で、重臣たちの眉をひそめさせていた。以前から取り巻きと遊びほうけて、劉裕にたびたび注意されていたが、ついに悪癖は直らなかったのである。

劉裕死後の混乱を狙って侵攻してきた北魏の軍は、檀道済が撃退した。しかし、怖ろしいのは外敵よりも内部の乱れだ。

「このままでは保たぬ」

言い出したのは徐羨之だった。劉裕が健在だったころは、謙虚な人柄を評価されていた徐羨之が、少帝の治下では中心となって政治を進めるようになっていた。

「国を護《まも》るためには、強硬な措置もやむを得ませんな」

傅亮と謝晦が同意し、檀道済も賛成して、廃位が決まった。景平《けいへい》二年（西暦四二四年）のことである。少帝は殺され、皇帝の器ではないとされた弟の劉義真も同じ道をたどった。即位したのは劉裕の三男の劉義隆であった。これが文帝《ぶんてい》である。

文帝はたしかに、政治力と実行力をもちあわせていた。四人の補佐を受けつつ力を蓄え、二年後、逆襲に出た。

「朕は政治の乱れを正したい。まず、兄たちを殺した者どもに裁きを与える」

文帝は檀道済を味方につけて、残る三人の討伐に乗り出す。徐羨之と傅亮は捕らえられて処刑された。荊州刺史に就任していた謝晦は、檀道済ひきいる官軍と戦って敗れ、先のふたりにつづいた。

親政をはじめた文帝は、文化を振興して、元嘉《げんか》の治と呼ばれる宋の最盛期をもたらした。しかし、三十年に及ぶ治世の末期には、北魏との戦いに活躍した檀道済を粛清したことによって、内憂外患にさらされた。最後は息子に殺されて生涯を閉じている。文帝を殺した息子は、みずからの弟に殺された。

その後も、宋朝では皇族同士の凄惨な殺し合いがつづいて、政権は安定しなかった。そして、昇明《しょうめい》三年（西暦四七九年）、蕭道成《しょうどうせい》に簒奪されて滅亡する。最後の順帝《じゅんてい》は、東晋の恭帝と同じように、帝位を譲ったあとに殺されたが、「二度と帝王の家には生まれたくない」との言葉を遺《のこ》した。宋だけでなく、つづく斉《せい》、梁《りょう》、陳《ちん》の各王朝はいずれも短命に終わっている。

劉裕の望んだ、皇族の支配による安定した王朝は、ごく一部の時期をのぞいて、実現することはなかった。それを劉裕の責とするのは、あまりに酷であろう。

劉裕は一代の傑物であった。同時代の誰もが、それを理解していた。徒手空拳で成り上がって、貴族社会に楔《くさび》を打ちこみ、新王朝を樹立した。これほどの壮挙は歴史上でも珍しい。そして、奪還後の長安の惨状に鑑みれば、劉裕がいなければどうなるか、容易に想像がつく。劉裕自身も死後を見越して、様々な手を打ったが、結局、実らなかった。個人の力と器量に依存しない体制をつくるには、時間も人材も足りなかった。

とはいえ、死後の混乱をもって、業績を貶《おとし》めるのは公平ではない。劉裕は南北朝時代で随一の個性であった。

読み書きのできなかった劉裕は、地位があがるにつれて必要に迫られ、文字を書く練習をするようになった。ところが、なかなか上達せず、読める字が書けない。指導にあたっていた劉穆之は匙《さじ》を投げた。

「仕方ありません。せめて大きく書いてください。そうすれば立派に見えますし、何とか読めるかもしれません」

「それなら簡単だ」

以後、劉裕は紙いっぱいに大きな字を書いて、得意がっていた。

一方で、武勇と統率力においては人後に落ちない。みずから指揮をとった戦では、ほとんど負けなかった。かれほど多くの敵を斬った皇帝はいないだろう。

劉裕はまじないや予言を遠ざけ、決して祈らず、自分の力だけを信じた。行く手を阻む者はたとえ神仏であっても斬り捨て、血塗られた覇道を歩んだ。その力強い歩みが玉座に達したとき、武人の素朴な心は失われたのだろうか。

否、帝位に即いた劉裕は、自分が貧しいときに住んでいた家を宮殿の一角に再現させた。わらの混じった土壁に鋤《すき》や鍬を立てかけ、むきだしの床にむしろを敷いた。子々孫々に昔の苦労を知らせ、贅沢を戒めるためである。かれらには、貴族のような生活をしてほしくなかった。

しかし、劉裕の気持ちは伝わらなかった。劉裕の孫にあたる第四代の孝武帝は、祖父の粗末な家を壊して新しい宮殿を建てるよう命じた。初代の偉業と志を風化させてはならない。そう廷臣に諫《いさ》められた孝武帝は、傲然と言い放った。

「貧乏人が成り上がって天下を獲ったんだろ。ああ、立派なことだ。おかげでおれは皇帝だ。これ以上、めざすべきものはない。せいぜい贅沢させてもらおう」

陵墓の下の劉裕は、もちろん何も語らない。廷臣たちが滅びの予感に身を慄《ふる》わせたのは、先祖の怒りが聞こえたからではなく、過去に学んでのことだった。予感が現実のものとなるのは、それから二十年あまり後のことであった。

この作品は書き下ろしです。

小前　亮（こまえ・りょう）
1976年、島根県生まれ。東京大学大学院修了。専攻は中央アジア・イスラーム史。在学中より歴史コラムの執筆を始める。(有)らいとすたっふに入社後、田中芳樹氏の勧めで小説の執筆にとりかかり、2005年、『李世民』でデビュー。『唐玄宗紀』、『賢帝と逆臣と　康熙帝《こうきてい》と三藩の乱』、『天下一統　始皇帝の永遠』、『残業税』、『西郷隆盛　〈上・下〉』、『真田十勇士　（1～3・外伝）』などの著書がある。
公式ウェブサイト http://www.wrightstaff.co.jp/

劉裕《りゅうゆう》　豪剣《ごうけん》の皇帝《こうてい》

第一刷発行　二〇一八年六月十二日

著者　小前《こまえ》　亮《りょう》
発行者　渡瀬昌彦
発行所　株式会社講談社
東京都文京区音羽二-一二-二一
郵便番号　一一二-八〇〇一
電話　出版　〇三-五三九五-三五〇六
販売　〇三-五三九五-五八一七
業務　〇三-五三九五-三六一五

本文データ制作　講談社デジタル製作
印刷所　豊国印刷株式会社
製本所　株式会社若林製本工場

定価はカバーに表示してあります。

ISBN978-4-06-511814-6
N.D.C. 913 310p 20cm